Wen die Muse küsst

Susanne Bacon

Wen die Muse

küsst

Ein Wycliff Roman

Weitere deutschsprachige Bücher von Susanne Bacon:

<u>*Wycliff Romane*</u>

Träume am Sund. Ein Wycliff Roman (2020)

Schweigen ist Silber. Ein Wycliff Roman (2020)

Wissen und Gewissen. Ein Wycliff Roman (2020)

Wo ein Wille ist. Ein Wycliff Roman (2020)

Schatten der Vergangenheit. Ein Wycliff Roman (2020)

Weihnacht in Wycliff. Ein Wycliff Roman (2021)

Das Glück der anderen. Ein Wycliff Roman (2021)

<u>*Weitere Romane*</u>

Inseln im Sturm (2020)

Asche zu Asche. Ein Emma Wilde Roman (2021)

<u>*Non-Fiction*</u>

In der Fremde daheim. Deutsch-Amerikanische Essays (2019)

Allen meinen Freunden,

die andere inspirieren,

indem sie ihre musischen Begabungen teilen

Und für Donald,

geliebten Ehemann, Inspiration und besten Freund

Vorbemerkung

Die Stadt Wycliff ist frei erfunden. Das gilt auch für alle Personen in diesem Roman. Jegliche Ähnlichkeiten mit lebenden oder verstorbenen Personen und aktiven oder stillgelegten Unternehmen, außer historischen und in der Danksagung erwähnten, sind rein zufällig.

Susanne Bacon

1

Rentons Stimme: „Ich wurde an Allerseelen im Jahre 1818 geboren. Mein Vater, ein Einwanderer aus dem Norden Englands, war ein angesehener Mann in der kanadischen Stadt Pictou gewesen. Aber er starb, als ich erst elf Jahre alt war, und gab meine Mutter, meinen älteren Bruder James, zwei Schwestern und mich der Wohltätigkeit seiner Freunde anheim. James geriet an einen derben Freundeskreis und zeigte sich nur noch selten zu Hause. Was mich in einem viel zu jungen Alter zum Familienoberhaupt machte. "

Drohne, die über eine kleine, alte Hafenstadt hineinzoomt. Einblendung von „Pictou, Nova Scotia, 1835". Von oben sieht man das Treiben auf der Promenade und den Kais. Zahlreiche Holzboote und Schoner liegen im Hafen, und einige kleinere Schiffe schlüpfen zwischen den größeren ein und aus. Fokus jetzt auf den 17-jährigen William Renton, der an einer Blockhauswand an der hölzernen Promenade lehnt und entspannt beobachtet, wie sich eine Menge vor einem Mann versammelt, der soeben an Deck eines Schoners aufgetaucht ist, der genau gegenüber von Renton am Dock liegt.

Männerstimme aus dem Blockhaus: „Hey, William! Hör auf, da draußen rumzutrödeln, und hilf mir, ein paar von den Mehlsäcken wegzuräumen, die gerade angeliefert worden sind! "
(Renton runzelt die Stirn.)

7

Stimme des Seemanns, der an der Schiffsreling steht,
während die Menge auf dem Dock so dicht wie möglich an ihn
heranrückt: „Hört her, Leute! Übermorgen segeln wir wieder.
Und wir suchen fünf kräftige, junge Burschen, die bereit sind, auf
unserer Brig ‚Paragon' auf unserem Weg nach Rhode Island und
zum Hafen von New York harte und ehrliche Arbeit zu leisten. Ihr
werdet anständige Tagesrationen erhalten, und euch werden 14
Dollar im Monat bezahlt, wenn ihr ein ganzes Jahr lang bleibt.
Wer dazu bereit ist, darf an Bord kommen und sich bei Captain
Houston melden."

Renton bewegt sich unwillig in das Blockhaus, an dem das
Schild „Provisions" (Proviant) hängt. Einen Augenblick später
erscheint er wieder, und man sieht ihn die Gangway an Bord der
„Paragon" hinaufstürmen.

Szenenwechsel. In einer großen, geräumigen Küche.
Mutter Renton eilt geschäftig umher, als William Renton lebhaft
hereinkommt.

Renton: *„Weißt du was, Mutter?! Ich habe einen Job*
gefunden!"

Mutter Renton: *„Du hast doch bereits einen achtbaren*
im Proviantladen am Hafen. Du arbeitest jetzt erst seit einer
Woche dort. Erzähl mir nicht, du hättest dich schon wieder anders
entschieden!"

Renton: *„Hab' ich, Mutter. Aber diesmal weiß ich, dass*
es endgültig ist. Diesen hier behalte ich. Und bezahlt wird er auch
anständig."

Mutter Renton: *„Das hast du schon letztes Mal gesagt. Und das Mal davor. Es wird nicht lange dauern, bis du alle Möglichkeiten, die dir die guten, alten Freunde deines Vaters bieten, ausgeschöpft hast. Und was dann?!"*

Renton: *„Aber genau das ist es ja! Ich möchte ihre kleinlichen Angebote nicht. Ich möchte nicht, dass sie mir für den Rest meines Lebens den Kopf tätscheln und dabei zusehen, wie sie damit angeben, wie sehr sie mir geholfen haben. Was zu werden? Jemand, der niemals eine eigenständige Persönlichkeit sein wird. Ein Geschöpf nach ihren Vorstellungen und zu ihren Zwecken. Es muss mehr geben, Mutter! Und das tut es auch tatsächlich."*

Mutter Renton (resigniert): *„Also, was ist es jetzt, William?"*

Renton: *„Ich werde die Welt sehen, Mutter. Und ich werde meine eigene Bestimmung finden. Was es auch ist, es ist da draußen und wartet auf mich."*

Mutter Renton: *„Sag bitte nicht, du hättest zur Arbeit an Bord eines der Schiffe im Hafen angeheuert. Ist es nicht genug, dass James herumvagabundiert und nie nach Hause zurückkommt?"*

Renton: *„Aber ich bin anders, Mutter. Und eines Tages kehre ich zurück und zeige diesen guten Freunden der Familie, das Rentons Sohn es geschafft hat, sich eine Karriere zu seinen eigenen Bedingungen aufzubauen, nicht aufgrund ihrer zweifelhaften Wohltätigkeit."*

(Aus Isaac Fredericksons Drehbuch „The Calling")

*

„Warum musste er ausgerechnet im Juli sterben?" fragte Dottie und wischte sich das verschwitzte Gesicht mit einem Taschentuch mit schwarzer Spitze ab. Das hatte sie in den vergangenen zehn Minuten schon dreimal getan, und unter der schwarzen Haube, die sie trug, klebte das Haar an ihrer Stirn.

„Ich glaube nicht, dass er sich das ausgesucht hat." Pattie unterdrückte ein Lachen und senkte den Kopf, um ihre Heiterkeit hinter der breiten Krempe ihrer eigenen schwarzen Haube zu verbergen. „Eigentlich hätte es uns viel schlimmer treffen können. Stell dir vor, wir müssten wie einige von uns Korsette tragen."

„Ja, toll. Aber bei solcher Hitze in so einer Menschenmenge zu stecken, ist auch kein Vergnügen, Korsett hin oder her."

Ein paar Meter hinter den beiden Freundinnen kicherte die zehnjährige Heather White und hüpfte vor Aufregung auf und ab.

„He, du!" rief ihr ein Mann mit einer tragbaren Filmkamera zu, der riskant auf einem Baum saß. „Hör sofort damit auf."

Heather blickte erschrocken auf. Dann verzog sich ihr Gesicht, und sie fing an zu weinen.

Der Mann verdrehte die Augen. „Hör zu, es tut mir total leid. Ich wollte dich nicht zum Weinen bringen. Es ist bloß – denk dran, dass das hier eine Beerdigung ist und du da nicht wie eine Elster herumhüpfen solltest."

10

Heather wischte sich ihre Augen ab, die nun rotgerändert waren. „Ist nicht schlimm. Ich schauspielere", sagte sie ziemlich großspurig.

„Was?!" Der Mann auf dem Baum senkte die Kamera. „Sag das nochmal!"

„Ich sagte, ich habe geschauspielert", wiederholte Heather ernst. „Ich habe mir nur vorgestellt, was für eine furchtbare Überraschung es für seine Angehörigen gewesen sein muss, als sie seine Leiche fanden." Ihre Augen waren jetzt trocken, aber sie schniefte noch immer.

„Du meinst, du kannst diesen Wasserhahn nach Belieben an- und abdrehen?" fragte der Mann ungläubig.

Jetzt weinte Heather erneut. „Vielleicht möchten Sie ja eine Nahaufnahme von mir machen", schlug sie vor. „Und ich kann das wirklich auf Kommando." Sie schwindelte auch nicht. Heather musste sich nur an die traurigsten Augenblicke ihres Lebens erinnern (und es hatte ein paar heftige davon gegeben), um ihre Gefühle von damals auf jetzt zu übertragen. Da sie vermutlich noch nie von Method Acting gehört hatte, war sie mit Sicherheit ein Naturtalent.

Außerhalb des Gartens an der Jupiter Avenue war das Gedränge etwas weniger erdrückend. Dennoch wurden einige Leute in der Hitze der Juli-Mittagssonne etwas unruhig und fingen an zu murren. Der Himmel über dem Puget Sound war intensivblau, und die Sonne brannte unbarmherzig auf ihre ungeschützten Körper herunter. Das viktorianische

Geschäftszentrum in der Unterstadt unterhalb des Steilhangs, auf dem sie sich versammelt hatten, war wegen der Mittagshitze fast leer. Und der Sund lag dunkelblau und geheimnisvoll ruhig da, übersät mit Segelbooten und anderen Freizeitbooten, die zwischen den Inseln kreuzten. Eine Fähre kündigte ihre Ankunft mit einem tiefen Doppel-Tuten an.

„Ich hätte nicht damit einverstanden sein sollen, das zu machen", grummelte die pensionierte Geschichtslehrerin Mildred Packman. „Das ist nicht richtig. Jeder weiß, dass Captain Rentons Zuhause dicht am Wasser lag. Und hier sind wir oben auf einem Hügel, und selbst die Sonne scheint aus dem falschen Winkel."

„Ich bin mir sicher, dass sie wissen, was sie tun", erwiderte Jackson Cooper ihr ein wenig steif. Der alte Colonel war in seinen Achtzigern, aber seine Haltung war immer noch sehr aufrecht. Er trug sogar eine historische Uniform, und er tätschelte tröstend Mildreds behandschuhte Hand. „Sie werden dafür sorgen, dass am Ende alles richtig aussieht."

„Das sollten sie auch", sagte Mildred. „Und bitte sei so nett und hör auf, meine Hand zu tätscheln. Mir ist ohnehin heiß genug."

Plötzlich gab es eine leichte Unruhe in der Menge. Direkt neben ihnen sackte eine Frau gegen Colonel Cooper.

„Holla!" rief er aus. „Sind Sie in Ordnung?" Er stützte den Körper der Frau an den Schultern. Aber sie antwortete nicht; ihr Gesicht war bleich, ihre Augen geschlossen, und auf ihrer Haut bildete sich ein leichter Schweißfilm. „Schätze, ich sollte sie in den Schatten schleifen. Kannst du mir helfen?" wandte sich Colonel Cooper an Mildred.

Sie nickte und trug ihr Teil dazu bei, die Frau aus der Menge zu ziehen und sie sicher auf einen Rasen in der Nachbarschaft unter das Laubdach eines Erdbeerbaums zu bringen. Sie ließen die Frau ganz sanft auf den Boden gleiten, und der Colonel griff nach etwas in seinem Armeemantel.

„Keine Plastikflaschen!" schrie ein Kameramann, der ihnen mit der Linse gefolgt war und sie nun damit heranholte. „Um Gotteswillen, keine Plastikflaschen. Das würde diese großartige Aufnahme ruinieren!"

Colonel Cooper zuckte nicht einmal. Seine Hand tauchte wieder mit einer silbernen Feldflasche auf, die er aufschraubte. „Hast du ein Taschentuch, das man anfeuchten könnte?" fragte er Mildred unbeirrt.

Sie nickte und kramte in ihrem Pompadour. Es kam ihr wie eine Ewigkeit vor, bis sie das Stück Stoff mit der dunklen Spitze mit zitternden Fingern herausangelte und ihm hinhielt. Er goss etwas von dem Inhalt der Feldflasche darauf, und sie begann, damit die Stirn der Frau abzutupfen. Inzwischen hielt Colonel Cooper die Feldflasche an die Lippen der Frau.

„Ich hoffe, in dem Ding ist kein Alkohol", flüsterte Mildred.

„Sei nicht albern, Weib", grummelte Colonel Cooper. „Solchen Unfug überlasse ich jüngeren Leuten."

13

„Also bloß Wasser", seufzte Mildred erleichtert. „Aber wie clever von dir, diese Feldflasche mitzubringen."

Colonel Cooper sah sie irritiert an. „Wir sind beide Vorstandsmitglieder des historischen Museums. Wir sollten es besser wissen, als einen Historienfilm zu ruinieren, indem wir Anachronismen einbringen."

*

Hollywood war nach Wycliff gekommen, in die malerische viktorianische Stadt an den Gestaden des Puget Sound irgendwo zwischen Olympia und Seattle. Nichts war mehr wie sonst. Straßen wurden ohne regelmäßiges Muster gesperrt. Zu manchen Häusern war plötzlich der Zutritt verboten. Selbst Teile des Strands waren eines Tages abgeriegelt und von der Polizei bewacht worden.

Alles hatte völlig unspektakulär gegen Ostern in jenem Jahr mit lediglich einer Anfrage an Bürgermeister Mayor Clark Thompson angefangen. Ein unabhängiger Film-Location-Scout hatte ihn angerufen und gebeten, dass er ihr doch einige historische Sehenswürdigkeiten und einige der beeindruckendsten Naturschauplätze rund um Wycliff zeigen möge. Und Mayor Thompson, geschmeichelt, dass seine Stadt die Aufmerksamkeit Hollywoods erregt zu haben schien, war dem nur zu gern nachgekommen. Selbst seine Frau Thora, die normalerweise bei jedem Projekt zuerst die Umweltaspekte berücksichtigte, hatte keine Einwände gegen das fröhliche Schwadronieren ihres Mannes gehabt, Wycliff zum nationalen, wenn nicht sogar zum internationalen Gesprächsstoff zu machen.

Der Location-Scout hatte sich als hübsche Dreißigjährige entpuppt, die sich auf das Wesentliche konzentrierte. Sie schien nicht sehr daran interessiert gewesen, ausgeführt zu werden oder an den mehr oder weniger subtilen Versuchen Clarks, ihre Neigung dahin zu wenden, Wycliff wirklich zu einem Drehort zu machen. Sie hatte nur seinen langatmigen, begeisterten Erklärungen gelauscht, hier und da genickt, Notizen und ein paar Fotos gemacht, und war abgereist, ohne ihm auch nur einen Hinweis darauf zu geben, ob seine Bemühungen erfolgreich gewesen waren. Oder ob sie doch einen anderen Ort im Sinn hatte.

In der Folge ihres Besuchs war es Clark so gewesen, als habe ihm jemand die Autoreifen aufgestochen. Er hatte sich gefühlt, als habe man ihm die Luft abgelassen. Und Thora hatte den Grund für den unausgesprochenen Kummer ihres gutaussehenden Ehemanns erraten. Er hatte Erfolg und Ruhm für seine Stadt erwartet – und nun fürchtete er, zum Gespött ihrer Bürger zu werden, wenn er seine kalifornische Besucherin auch nur erwähnte.

Umso angenehmer war die Überraschung gewesen, als Ende Mai Filmproduzent und Regisseur Stanley Fahrenheit im Rathaus angerufen hatte und mit Bürgermeister Thompson persönlich hatte sprechen wollen. Es war eine sehr freundschaftliche und – auf Fahrenheits Seite lässige –

Unterhaltung gewesen. Und sie hatte zu ausgebuchten Hotels, Motels, Bed & Breakfasts sowie der Ausbuchung des Campingplatzes nördlich von Wycliffs Strandbereich geführt. Einige Hausbesitzer waren wegen Drehgenehmigungen in ihren Vorgärten, auf ihren Veranden oder auf ihren Booten angesprochen worden. Und Rathaus und Polizeiwache waren darum gebeten worden, den Aufbau provisorischer Holzgehwege, das Bedecken der Jupiter Avenue mit Sand und Erde für eine authentische Optik des 19. Jahrhunderts und die vorübergehende Nutzung der Stadtwerke zu genehmigen. Diese Leute würden schließlich eine Menge Strom benötigen.

Und dann waren sie eines Tages Ende Juni gekommen, eine lange Karawane von Autos, LKWs und Wohnmobilen. Leute, die in der Stadt Wycliff so fehl am Platz wirkten wie ... nun ja, Hollywood in einer Kleinstadt im US-Bundesstaat Washington. Sie hatten rein zahlenmäßig, aber auch dem Verhalten nach in Restaurants, Kneipen und Bistros das Ruder übernommen. Und die Wycliffer waren sich nicht sicher, ob ihnen die plötzliche Zunahme ihrer Sommerbevölkerung gefiel. Es war ja nicht so, dass ihre Unternehmen wegen der neuen Gäste besser gediehen. Sie brachten eher Unannehmlichkeiten für reguläre Sommergäste wie auch die Leute, die in der Stadt einfach ihr Brot verdienten. Andererseits konnten sie eine gewisse Faszination bei dem Gedanken nicht leugnen, dass sie einem echten Filmstar begegnen könnten, während sie ihren Geschäften nachgingen oder einfach durch die Stadt spazierten. Und als Gerüchte aufkamen, dass jeder die Gelegenheit haben werde, tatsächlich in dem Film selbst aufzutreten, war Wycliff in Aufregung geraten.

Am Abend vor Beginn der Produktion vor Ort, die vier Wochen dauern sollte, fand im Rathaus ein Sektempfang statt, und etliche Wycliffer waren dazu eingeladen, die „Hollywood-Leute", wie die Einheimischen sie nannten, kennenzulernen. Clark Thompson war etwas aufgeregt und hatte sich zu Ehren des Filmhelden, Captain William Renton, in eine Garderobe Outfit geworfen, die ihn wie einen Schiffskapitän wirken ließ. Sein weißes Haar und seine strahlendblauen Augen machten ihn zu einem rechter Blickfang in der Menge der Wycliffer Mitbürger, und Thora, seine Frau und frühere Sekretärin, war mehr als stolz auf die Figur, die ihr Mann machte.

Das Rathaus selbst war ein majestätisches Gebäude mit prachtvollen Steinreliefs und einer beeindruckenden Treppe hinauf zu den massiven, eichenen Doppeltüren, die als Eingang dienten. Der Bankettraum im ersten Stock mit seinem Blick über den Jachthafen und das Fähr-Terminal zu den Inseln im Sund und dem weiß gekrönten Olympic-Gebirge im Hintergrund war der perfekte Rahmen für solch ein illustres Ereignis.

Und dann standen sie in der Tür. Stanley Fahrenheit, der renommierte Produzent und Regisseur monumentaler Historienfilme mit einem Händchen dafür, Hollywoods beste neue Talente zu entdecken, wurde heimlich von mehr als einem hoffnungsvollen Mann oder einer hoffnungsvollen Frau beäugt, die dachten, ihr Leben könne doch noch eine Wendung zum Ruhm nehmen. Fahrenheit war in seinen Fünfzigern, wirkte ziemlich, wenn auch nicht übermäßig athletisch und trug sehr legere Kleidung, die die Wycliffer aussehen ließ wie eine Menge, die sich aufgeputzt hatte, um den Weihnachtsmann zu empfangen. Da er aber sehr charmant und umgänglich war, verziehen sie ihm sofort seinen Fauxpas, ihre Bemühungen unterschätzt zu haben.

„Sind Sie sicher, dass niemand aus Hollywood Sie je angerufen hat? Bei dem Aussehen?" fragte er Clark Thompson mit freundlichem Augenzwinkern. Innerhalb fünf Minuten hatten sie sich bereits beim Vornamen genannt.

Clark schmunzelte. „Ich könnte mit einem Fanclub dahinschmachtender Frauen nicht umgehen, Stan. Auch hege ich Zweifel, dass Thora das gutheißen würde. Was meine schauspielerischen Fähigkeiten angeht, bin ich mir ziemlich sicher, dass das Höchstmögliche dessen, zu dem ich je fähig gewesen bin, eine führende Rolle in einer Weihnachtsaufführung der ersten Klasse war."

„Eine führende Rolle", grübelte Stanley Fahrenheit. „Meinen Sie Josef? Oder Herodes?"

„Weit brillanter", sagte Clark. „Ich trug sowas wie die vergoldete Version der Krone der Freiheitsstatue auf meinem Kopf und zog einen großen goldgelben Schweif hinter mir her. Ich war der Weihnachtsstern, der die Hirten von einem Ende der Bühne durch das ganze Auditorium zum anderen Ende der Bühne geleitete." Er zwinkerte.

Fahrenheit verschluckte sich fast an seinem Sekt. „Definitiv eine führende Rolle, würde ich sagen."

„In der Tat", grinste Clark. „Nach dieser Rolle beschloss ich, dass meine Sternstunden als Schauspieler vorbei seien."

Eine Schülerin des Key Clubs von Wycliff High School kam mit einem Tablett voll Hors d'oeuvres von Wycliffs renommiertestem Catering-Service, *The Bionic Chef*, vorbei. Fahrenheit schnappte sich einen Bissen, ohne dem Mädchen mehr Aufmerksamkeit als ein freundliches Nicken zu schenken. Es hatte sich offensichtlich mehr erhofft, denn es verweilte noch etwas. Aber der Filmregisseur hatte seine Aufmerksamkeit bereits auf etwas anderes gerichtet und sich an Thora gewandt.

„Sagen Sie", wollte er von ihr wissen, „gibt es in Wycliff auch einen Radiosender oder eine Zeitung?"

„Eine Zeitung", sagte Thora munter. „Lassen Sie mich Sie mit ihrem Herausgeber bekanntmachen." Und sie ging mit ihm hinüber an eines der Fenster, an denen John Minor gestanden und aufmerksam die Menge beobachtet hatte. „John, mein Lieber, ich bin mir sicher, du bist unserem berühmten Gast aus Hollywood noch nicht begegnet, Filmproduzent und Regisseur Stanley Fahrenheit. Stan, dies ist der Besitzer und Herausgeber unseres *Sound Messenger*, John Minor. Ich denke, Sie werden feststellen, dass er ein Quell an Ideen und kreativen Möglichkeiten ist."

Die beiden Männer schüttelten einander die Hand. Dann überließ Thora sie einander und gesellte sich wieder zu ihrem Mann.

„Sie beabsichtigen also, wieder einen Ihrer Historienfilme zu drehen?" begann John so etwas wie Smalltalk.

„Das ist so geplant", nickte Stan. Er betrachtete still die ernsthaften, ruhigen Züge des jüngeren Mannes. Er schien gewiss nicht, so von den Stars beeindruckt zu sein, wie viele der anderen, die heute Abend hier waren. „Ich habe die Recherche ziemlich lehrreich gefunden. In dieser Region gibt es unerwartet viel Geschichte."

„Das ist allerdings wahr", bestätigte John und blickte ihn nachdenklich an. Stan war vermutlich gut zehn Jahre älter als er und besaß nichts von der Affektiertheit, die für gewöhnlich mit solchen VIPs verbunden wurde. „Aber sagen Sie, nach all diesen Filmen über international bekannte Persönlichkeiten, warum über Captain William Renton? Jemanden, der wahrscheinlich kaum außerhalb West-Washingtons bekannt ist?"

„Gute Frage", lobte Stan. „Ich habe tatsächlich nach jemandem mit genau diesen weniger bekannten Eigenschaften gesucht, der größeren Einfluss hatte, als die meisten Leute wissen. Warum gehen wir nicht rüber an diesen Ecktisch und plauschen etwas länger? Sie können mich alles fragen. Zum Projekt. Zu meinen Ideen. Mir selbst." Er blickte den jüngeren Mann bedeutungsvoll an. „Einfach alles."

Am anderen Ende des Raumes hatte eine hinreißende Dame in ihren frühen Dreißigern mit einer platinblonden Lockenmähne eine Menge von Bewunderern um sich versammelt. Zelda Winfree war Stanley Fahrenheits jüngste Entdeckung. Eine katzengleiche Persönlichkeit, so schnurrend wie kratzbürstig, gesellte sich zu ihrer Attitüde geheimnisvoller Lethargie, und ihre Schauspielerei war so divenhaft wie die Greta Garbos oder anderer Zelluloid-Stars der 1940er. Perfekt für die Hauptrolle in einem monumentalen Historienfilm, der genau diese Art von Erscheinung benötigte, um der Figur Glaubwürdigkeit zu verleihen. Im Augenblick zeigte sie nur Lächeln und fröhliches Gelächter, schrieb Autogramme und schenkte dem einen oder anderen Wycliffer, der sein Glück nicht fassen konnte, einen Augenaufschlag.

Hauptdarsteller Bruce Berwin allerdings war nirgends zu entdecken, sehr zum Bedauern seiner weiblichen Fans. Er hatte sich entschuldigen lassen, da er sehr früh am nächsten Morgen seiner Maskenbildnerin zur Verfügung stehen musste, um in einen bereits gealterten und blinden Protagonisten verwandelt zu werden. Ihm lag ohnehin nichts an Sekt und himmelnden Menschenmengen. Also passte ihm der frühe Arbeitsbeginn sehr gut.

Zugegeben, Thora war darüber etwas verärgert. Immerhin spielte Bruce Berwin die Hauptrolle eines Hollywood-Films, der wahrscheinlich wieder ein Blockbuster werden würde. Und jetzt bekam sie nicht einmal einen Händedruck. Nanu, war das wirklich sie?! Thora schüttelte den Kopf. Normalerweise war sie sehr bodenständig und besonnen, doch jetzt ärgerte sie sich über jemanden, der lediglich seinen Beruf so ernst nahm, dass er pünktlich und einsatzbereit am Filmset sein wollte. Gut für ihn.

Und sie hatte vielleicht immer noch die Gelegenheit, ihm irgendwo zu begegnen. Das gesamte Produktionsteam und die meisten Filmstars würden in den kommenden vier Wochen in Wycliff leben. Und wer weiß, vielleicht verpasste sie ja doch eigentlich gar nichts.

*

Die deutsche Journalistin Emma Wilde hustete schwer. Ihre Nase war vom ständigen Kontakt mit Taschentüchern rot, und sie fühlte sich einfach erschöpft. Da hatte sie im Hochsommer doch tatsächlich eine der heftigsten und längsten Erkältungen, die sie je erlebt hatte. Sie war wütend auf sich selbst. Und sie verstand nicht, wie das überhaupt hatte passieren können. Ihre Gesundheit war immer ziemlich stabil gewesen.

„Tief einatmen", sagte der Arzt. Und das tat sie.

Es war das erste Mal, dass Emma Wilde, geborene Schwarz, nach ihrer Einwanderung in die Vereinigten Staaten einen Arzt aufsuchen musste. Sie war erst im April nach einem Jahr der Trennung von ihrem Mann, Air Force Master Sergeant Oscar "Ozzie" Wilde, angekommen, weil ihr Greencard-Antrag hatte bearbeitet werden müssen. Jetzt, wo sie endlich hier war und bereit, sich in alle möglichen kommunalen Aktivitäten zu stürzen, die ihr helfen würden, sich zu integrieren und zu Hause zu fühlen, vereitelte diese hässliche Erkältung jeglichen Versuch, loszuziehen und Kontakte zu knüpfen. Es war so schlimm geworden, dass Ozzie darauf bestanden hatte, dass sie mit ihm auf den Stützpunkt komme, um ihren gemeinsamen Hausarzt in der McChord Clinic aufzusuchen. Zum Glück hatte sie sehr schnell einen Termin erhalten.

Es kam ihr immer noch seltsam vor, zu der Gemeinschaft hinter dem hohen Stacheldrahtzaun mit den schwerbewaffneten Wachen an den Toren und einem vollständigen Stadtzentrum und Wohngebieten drinnen zu gehören. Die Schranken der Joint Base Lewis McChord zu passieren, wo andere umkehren mussten. Sogar ein Krankenhaus zu betreten, das so anders aussah als jegliches Krankenhaus, das sie je drüben in Deutschland betreten hatte. Es roch sogar anders. Und es kam ihr noch merkwürdiger vor, einer Krankenschwester und einem Arzt ihre Probleme in einer Fremdsprache zu schildern.

Sie hätte nicht nervös zu sein brauchen, merkte sie. Das Personal war höchst geduldig, während sie in ihrem Vokabular angelte, um ihre Anfälle von Reizhusten, eine verstopfte Nase und diesen ständigen Schüttelfrost zu beschreiben, obwohl sie weder Fieber hatte oder Grund zu frieren. Ihr erster Sommer in der Region Puget Sound war eigentlich sogar ziemlich heiß.

„Atmen Sie noch einmal für mich ein", sagte der ältliche, dunkelhaarige Arzt mit den fröhlichen schwarzen Augen, während er das Stethoskop von einer Stelle auf ihrem T-Shirt an die nächste bewegte. Das war noch so etwas, woran sie nicht gewöhnt war – dass man sie nicht gebeten hatte, sich für diese

Untersuchung zu entkleiden. Andere Länder, andere Sitten, schloss sie.

„Nun", sagte der Arzt und ging um sie herum, um dasselbe mit ihrem Rücken zu tun. Nach einer Weile stand er ihr wieder gegenüber. „Wie lange sind Sie schon hier?"

„Ein Vierteljahr", krächzte Emma und sah ihn unglücklich an. Ein neuerlicher Hustenanfall packte sie, und ihre haselnussfarbenen Augen füllten sich mit Tränen der Erschöpfung.

Der Arzt nickte. „Und das ist nicht die erste Erkältung, die Sie seit Ihrer Ankunft haben?"

Emma schüttelte den Kopf. „Ich dachte immer, ich sei physisch fit", erwiderte sie. „Ich esse gesund. Ich gehe regelmäßig spazieren. Es sollte mir großartig gehen." Sie hob resigniert die Hände.

„Das mag der Fall gewesen sein, bevor Sie hierhergekommen sind", sagte der Arzt sanft. „Und es fehlt Ihnen auch eigentlich nichts. So geht es den meisten Einwanderern. Übrigens überall auf der Welt. Sie müssen sich an ein anderes Klima gewöhnen, an andere Nahrung, einen anderen Lebensrhythmus. Wenn Sie's mal geschafft haben, ist alles gut."

„Wie ein viereckiger Spund in einem runden Spundloch?" scherzte Emma schwach, und ihr Sinn für Humor wurde mit einem neuen Hustenreiz belohnt.

„So ziemlich", nickte der Arzt. „Aber glauben Sie nicht, dass Sie nicht hierher passten. Es sind einfach bloß die Umstände."

„Wie lange dauert dieser Vorgang der Assimilierung normalerweise?" fragte Emma.

„Ein Jahr lang", seufzte der Arzt. „Ich weiß, es ist eine ziemliche Herausforderung. Aber Sie haben bereits ein Viertel hinter sich. Nur noch drei weitere." Er zwinkerte.

„Na toll", sagte Emma. „Ich hatte gehofft, ich könnte bei dem Spaß mitmachen, als Komparsin in einer Massenszene mitzuwirken, die ein Filmproduzent aus Hollywood übermorgen in Wycliff filmen wird. Ich schätze, wohl besser nicht, richtig?"

„Besser nicht", erwiderte der Arzt. „Ich verschreibe Ihnen ein Antibiotikum und etwas gegen Ihren Reizhusten. Aber das Risiko, Ihre Keime zu verbreiten oder sich in der Menge womöglich noch mehr einzufangen, wäre zu groß. Ich rate Ihnen, die nächsten paar Tage daheim zu bleiben, bis Sie alle Antibiotika aufgebraucht haben. Okay?"

„Okay", seufzte Emma. „So viel zu meinem ersten Versuch, eine berühmte Hollywood-Schauspielerin zu werden." Sie hustete erneut. „Sieht so aus, als müsse ich etwas anderes probieren."

Hinterher holte sie ihre Arzneien am Apothekenschalter ab und rief Ozzie an, damit er sie abhole. Sie fühlte sich immer seltsam beschwingt, wenn er in seinem Kampfanzug auf sie zukam, die Kappe auf seinen sehr kurzen schwarzen Locken, ein

25

jungenhaftes Lächeln um seine hyazinthblauen Augen und seinen festen Mund. So vieles fühlte sich hier immer noch neu an. So vieles schien immer noch fremd. Doch sie wusste, dass sie die richtige Entscheidung getroffen hatte, ihr Schicksal mit seinem zu verbinden.

„Fertig zum Essen in der Kantine?" fragte er jetzt zärtlich. „Oder bist du zu krank, um etwas zu essen?"

„Zu krank, um unter die Leute zu gehen", sagte Emma und hustete. „Aber nicht zu krank, um zu essen."

„Dann lass uns was aus dem Food Court holen und es im Auto auf dem Heritage Hill essen."

„Heritage Hill?"

„Unser Militärflugzeug-Museum hinter all den Kirchengebäuden", erklärte Ozzie. „Man kann von dort aus unsere Flieger starten und landen sehen."

„Klingt gut", sagte Emma. Sie sog seinen Lebensstil wie ein Schwamm in sich auf. Alles Neue war interessant für sie. Alles, was sie lernen durfte, nahm sie in Angriff.

Im Food Court wählten sie zwei Stücke scharfer Salamipizza und saßen dann im Auto, mampften und sahen dem Flugbetrieb zu. Jenseits der Landebahn und scheinbar zum Greifen nah glänzte der weiße Gipfel des mächtigen Mount Rainier im strahlendblauen Himmel.

„So", sagte Ozzie und schluckte den Rest seiner Pizza hinunter. „Hast du die Genehmigung, eine der Hauptrollen in diesem Hollywood-Film zu spielen?" Er zwinkerte.

Emma schüttelte elend den Kopf. „Vielleicht in meinem nächsten Leben", sagte sie.

„Oh Liebling", sagte Ozzie und zog sie an sich. „Sei nicht traurig deshalb. Das hier ist nur der Anfang all der wunderbaren Gelegenheiten, die sich dir bieten werden. Werde einfach gesund, und entspann dich. Und dann hab einfach Spaß."

„Ich würde gern wieder als Journalistin arbeiten", gestand Emma.

„Tja, du weißt ja, dass du vielleicht die perfekte Verbindung hast, die diesen Weg ebnen könnte", grinste Ozzie. „Du hast bereits Luke und Dottie McMahon getroffen. Ich verstehe nicht, warum du nicht sofort Dotties Angebot angenommen hast, ihre Tochter, die Redakteurin Julie Dolan, kennenzulernen. Sie ist wirklich nett, weißt du?"

„Ich möchte nur nicht, dass die Leute denken, dass ich sie um etwas anbettle."

„Oh, Emma", stöhnte Ozzie. „Du bringst deine Fähigkeiten und deine Persönlichkeit mit. Du bettelst doch nicht. Wie oft muss ich dir das noch sagen?"

Emma lachte traurig und hustete. „Bis ich's glaube, schätze ich. Zumindest den Teil mit den Fähigkeiten. Es lässt sich immer darüber streiten, ob meine Persönlichkeit für irgendwen ein Gewinn ist."

„Nun, für mich ist sie das", sagte Ozzie, und sein Mund versuchte, sich mit ihren Lippen zu verbinden.

Emma schob ihn zärtlich weg. „Keime", mahnte sie ihn. „Du willst sie dir doch nicht einfangen."

„Ach", lachte Ozzie darüber, „ich wette, ich habe sie schon und bin immun dagegen. Vergiss nicht, dass ich der Typ bin, mit dem du ein Zuhause teilst." Und dann küsste er sie, wobei ihr schwacher Protest rasch von seinen sanften Lippen erstickt wurde.

*

Für Abigail Winterbottom, die 34-jährige Inhaberin des Bed & Breakfast *The Gull's Nest* – einst das prächtige Haus eines ehemaligen Seefahrt-Kapitäns an der Jupiter Avenue, direkt am Rand des Steilhangs über der Innenstadt Wycliffs – war der Anruf aus Hollywood ziemlich überraschend gekommen. Und sie war gar nicht glücklich darüber gewesen. Abby hielt normalerweise während der Sommermonate ein oder zwei Zimmer für spontane Gäste offen. Aber hier bestand mehr Nachfrage, und es klang auch dringend. Bis tatsächlich an den Punkt, an dem das Filmteam bereit war, alle andere Buchungen für den von ihm gewünschten Zeitpunkt auszubezahlen.

Am Ende hatte sich Abby damit einverstanden erklärt, ihre Gäste zu kontaktieren, und wunderbarerweise hatte jeder einzelne zugestimmt, zu verschieben oder den anvisierten Aufenthalt rückvergütet zu erhalten. Außer zweien, die sich Abby nicht einmal anzurufen bemühte. Sie hatten nicht nur frühzeitig gebucht. Sie hatten auch einen besonderen Platz in Abbys Herzen. Der Witwer Aaron White und seine Tochter Heather waren vor einem halben Jahr während eines Wintersturms bei ihr gestrandet, und sie hatten geplant, die Woche vor und nach dem Unabhängigkeitstag in dem Bed & Breakfast zu verbringen, das ihnen so viel mehr geboten hatte als eine warme Unterkunft während einiger ziemlich ungewöhnlicher Vorweihnachtstage.

Also hatte Abby der Sekretärin des Produzenten Stanley Fahrenheit ungeschminkt erklärt, dass sie ihre Unterkunft so gut wie für sich haben konnten mit Ausnahme zweier ihrer sehr persönlichen Gäste. Sie versicherte ihr, sie würden den Produzenten und die Hauptdarsteller, die ebenfalls bei ihr wohnen wollten, nicht stören.

Inzwischen versuchte die Sekretärin von ihrer Seite her ebenfalls, alles so entspannt wie möglich darzustellen. Nein, man brauche nur Frühstück. Falls überhaupt, da der Filmplan von so vielen „wenns" abhinge. Vom Wetter. Vom Licht. Von der Pünktlichkeit des Kontinuitäts-Teams. Von der Effizienz der Darsteller selbst, die Produktion in kürzestmöglicher Zeit durchzuziehen. Schließlich sei Zeit Geld. Man werde es dem Personal des Bed & Breakfast total einfach machen.

Abby waren die Erklärungen egal. Sie fürchtete, dass Aaron und Heather eher ruhelose Ferien weg von ihrem Zuhause in Eatonville erleben würden, wenn Leute ständig kamen und gingen. Zudem womöglich, ohne sich um die Bedürfnisse anderer Gäste zu bekümmern.

Von dem Sektempfang im Rathaus hatte Abby gehört, und sie hatte keine Einladung für sich erwartet. Sie würde ihren Anteil an Berühmtheiten in ihrem Haus ohnehin haben. Sie brauchte weder die Unterhaltungen noch das blauäugige Fantum eines Events auf dem roten Teppich. Sie gedachte eher, die persönliche Begegnung mit ihren berühmten Gästen in ihrem eigenen Haus bestmöglich nutzen zu wollen. Denn später, im Nachklapp, würde Wycliff vielleicht eine Unzahl von Filmfans empfangen, die nur zu gern in den ehemaligen Zimmern der Schauspieler übernachten und alle Drehorte würden aufsuchen wollen.

In erster Linie jedoch freute sie sich darauf, Zeit mit zwei ihrer Lieblingsgästen zu verbringen. Aaron hatte um seine verstorbene Frau getrauert, als er in jener Schneenacht im vorigen Dezember angekommen war, und er hatte keine Ahnung gehabt, wie er mit seiner damals neunjährigen Tochter umgehen sollte, die versucht hatte, mit dem Schmerz um den unerwarteten Selbstmord ihrer Mutter allein zurechtzukommen. Sie hatten einen Weg gefunden, offener miteinander umzugehen, und es dabei sogar geschafft, Abby über den Verlust ihres langjährigen Freundes hinwegzutrösten, der sie wegen einer anderen Frau verlassen hatte. Kurz und gut: Sie waren Freunde geworden. Sie hatten einander in den letzten Monaten nicht oft gesehen; Aaron und Heather waren nur drei- oder viermal hergekommen, manchmal nicht einmal über Nacht. Beide, Abby wie Aaron, waren in ihrem jeweiligen Arbeitsleben sehr beschäftigt gewesen. Aber sie hatten einander häufig angerufen und miteinander geskypet. Und sie hatten sich einfach um Geduld bemüht.

Dann endlich war der Tag gekommen, an dem Abby das Zimmer herrichtete, das Heather gehören sollte. Aaron würde diesmal sein eigenes haben. Es war nicht nötig, sich zusammenzudrängen wie während des großen Schneesturms, als Zimmer knapp gewesen waren und alle dazu beigetragen hatten, mehr Gäste unterzubringen, als das Bed & Breakfast normalerweise aufnahm. Abby seufzte wehmütig. Was für eine wundervolle Zeit war das gewesen. Sie würde sich nicht wiederholen. Und sie hoffte nur, dass ihre Freundschaft sich so entwickeln würde, wie sie es sich wünschte. Ein bisschen mehr als nur Freundschaft. Nein, eigentlich eine Menge mehr.

Es klingelte an der Tür, und Abby blickte ein letztes Mal in das Zimmer. Ja, es war jetzt ein Mädchentraum dank all der Accessoires, die sie um Heathers willen hineingebracht hatte – eine Schale voll Lavendel-Potpourri, ihre eigene Lieblingspuppe aus Kindertagen, ein Zen-Malbuch und Buntstifte. Nicht, weil sie Heather bestechen wollte, mehr als nur eine Freundschaft zwischen den beiden Erwachsenen zu erlauben. Sondern weil sie das kleine Mädchen mit seiner frühreifen Haltung und seiner unverblümten Offenheit wirklich liebte.

Es klingelte erneut. Abby ließ die Tür nur angelehnt und ging an die Haustür. Sie öffnete erwartungsvoll und spürte, wie ihr das Herz sank, als ihr statt ihrer Freunde eine platinblonde Dame in Designerkleidung gegenüberstand.

„Guten Morgen", sagte Abby und schluckte. „Was kann ich für Sie tun?"

Die Dame sah sie mit ironischem Lächeln an. „Ich denke, die Frage ist ein wenig seltsam, da Sie ein Bed & Breakfast führen", sagte sie. „Ich möchte natürlich mein Zimmer sehen und dann entscheiden, ob es mir gefällt oder ob ich ein anderes möchte. Es ist noch früh. Vor dem Check-in, ich weiß. Daher vermute ich, dass alle ausgezogen sind, die es hätten tun sollen, und dass noch niemand sonst angekommen ist. Richtig?"

Und damit rauschte sie an Abby vorbei ins Haus. Abby stand offenen Mundes da, schloss dann die Tür und wandte sich um.

„Und dürfte ich bitte Ihren Namen erfahren? Damit ich Ihnen das Zimmer zeigen kann, das für Sie vorgesehen ist?" brachte sie heraus. Ehrlich, diese Frau schien überhaupt keine Manieren zu besitzen, so hereinzustürzen!

Die Blondine lachte, und es klang hübsch, aber ihre Miene war höhnisch. „Offenbar sind Sie mit der Filmwelt nicht auf der Höhe der Zeit. Ich bin Zelda Winfree. Stanley Fahrenheit Studios haben ein Zimmer für mich gebucht. Ich spiele eine Hauptrolle in dem Film, den Stan drehen wird." Sie starrte Abby an. „Für Sie natürlich Stanley Fahrenheit. Der Produzent und Filmregisseur."

„Ich weiß, wer Stanley Fahrenheit ist." Abby fand ihre Sprache wieder. „Ich habe Ihr Team später am Nachmittag erwartet. Es ist noch nicht einmal Mittag."

„Liebes bisschen!" lachte die Frau. „Mein *Team* …" Sie ging in der Lounge umher und dann in den Frühstücksbereich, blickte durch ein Fenster in den rückwärtigen Garten und wandte sich wieder Abby zu. „Der ist gut, wissen Sie. Ein Star wie ich ist ganz allein. Je höher oben, desto eisiger die Luft, sagt man." Sie machte eine Effektpause. „Ich habe kein Team. Kann ich jetzt bitte mein Zimmer sehen?"

„Sicher", sagte Abby und trat hinter die Rezeption, um einen Schlüssel zu holen. „Es ist oben und hat einen Blick über den Sund."

„Haben Sie kein Zimmer auf diesem Stockwerk?"

„Sicher", sagte Abby. „Aber ich fürchte, Sie haben da nur einen Blick auf den Vorgarten und Jupiter Avenue."

„Nun", sagte die Frau und stieß die Tür auf, die Abby vor nur ein paar Minuten leicht angelehnt gelassen hatte. „Und was ist das?! Das hat doch einen Blick auf den Garten und den Sund! Oh, und wie hübsch und persönlich! Ich nehme es. Ich bin schon ganz davon angetan."

„Ähm, dieses ist schon vergeben."

„Wirklich? An wen? Ich sehe niemanden, und ich bin mir sicher, dass niemanden ärgert, wovon er nicht weiß, hm? Ich nehme es." Und damit ging die Frau in das Zimmer, das Abby so liebevoll für Heather vorbereitet hatte.

„Aber …"

„Ja?" sagte die Frau und blickte sie über die Schulter an, fast schon hinter der Tür. „Ich glaube nicht, dass Sie sich mit einem Gast streiten wollen, oder?" Dann beendete sie ihre Feststellung, indem sie die Tür schloss.

Abby stand nur da wie vom Blitz getroffen. „Na prima", murmelte sie leise. „Wenn das ein Anzeichen dafür ist, wie die nächsten vier Wochen werden …" Sie ballte die Hände zu Fäusten. Da fuhren ihre Pläne für Heather dahin. Sie seufzte.

Zelda Winfree hatte etwas von Abbys Enthusiasmus geraubt. Etwas weniger glücklich und energiegeladen ging Abby von Zimmer zu Zimmer, um zu überprüfen, dass ihr Reinigungsservice alles perfekt versorgt hatte. Dass Handtücher in großzügiger Menge bemessen und alle Toilettenartikel erneuert worden waren. Aarons Zimmer würde gegenüber dem liegen, das Zelda sich ausgesucht hatte. Und dann gab es ein Doppelzimmer, das sie Fahrenheits Koproduzenten zugewiesen hatte, einem älteren Herrn, der wegen einer leichten Gehbehinderung um Unterbringung im Erdgeschoss gebeten hatte. Was würde sie jetzt mit Heather tun? Sie würde ihr keines der Zimmer oben geben. Die waren viel zu groß für die Bedürfnisse des kleinen Mädchens, und außerdem würde es da oben unter Fremden sein. Außer ihrem Dauergast Dave, ihrem uralten Familienfreund, dem einfühlsamen, blinden Mann von Zimmer 24. Heather nannte ihn immer Santa Dave wegen seiner Ähnlichkeit mit einem traditionellen Weihnachtsmann, einschließlich seiner sanften Achtsamkeit.

Abby seufzte. Was, wenn sie dem Mädchen anböte, ihr Schlafzimmer mit ihm zu teilen? Eigentlich gar ihr eigenes Bett?

34

Wäre das angemessen? Was würde Aaron von diesem Arrangement halten? Nun, früher oder später würde sie es sowieso herausfinden. Und nein, sie würde Dave nicht mit ihrem Problem behelligen. Ihr großväterlicher Freund würde früh genug merken, welch bunte Truppe in ihrem Zuhause wohnen würde.

Endlich war sie fertig und setzte sich in ihr eigenes Wohnzimmer, um auf Aaron und Heather zu warten. Sie fühlte sich zu rastlos, um zu lesen oder etwas anderes zu tun, das Konzentration verlangte. Das Fernsehen zeigte einige der üblichen nationalen Hausfrauenprogramme, die sie nie wirklich unterhielten, sondern sie sich fragen ließen, warum jemand seine Schmutzwäsche bundesweit lüften wolle. Oder warum man eine Fernseh-Show brauchte, um seine idealen Kochgeräte zu finden. Oder warum man Western oder Liebes- oder Horrorfilme oder desillusionierende Science Fictions in einem Dauerstrom auf Kanälen sehen wollte, die ausschließlich diesen Genres gewidmet waren und nur von sinnlosen Werbeblöcken unterbrochen wurden. Warum überhaupt Werbung, fragte sie sich. Wenn etwas beworben werden musste, dann war es nichts, was sie brauchte. Kurz, sie war verstimmt, und nichts konnte sie im Moment versöhnen.

Abby ging in ihrem Wohnzimmer auf und ab. Sie war nicht in Stimmung, zu Mittag zu essen. Sie hätte Dave fragen sollen, ob er etwas brauche. Aber sie war sich auch sicher, dass er herunterkommen und in ihrer Küche finden würde, was er suchte. Er war so in ihrem Bed & Breakfast zu Hause, dass sie sich wegen seiner Bedürfnisse keine Gedanken machen musste, außer sicherzustellen, dass er mit zwischenmenschlichen Begegnungen versorgt war. Etwas, das in ihrem Haus ganz sicher passierte. Nur, dass ihm die Neuankömmlinge wohl nicht gefallen würden, wären sie alle wie Zelda Winfree.

Als sie noch einmal aus dem Fenster blickte, sah sie zufällig Aarons Auto in eine Parklücke vor ihrem Garten einfahren. Sie waren hier. Endlich!

Ein paar Augenblicke später piepste Heathers Stimme fröhlich durch die Lounge, während Aaron Abby umarmte und mehr als erfreut darüber schien, wieder an diesem Ort geschätzter Erinnerungen zu sein.

„Ist Santa Dave zu Hause?" wollte Heather fast sofort wissen.

„Ist er", versicherte ihr Abby. „Und auch schon ein anderer Gast."

„Oh!" Heather schlug sich eine Hand vor den Mund. „Dann bin ich besser etwas leiser, oder?"

Abby lächelte sie an und nickte. „Ich wünschte, ich könnte dazu nein sagen, Süße. Aber ich denke, du hast recht. Aaron, dein Zimmer ist die Nummer 1 – und Heather, ich fürchte, wir müssen für dich ein anderes Arrangement treffen. Warum kommt ihr nicht in mein Wohnzimmer, und ich spreche mit euch darüber?"

Aaron blickte neugierig, und Heather hüpfte an ihre Seite, um sie zu umarmen. „Es ist so schön, wieder hier zu sein", flüsterte sie.

Abby spürte, wie eine tiefe Wärme ihren Körper durchlief, und sie umarmte das Mädchen rasch ebenfalls. „Gehen wir", drängte sie.

Ein paar Minuten später saßen sie in Abbys privatem Wohnzimmer, und Abby hatte ihnen die Situation dargelegt.

„Echte Hollywood-Leute?" fragte Heather fasziniert.

„Aber sowas von", bestätigte Abby. „Am Ende sind sie aber wohl genau wie andere Gäste auch. Vielleicht etwas mehr beschäftigt. Aber es läuft darauf hinaus, dass einer von ihnen sich in das Zimmer verliebt hat, das ich für dich vorgesehen hatte. Und damit stecke ich in der Klemme. Ich will dich nicht oben allein lassen, auch wenn da natürlich noch Dave ist."

Heather runzelte die Stirn. „Könnte ich vielleicht bei dir einziehen? Wie bei einer Pyjamaparty für Mädels?"

Abby seufzte. „Ich hätte nichts dagegen. Definitiv nicht. Aber vielleicht *du*. Ich stehe jeden Tag früh auf, um für die Gäste Frühstück zu bereiten, und wenn ich dich dabei vermutlich wecken würde, wären das für dich nicht gerade Ferien, hm?"

Aaron nickte. „Vielleicht könnten wir beide zusammen nach oben ziehen und wieder ein Zimmer teilen ..." Er blickte Heather zweifelnd an.

Heather schüttelte energisch den Kopf. „Nein, Dad, du brauchst Ferien mehr als ich. Und wenn ich verspreche, dass ich nicht schnarche, ist es für Abby mit mir vielleicht auch total in Ordnung. Eigentlich könnte ich hier auf dem Sofa schlafen." Um dessen Bequemlichkeit zu demonstrieren, warf sie sich der Länge nach darauf hin und streckte sich wie ein Kätzchen.

Abby lachte. „Erst einmal bist auch du mein Gast. Also ist das Sofa vielleicht eine Idee für mich, nicht für dich."

Heather überlegte mit schräggelegtem Kopf. „Weißt du, es würde mir nichts ausmachen, mit dir ein Bett zu teilen. Das machen Freundinnen manchmal. Außerdem kann man viel besser Geheimnisse teilen, wenn man im selben Zimmer ist ..."

Aaron blickte überrascht drein. „Geheimnisse, Heather? Was für Geheimnisse?"

Abby lachte. „Oh, Aaron, ich bin mir sicher, dass es Geheimnisse sind, für die sich ein Mann nicht im Entferntesten interessiert. Außerdem nennt man sowas deshalb Geheimnisse." Sie zwinkerte Heather zu, und Aaron hob die Hände in komischer Resignation. „Dann also abgemacht, ja?"

Heather strahlte. Doch Aaron schien es etwas peinlich. „Bist du sicher, dass du das so möchtest, Abby?"

Doch Abby schleppte bereits Heathers Gepäck in ihr Schlafzimmer, das sie sich für die nächsten zwei Wochen teilen würden. Und Heather, die vom Sofa aufgestanden und zu dem Sessel gegangen war, in dem Aaron saß, schlang ihre Arme um seinen Hals. „Das werden die tollsten Ferien aller Zeiten!"

Einen Augenblick lang überflog ein Schatten Aarons Gesicht. Aber seine Tochter hatte recht. Seine verstorbene Frau hatte immer in ihrer eigenen Welt gelebt, und sie hatten ihren kurzen Wohlfühl-Episoden nie getraut. Vielleicht würden sie zum ersten Mal in ihren Ferien wirklich entspannen können.

2

Eine maritim eingerichtete, gemütliche gute Stube. *Eine schöne, junge Frau, Sarah, in Trauerkleidung sitzt auf einem Sofa, ein Baby im Arm, während ein kleines Mädchen sich an ihre Seite schmiegt und ein anderes, etwas älteres ernst in seiner Bibel liest. William Renton, jetzt 23, schreitet auf und ab, hält dann abrupt inne, starrt hinunter auf die Frau.*

Renton: *„Es ist jetzt eine Woche her seit der Beerdigung des Captains."*

Sarah *nickt.*

Renton: *„Die Leute werden bald anfangen zu reden."*

Sarah: *„Worüber reden?"*

Renton: *„Unsere Übereinkunft."*

Sarah: *„Was ist daran falsch?"*

Renton: *„Sie war in Ordnung, als ich noch der Protegé des Captains war und mir erlaubt war, ein Zimmer unter seinem Dach zu mieten. Den Leuten wird es nicht so gut gefallen, wenn ich unter dem Dach seiner Witwe bleibe. Es werden Gerüchte aufkommen."*

Sarah: *„Dann ist nichts daran zu machen."*

Renton: *„Ich werde mich nach einer anderen Unterkunft umsehen."*

Sarah: *„Nein, bitte ... Die Kleinen haben sich so an Sie gewöhnt. Ich habe mich an Sie gewöhnt. Zerstören Sie nicht, was von unserem Leben übrig ist."*

Renton: „Es gehört sich nicht. Es würde Ihren Ruf als ehrbare Frau vernichten. Ich müsste Sie heiraten, um unter demselben Dach mit Ihnen bleiben zu können."

Sarah: „Sie wissen, ich bin nicht arm. Ich habe eine ordentliche, kleine Mitgift."

Renton: „Dessen bin ich mir bewusst. Die Leute würden sagen, ich hätte Sie wegen Ihres Geldes geheiratet. Ich hoffe, Sie würden nicht dasselbe denken."

Sarah: „Sie sind ein stolzer Mann, William Renton. Aber verletzten Sie auch meinen Stolz nicht. Ich bitte Sie, Sorge für mich und die Kleinen zu tragen. Es könnte ein geschäftlicher Vorschlag sein. Die Hochzeit wäre nur eine andere Art von Vertrag."

Renton: „Ich muss das überschlafen. Ich bin für gewöhnlich kein Mann, der Geschäftliches mit Emotionen vermengt."

Sarah: „Noch bin ich solch eine Frau. Aber für alles gibt es ein erstes Mal. Und ich verspreche, dass ich es Ihnen nicht vorhalten werde."

Renton: „Falls ich mich entscheide, Sie zu ehelichen, verspreche ich Ihnen, dass Sie darum nicht ärmer sein sollen."
(Aus Isaac Fredericksons Drehbuch „The Calling")

*

Es war der erste Tag, nachdem die Filmproduktion in Wycliff begonnen hatte. Nicht jeder hatte es bemerkt, da alle

Szenen oberhalb des Steilhangs gedreht worden waren und die Unterstadt nicht betroffen gewesen war. Das einzige Zeichen, dass etwas Ungewöhnliches passierte, war eine Umleitung für Leute gewesen, die in das Wohngebiet der Oberstadt kamen, um das Gelände rund um das Historische Museum von Wycliff an der Jupiter Avenue zu meiden. Ebenso war der kleine Platz vis à vis – und somit die Treppe den Steilhang hinauf – gesperrt gewesen. Etwas ärgerlich für alle, die an einem schönen Sommertag wie diesem die besonders prächtige Aussicht über den Sund hatten genießen wollen. Doch wenn es das Ergebnis wert war, wer wollte sich da beschweren?!

Jetzt war die Kameraausrüstung für den Rest des Tages vom Drehort fortgeschafft, und die Crew hatte das Gelände des prachtvollen, alten Herrenhauses verlassen. Es war ein guter Tag gewesen, um die Dinge in Gang zu setzen. Aber Stanley Fahrenheit hatte auch nichts anderes erwartet, wenn ein altgedienter Profi wie Bruce Berwin die Hauptrolle spielte. Bruce war schon in einigen Filmen von Fahrenheit gewesen. Stan wusste, wann er auf einen Schatz gestoßen war – Bruce kam bei Männern an, wie er auch der geheime Traum der Frauen war. Eigentlich auch Stans Traum. Doch Bruce würde auf keinen Fall mehr als eine Freundschaft mit seinem Filmregisseur in Betracht ziehen. Wenn überhaupt. Bruce gehörte zu diesen seltenen Menschen, die Berufliches streng beruflich und ihr Privatleben privat hielten. Zumindest, soweit das die Presse zuließ. Und *das* war seit seiner ersten Emmy-Verleihung zu einem Problem für ihn geworden.

Heute hatte Bruce allerdings nicht wie sonst ausgesehen. Niemand hätte in dem alten Mann, der durch den Garten humpelte, einen kaum Vierzigjährigen mit gebräunter Haut, blitzblauen Augen und ausgeprägten, kantigen Gesichtszügen vermutet. Silberspray hatte über sein glattes blondes Haar hinweggetäuscht und ein Gewichtsanzug über seinen athletischen Körperbau. Unter einer Schicht von Silikonformen und dickem Pancake-Make-up hatte er ausgesehen, als sei er achtzig oder neunzig Jahre alt. Seine Maskenbildnerin hatte um seine Augen wirklich besonders gute Arbeit geleistet, da sie nicht nur uralt, sondern auch blind wirken mussten. Sie hatten einige der letzten Szenen des Films gedreht, der „The Calling" heißen würde, und Bruce hatte nur vier Takes in einem Schaukelstuhl im Gartenpavillon benötigt, während seine Partnerin Zelda sich hier über ihr kratzendes Kostüm und da über unbequemes Schuhwerk beschwert hatte. Kurz, sie war so alt wie Bruce zurechtgemacht worden, hatte sich aber wie die divenhafte Göre verhalten, die sie war.

Stan seufzte. Das Filmen mit Zelda würde ein hartes Stück Arbeit werden. Sie war zu jung im Geschäft, um zu verstehen, dass Professionalität nicht Attitüde bedeutete. Und wenn es Attitüde erlaubte, musste man verflixt gut sein. Eigentlich über jeden Zweifel erhaben. Vielleicht hatte er einen Fehler gemacht, seinem Casting-Team zuzustimmen. Aber nun war es zu spät. Die

Verträge waren unterzeichnet; die Ankündigungen waren gemacht worden. Und er wartete nur darauf, dass die nationale Presse herausfinden würde, wo ihr Drehort war, um sie zu bedrängen und ihre Arbeit so viel mehr zu erschweren. Er wusste, dass er für seine Projekte Publicity genau wie jeder andere Produzent brauchte. Doch in seinem Herzen arbeitete Stanley Fahrenheit, der bekannte Produzent und Regisseur Oscar-prämierter Filme, lieber in den ruhigen, emsigen Studios abseits der lauernden Mengen und Paparazzi.

Er blickte zurück aufs Museum. Die Villa Hammerstein war ein prachtvolles, altes Backsteingebäude mit Stuckornamenten und gusseisernen Säulen neben ihren schweren, eichenen Eingangstüren. Es gab sogar eine geschwungene Auffahrt zu den Eingangsstufen, sodass eine Kutsche oder ein Auto Passagieren bequemen Zugang zum Haus ermöglicht haben würde. Einst war es ein Privathaus gewesen, wenn auch anscheinend kein sehr glückerfülltes. Und voller Geheimnisse, die erst vor ein oder zwei Jahren bekannt geworden waren. Vielleicht wäre diese Geschichte in sich schon einen Film wert gewesen. Er zuckte die Achseln. Ein andermal, ein anderes Projekt. Natürlich hatte er einen Blick hineingeworfen, um ein Gefühl für den Einrichtungsstil zu gewinnen. Wie es gewesen sein mochte, damals in solch einem Haus gelebt zu haben. Er und seine Setdesigner brauchten solchen Input, um ein entsprechendes Set in ihren Studios in Los Angeles zu kreieren.

Vielleicht sollte er ein paar seiner Leute die Antiquitätengeschäfte in der Umgebung durchstöbern lassen, um passendes Mobiliar aus ungefähr dieser Zeit zu suchen. Was die Gemälde in dem Gebäude anging, erwog er, sie von jemandem kopieren zu lassen. Sie waren zu interessant und zu dicht am Thema, als auch nur an irgendetwas anderes zu denken. Seefahrtsstücke, ein Gemälde des Mount Rainier, Motive, die sich auf die Anfänge der Pionierzeit bezogen. Er würde darüber mit seinen Setdesignern reden müssen.

Er wandte sich um und ging zu dem kleinen Platz oberhalb der Treppen, die sich fast so steil wie Leitern an den Steilhang klemmten. Warum verweilte er noch hier, wenn alle seine Mitarbeiter bereits Feierabend gemacht hatten und vermutlich zu ihrer Camping-Kantine essen gegangen waren, wo günstigeres Catering erhältlich war? Oder aßen sie in den lokalen Restaurants zu Abend? Er verspürte einen leisen Appetit, wenn er nur an die Optionen dachte, die Wycliff bot. Besonders dieses gemütlich aussehende Bistro-Restaurant *Le Quartier* hatte seine Aufmerksamkeit geweckt. Vielleicht hatte das mit seinem französischen Namen zu tun und mit der Karte, die er damit assoziierte. Sein letzter Film hatte ihn nach Frankreich geführt, und er hatte rasch Geschmack an der lokalen Küche gefunden.

Stanley lehnte am Geländer und blickte in den milden Abend hinaus. Eine Fähre fuhr von einem der entfernteren Orte nach Wycliff. Noch immer befanden sich zahlreiche Freizeitboote auf dem Sund. Der Jachthafen war voller Boote, die anlegten, und

Seglern, die umhergingen und sich entweder um ihre eigenen Boote kümmerten oder Kontakt zu anderen Bootsleuten aufnahmen. Touristen schlenderten die Main Street hinauf und hinunter, verschwanden in Geschäfte und Restaurants, machten Schaufensterbummel oder wiesen auf besonders interessante architektonische Details an den alten viktorianischen Fassaden. Die Inseln begannen bereits, sich im aufsteigenden Seenebel zu verbergen. Und nur die Gipfel des Olympic-Gebirges lugten aus den hereinziehenden Wolken, verschmolzen ihre weißen Kappen mit ihnen und formten einen Anblick wie eine Fata Morgana.

„Schöner Abend, was?" Stanley wurde aus seiner Träumerei hochgeschreckt. „Das hier ist einer meiner Lieblingsorte in Wycliff."

Langsam drehte Stanley sich um. Sein Herz schlug hoch, und er musste sich zusammenreißen. Er hatte gehofft, dass dies passieren würde. Ja, um ehrlich zu sein, deshalb war er hier eine Weile länger geblieben.

„John!" markierte er Überraschung. „Schön, dich wiederzusehen."

John Minor lachte leise. „Keine große Überraschung in einer Kleinstadt wie Wycliff. Besonders nicht, wenn zwei Menschen so ziemlich in derselben Nachbarschaft wohnen."

Er stellte sich neben Stanley und lehnte sich ebenfalls ans Geländer. „Eigentlich bin ich dafür bekannt, dass ich fast täglich hierherkomme, um auf den Sund zu schauen. Nicht immer zur selben Zeit. Aber ziemlich regelmäßig." Er starrte über den Sund hinweg.

„Warum tust du nicht dasselbe von deinem wunderschönen Garten aus?" erkundigte sich Stan und deutete auf das nebenanliegende Grundstück. „Er liegt schließlich direkt neben diesem Platz hier. Du könntest auf deinem eigenen Grundstück bleiben und, wenn du es wolltest, sogar einen Drink nehmen, ohne öffentlich Unwillen zu erregen oder so zu tun, als ob du in eine braune Papiertüte atmetest."

John lächelte vor sich hin und nickte dann in Richtung seines Eigentums, eines gemütlichen weißen Hauses mit Hängekörben voll roter Geranien und einem weißen Lattenzaun um einen makellosen und üppig grünen Rasen.

„Siehst du die Hecke, die an den Steilhang grenzt?"

„Klar", sagte Stan. „Sie ist wunderbar beschnitten. Dein gesamter Garten ist eigentlich tipptopp. Du musst einen tollen Landschaftsgärtner haben."

„Einen der besten von Wycliff", nickte John. „Aber darum geht es nicht." Er machte eine Pause, um die Wirkung zu erhöhen. „Hast du es jemals versucht, dich an einen Busch anzulehnen?" Die beiden Männer lachten. „Siehst du, das meine ich. Ich lehne einfach gern hier und sehe die Welt vorüberziehen. Die Hecke ist eher eine Barriere gegen außen als eine Stütze für meinen Körper. Was Alkohol angeht – magst du auf einen Drink rüberkommen? Ich habe einen edlen Single Malt Scotch."

Stan hob die Brauen. „Du bietest mir ziemlich schweres Zeug an."

John zuckte die Achseln. „Nach dem zu urteilen, was dir sonst so gefällt, müsste es ganz nach deinem Geschmack sein. Eher als ein helles Bier oder Sekt." Er blickte Stan verschmitzt an. „Ich kann auch ziemlich gut Pizza in der Mikrowelle."

Stan lachte. „Sprach die böse Hexe vom Lebkuchenhaus zu Hänsel." Er ließ das Geländer los und trat einen Schritt zurück. „Klingt tatsächlich ziemlich verlockend. Mal etwas ganz anderes."

„Dann lass uns gehen."

„Unter einer Bedingung." John sah Stan neugierig an. „Morgen Abend geht das Abendessen auf mich."

„*The Gulls' Nest* serviert normalerweise kein Abendessen", bemerkte John mit einem Grinsen.

„Woher weißt du, wo ich wohne?" staunte Stan.

„Wie sollte ich nicht?" entgegnete John. „Du bist Stadtgespräch."

„Puh", machte Stan. „In Ordnung. Nun, ich dachte nicht an die Küche meiner Gastgeberin. Die übrigens, nach ihrem umwerfenden Frühstück heute Morgen zu urteilen, sogar ziemlich eindrucksvoll sein könnte. Nein, ich war neugierig auf diesen kleinen französischen Laden neben dem deutschen Feinkostgeschäft in der Unterstadt."

„Du hast dich ziemlich schnell mit der Stadt vertraut gemacht, wenn ich so sagen darf. Du bist erst gestern angekommen und kennst schon die Koordinaten?"

„Das ist meine Angewohnheit", gab Stan zu. „So schnell wie möglich zu wissen, wo ich bin. Um allen Bällen auszuweichen, die auf mich fliegen könnten."

„Wie beim Völkerball, was?"

Sie waren durch das Gartentor getreten, schlenderten aufs Haus zu und traten ein. Stanley blickte sich interessiert um. Das altmodische Büro mit seinem schweren Mobiliar und kaum sichtbarer Technologie, die puristische Diele mit nur einem großen, abstrakten Gemälde und strategisch kluger Beleuchtung. Die hochmoderne weiße Küche gegenüber dem Büro.

„Du magst keinen Schnickschnack, oder?" stellte Stan fest.

„Nein."

„Warum nicht? Ich meine, du hast dein gesamtes Einkommen für dich allein. Die meisten Leute fangen an, Sammlungen zu erstellen, wenn sie mal in dem Stadium sind, in dem sie alles haben und anfangen, sich zu langweilen."

„Ich bin mir nicht sicher, ob es langweilig werden könnte. Auch hinsichtlich Sammlungen", sagte John ruhig und führte seinen Gast durch die Küche auf eine andere Tür zu, die in den privaten Teil seines Hauses führte. „Man zahlt eine Menge dafür, wenn man sammelt, nur um dann herauszufinden, dass die Gegenstände für gewöhnlich weit weniger wert sind, als es derjenige, der es einem verkauft hat, einen glauben gemacht hat. Also ist es Geldverschwendung. Vom Platz ganz zu schweigen. Letztlich wird es jemand erben. Wird derjenige die Sammlung genauso mögen wie einst der Sammler? Oder hat man ihm Mühe verursacht, das Zeug loszuwerden? Warum nicht einfach das Geld hinterlassen, wie es ist, und fertig?"

Sie befanden sich nun im eklektisch eingerichteten Esszimmer. Der Blick über den Garten und die Dächer der Unterstadt zum Sund, seinen Inseln und den Bergen jenseits ließ nichts zu wünschen übrig. Die antiken Möbel wurden von sehr modernen Gemälden kontrastiert.

„Ich versteh's immer noch nicht", gab Stan zu und blickte durch das Panoramafenster. „Dein Lieblingsort zum Abhängen ist der kleine Platz oberhalb der Treppen am Steilhang. Aber du hast hier das gemütlichste Esszimmer mit einer der atemberaubendsten Aussichten, die ich je gesehen habe. Warum?"

„Ortswechsel", sagte John. „Wenn sich Zuhause und Büro im selben Gebäude befinden …" Er befasste sich mit einer Flasche und zwei schweren Whiskeygläsern aus Kristallglas. Die bernsteinfarbene Flüssigkeit gluckerte langsam in die Gläser. „Eis? Wasser?"

„Nur etwas Wasser", bat Stan.

„Kenner?"

„Von Whiskey? Nein, nicht wirklich. Eher von den Kleinigkeiten, was man mit dem richtig guten Zeug machen sollte. Um das volle Aroma herauszukitzeln."

„Richtig", nickte John und reichte ihm ein Glas. Sie standen Seite an Seite am Fenster. „Hast *du* einen Lieblingsort?"

„Wo?"

„Egal, wo."

„Hmmm", grübelte Stan. „Ich habe nie wirklich darüber nachgedacht. Schätzungsweise ist es immer der Ort, an dem ich gerade am glücklichsten bin." Er warf einen Blick zur Seite. „Jetzt gerade, denke ich, könnte das hier sein. Bei jemandem, mit dem ich mich verstehe."

Johns Gesicht zeigte eine feine Röte. War das innere Hitze, die vom Whiskey verursacht wurde? Der Widerschein der langsam untergehenden Sonne? Womöglich ein Aufruhr der Gefühle?

„Warum hast du die Villa Hammerstein als Drehort für deinen Film gewählt? Es *geht* doch um William Renton, oder?"

„Stimmt", sagte Stan und schnüffelte an seinem Glas, dem ein weicher Karamellduft mit einem torfigen Unterton und dem typischen Stich von Alkohol entströmte. „Es war die Empfehlung unseres Location Scouts."

„Ich bin mir nicht sicher, ob ich die Arbeit eines Location Scouts ganz verstehe", sagte John und lud Stan ein, in ein noch gemütlicher eingerichtetes Wohnzimmer nebenan einzutreten. Sie setzten sich in zwei breite Sessel, die gegenüber einem Gaskamin standen und links und rechts von ihm einen weiteren Teilausblick über den Sund boten. „Ich bin mir sicher, es ist doch wichtig?"

„Sogar sehr", nickte Stan. „Sie müssen auf Authentizität achten, auf gute Erreichbarkeit, Ruhe für den Dreh. Man kann nicht die ganze Zeit Flugzeuge über sich haben, wenn man einen Historienfilm über die Zeit vor der Luftfahrt macht."

„Ich verstehe", sagte John. „Wie ist es mit der Fähre, die Ankunft und Abfahrt mit einem Tuten ankündigt?"

„Kein Problem", lächelte Stan und nahm den puristischen, aber gemütlichen Raum mit indigener Textilkunst an der Wand in sich auf. „Renton lebte schließlich in einer Hafenstadt. Das Tuten von Signalhörnern wäre etwas gewesen, was sie nach einer Weile nicht mehr bemerkt haben würden."

„Okay." John verfiel in Schweigen.

„Aber?"

„Ich habe nichts gesagt", protestierte John.

„Nein, hast du auch nicht, und doch, hast du. Ich weiß, dass du mit etwas am Drehort nicht einverstanden bist. Was ist es?"

„Erstens, warum Wycliff und keine der kleineren Städte am Sund?"

„Es ist viktorianisch. Es ist rührig. Es kommt der Atmosphäre eines geschäftigen maritimen Zentrums der Pionierzeit näher als eine der Schlafstädte, in die sich viele der echten einstigen Drehscheiben gewandelt haben. Ihre Architektur hat sich verändert. Ihre Infrastruktur ist uninteressant geworden. Wir müssten viel zu viel umgestalten, wenn wir da filmten."

„Aber eine Stadt mit so einem Steilhang wie in Wycliff ist völlig abseits von den geologischen Gegebenheiten von Bainbridge", protestierte John.

„Niemand wird bemerken, dass es einen Steilhang gibt. Dafür sind die Cutter da. Wir filmen die Sägemühlen-Szenen irgendwo ganz anders, oben im Norden. Wir schneiden Strandszenen hinein. Wir erstellen eine nicht-existente Stadt, indem wir Teile von Wycliff zusammenbringen mit Bildern der immer noch vorhandenen altmodischen Holzindustrie und mit Landschaftsimpressionen – die Leute werden glauben, dass sie an dem historischen Ort sind, an dem Captain William Renton gelebt hat."

„Aber wenn sie hierherkommen, werden sie herausfinden, dass Wycliff völlig anders ist. Und dass Bainbridge anders ist. Und …" John breitete die Arme aus und blickte Stan hilflos an.

„Ach, echten Filmfans macht das gar nichts aus", erwiderte Stan ruhig. „Die machen eine Tour mit einer Liste aller Drehorte in der Hand. Eine Menge Leute schlagen dabei auch noch Gewinn daraus. Euer Museum beispielsweise könnte einen Bereich hinzufügen, in dem an die Dreharbeiten zu ‚The Calling' erinnert wird."

„Du hast auf alles eine Antwort, oder?" lachte John vor sich hin.

Stan zuckte die Achseln. „Besser ist das. Denn darauf sind die Medien aus, wenn der Film erst mal in den Kinos ist. Mach also ruhig weiter. Mir macht deine Skepsis wirklich Spaß."

„Ernsthaft?" John nahm noch einen Schluck und musterte Stans amüsiertes Gesicht. „Na, dann das hier: Warum die Villa Hammerstein? Wie passt dieses Gebäude da hinein?"

„Naja, das ist offensichtlich Rentons Zuhause."

„Das wird bei einigen Historikern gar nicht gut ankommen", erhob John Einspruch und wartete auf eine Erwiderung Stans. Doch es kam keine. Stan hatte sich bequem in seinen Sessel zurückgelehnt und wartete anscheinend auf weitere Argumente seines neuen Bekannten. „Man wusste, dass Renton reich war. Aber es war auch bekannt, dass er maßvoll lebte. Er stellte nie zur Schau, was er hatte. Er reinvestierte. Er sah zu, dass für seine Kommune und seine Arbeiter gesorgt war. Sein zweistöckiges Wohnhaus in Port Blakely war groß, aber keineswegs unverschämt elegant. Das extravaganteste Stück daran war sein kunstvoll geschnitzter Lattenzaun. Das war's dann aber auch schon."

„Bist du fertig?" gluckste Stan. „Kannst du dir irgendwen vorstellen, der eine erfolgreiche Person sehen möchte, die *nicht* in Reichtum badet? Dafür werden Filme gemacht. Um die Träume der Leute zu erfüllen – wenn auch nur auf der Leinwand. Ein Held *muss* eine Prinzessin heiraten. Eine Frau, die Grund für einen Krieg ist, *muss* schön sein. Ein Anführer *muss* besser sein als alle anderen. Und ein Magnat wie William Renton *muss* reich aussehen und leben."

John seufzte. „So viel zur Authentizität. Ich werde nicht einmal auf die Dialoge eingehen, die sich dein Drehbuchautor vermutlich für die Figuren hat einfallen lassen."

„Isaac Frederickson? Keine Sorge seinetwegen. Er hat die historischen Fakten absolut im Auge. Und natürlich musste er zwischendrin Dialoge erfinden. Das ist schließlich kein schwarzweißer Stummfilm mit Schriftblöcken dazwischen. Erwarte also keinen altmodischen Jargon – das Publikum ist modern und möchte verstehen, worum es in der Geschichte geht. Und im Dialog. Tja, natürlich muss der spekulativ sein. Genau wie die Dinge, über die keine der Biografien, die ich gelesen habe, geschrieben zu haben scheint. Aber das ist doch normal. Und außerdem, seien wir mal ehrlich, lässt das Raum für Wettbewerb. Falls jemand anders dieselbe Geschichte aufgreift, betrachtet er sie vielleicht aus einem anderen Blickwinkel. Weswegen dann *mein* Film immer wieder gezeigt wird und dem Studio noch mehr Tantiemen einbringt."

„Dann verzeih mir, dass ich es so unverblümt ausdrücke: Es geht gar nicht um historische Korrektheit und Authentizität. Es geht um reinen Merkantilismus."

Stan nahm einen Schluck aus seinem Tumbler, seufzte wohlig und erhob sich. Er ging die paar Schritte zu dem Fenster, das seinem Sessel am nächsten war, blickte hinaus und wandte sich um. „John, mein Freund, natürlich tut es das! Niemand braucht Filme als solche. Es gab Zeiten, da heuerten Leute Maler an, um ihre Gesichter in ihre Ahnengalerie malen zu lassen. Die

Leute kannten noch nicht einmal die Fotografie. Aber Filme sind etwas anderes. Sie unterhalten. Sie lehren vielleicht das eine oder andere, aber vor allem sind sie dazu da, von dem abzulenken, was Menschen Sorgen bereitet. Sie aufzumuntern. Zumindest ist es das, was ich mit meinen Filmen zu tun versuche. Und ich glaube fest, dass Captain William Renton eine perfekte Figur ist, um Menschen aufzumuntern. Wen kümmert es also, warum er geheiratet hat? Was er zu seinen Angestellten gesagt hat? Ob sein Zuhause eher einem Palast gleicht als dem echten, das, wenn ich mich recht erinnere, auf seine Anweisung hin in seinem letzten Lebensjahr abgerissen wurde? Wenn der Dialog plausibel ist und die Umgebung den Erwartungen der Leute entspricht, was willst du mehr?"

John rieb sich das Kinn und starrte in den kalten, leeren Kamin. „Hmm, was mehr …?"

„Sieh mal, du hast nicht einmal eine Antwort darauf …" Stan klang triumphierend.

John setzte seinen Tumbler auf einen Beistelltisch und stand auf. „Scheint, dass du recht hast." Er schlug seinem Gast auf die Schulter. „Und natürlich solltest du das auch. Du bist schließlich der Filmproduzent und Regisseur. Wäre es nicht furchtbar, wenn es dir an solcher Erkenntnis mangelte?!"

„Schrecklich", stimmte Stan zu. Sie lachten vor sich hin und starrten in den Himmel, der langsam seine Farben veränderte. „Darf ich auf ein Thema zurückkommen, das du vorhin mal berührt hast?"

„Klar", sagte John eifrig und sorgte sich immer noch, ob er es mit der Diskussion und seinen Meinungsäußerungen zu weit getrieben hatte. „Worum geht's?"

„Du erwähntest, wie toll du Pizza in der Mikrowelle zubereiten kannst. Ich denke, dieser großartige Scotch bildet eine angenehme Grundlage für ein oder zwei Stücke."

*

„Du hast also vor, weiter zu malen, wenn du mit unserem Trevor verheiratet bist?" fragte Theodora Jones Phoebe Fierce, die ihre Schwiegertochter werden würde, wenn sie nicht ihr Bestes versuchte, dies noch zu verhindern.

Sie saßen an einem Ecktisch im *Le Quartier*, einem von Wycliffs beliebtesten Restaurants. Vielleicht war das Bistro in französischem Stil bei den Einheimischen deshalb so beliebt, weil es vor ein paar Jahren von vier der ureigenen Kinder Wycliffs aufgemacht worden war. Vielleicht lag es an den verrückten, fast unglaublichen Geschichten, die mit den Mitarbeitern verbunden waren – einem schiefgegangenen Bankraub, der einen von ihnen zum Querschnittsgelähmten gemacht hatte, einem anderen, einst Drogensüchtigen, der sich in einem Stalking-Fall als Held gegenüber einer Mitarbeiterin erwiesen hatte. Kenner gingen ins *Le Quartier* einfach wegen der exquisiten Gerichte, die in dem gemütlichen Lokal mit dem charmanten Flair aus Grundzutaten zubereitet wurden. Die Karte wurde um wöchentliche Specials erweitert, und der angebundene Catering-Service, *The Bionic Chef*, eher umständehalber gegründet, erntete beste Kritiken.

Theodora Jones, Ehefrau des in Ruhestand gegangenen Anwalts James Jones und immer noch ein Schmetterling der Schickeria, hegte hohe Erwartungen an alle und jeden. Ihr gesellschaftliches Leben war in letzter Zeit ruhiger geworden, da ihr Mann einen Herzinfarkt erlitten hatte und mehr Ruhe und Erholung brauchte, als er sich früher gegönnt hatte. Trevor, ihr kluger und gutaussehender Sohn, der in der Familienkanzlei *Jones & Jones* gearbeitet hatte, deren Büroräume sich im Hause der Joneses befunden hatte, war schließlich der Liebe seines Lebens begegnet. Zumindest hatte er das seinen Eltern begeistert geschildert, als es offenbar war, dass seine Liebe erwidert wurde. Das war nicht immer so der Fall gewesen. Nach seiner fehlgeschlagenen Liebesgeschichte mit der Eigentümerin des *Flower Bower*, Kitty Kittrick, die inzwischen längst glücklich mit Eli Hayes verheiratet war, einem Landwirt aus dem Medicine Creek Valley, hatte er tatsächlich einen Versuch nach dem anderen unternommen, die Herzen der Wycliffer jungen Damen zu gewinnen. Erfolglos. Sie hatten seine Bedürftigkeit als das erkannt, was sie war: die Bemühung, Kitty zu vergessen und nur noch die Entschlossenheit, nicht ledig zu bleiben. Bis Phoebe Fierce aufgetaucht war.

Phoebe war eine aufstrebende abstrakte Malerin, die erst vor ungefähr einem Jahr nach Wycliff gezogen war. Sie hatte ein kleines Haus im eher anrüchigen Werftareal gemietet, zwischen einer riesigen Bootswerkstatt und einem Fischhändler mit angeschlossener Räucherei. Dort lebte und arbeitete sie. Die *Main Gallery* an der Main Street hatte ihre Arbeiten bereits zweimal ausgestellt. Die Werke der ersten Ausstellung hatten sich auf die Kraft aller Nuancen zwischen Schwarz und Weiß konzentriert. Damals war sie Trevor zum ersten Mal begegnet. Einem immer noch glücklosen, jungen Mann, der am selben Abend von einer Verabredung ziemlich sang- und klanglos sitzengelassen worden war. Und jetzt, erst vor ein paar Monaten, hatte sie Kunstwerke in luftigen Pastelltönen gezeigt, dynamisch in ihrer Wirkung und von Kunstkritikern hochgepriesen. Dort war sie Trevor wiederbegegnet. Und dieses Mal hatte es zwischen ihnen gefunkt. Zu James Jones' stillem Amüsement und zu Theodoras Leidwesen.

„Entschuldigung?" fragte Phoebe. Sie hatte aufmerksam die Speisekarte gelesen und offenbar Theodoras Frage nicht gehört. Jetzt schob sie ihre langen blonden Locken aus ihrem beinahe engelsgleichen Gesicht und runzelte die Stirn. Sie hatte eine Vorstellung davon, was Theodora beabsichtigte mit diesem „Mittagessen nur für uns Mädels", wie sie es genannt hatte, als sie sie in Gegenwart von James und Trevor eingeladen hatte. „Tut mir leid, ich bin einfach überrascht von der Vielfalt fantasievoller Gerichte, die man hier serviert."

Theodora hob affektiert die Brauen und musterte die elfenhafte, junge Frau, die ihr gegenübersaß. Wenn sie wenigstens mehr Gespür dafür hätte, sich richtig anzuziehen, dachte sie. Aber anscheinend war ihre heutige Wahl auf eine Vintage-Garderobe vom Antiquitätenhändler gefallen. Ein schlechtes Omen. Wie würde sie eines Tages ihre Kinder kleiden? Und würde sie, Theodora, auch nur die Chance haben, ihre Enkel mit Modemarken bekannt zu machen? Trevor nannte Phoebes Stil natürlich. Theodora fand ihn, gelinde gesagt, abgrundtief aus der Mode. Sie seufzte.

„Ich hoffe, es ist nicht zu überwältigend für dich? Ich weiß, dass junge Leute heutzutage kaum eine Ahnung von internationaler Küche haben. Aber ich dachte, ihre Kreativität würde dich als Künstlerin ansprechen."

Jetzt geht's los, dachte Phoebe. Lass sie dich nicht provozieren. „Oh, absolut. Was international angeht – als Künstlerin bin ich mir internationaler Kreativität auf allen möglichen Gebieten sehr bewusst. Ich finde es nur schwierig, eine Wahl zu treffen. Es gibt zu viele Optionen." Sie lachte entschuldigend.

Theodora schien abzulassen. „Das stimmt. Deshalb komme ich immer wieder gern hierher, um noch mehr zu kosten." Sie jetzt gab vor, auf die Karte zu blicken, gab aber nach kaum zwei Sekunden wieder auf. „Hast du also nach eurer Hochzeit vor weiterzumalen? Oder wirst du … wie soll ich es sagen … eine gehaltvollere Aufgabe übernehmen?"

Phoebe verschluckte sich beinahe an dem Schluck Wasser, den sie gerade hatte schlucken wollen. „Verzeihung?"

„Ich meine, du erstellst wundervolle Kunstwerke." Theodora bemerkte, dass sie zurückrudern und sich neu formulieren musste, um die von ihr gesuchte Information zu erhalten.

Véronique, Restaurant-Mitbesitzerin und Verlobte von Koch Paul Sinclair, auch bekannt als *The Bionic Chef*, trat mit ihrem Bestellblock an ihren Tisch. „Hallo, die Damen", sagte sie mit einem leichten kanadisch-französischen Akzent, den sie von ihrer Mutter geerbt hatte. „Kann ich schon Ihre Bestellungen aufnehmen?"

„Ah, Véronique, heute für die Gäste zuständig?" stellte Theodora etwas hochmütig fest. „Ich habe mich entschieden, aber ich weiß nicht, ob meine künftige Schwiegertochter auch schon so weit ist." Sie ließ die Aufforderung in der Luft hängen.

„Oh, bin ich", sagte Phoebe rasch. „Ich hätte gern die gemischten Vorspeisen."

„Oh, die werden Sie mögen", bemerkte Véronique, während sie die Bestellung notierte. „Diese Woche ist das Motto ,Montagnes et Mer'. Sind Sie auf Schalentiere allergisch?"

„Nein", sagte Phoebe und lächelte ihre aufmerksame Gastgeberin an. „Ich liebe sie sogar."

„Dann erwartet Sie ein echter Leckerbissen. Irgendwelche Vorspeisen für Sie, Mrs. Jones?"

„Einen halben Cesar's Salat mit sehr wenig Knoblauch, bitte. Oh, und keine Sardellen."

Véroniques Gesicht verriet nichts. Aber sie wusste, dass ihre Freunde in der Küche sich über die Bestellung der versnobten Theodora Jones lustig machen und ihr Dressing wie üblich ausgeben würden. Wer hatte je von einem Cesar's Dressing ohne Sardellen und mit fast keinem Knoblauch gehört?!

„Sonst noch etwas?" fragte die hübsche Wirtin mit unverändert freundlicher Miene.

„Wie steht's mit dir?" fragte Theodora süßlich.

„Das wär's", sagte Phoebe entschieden. „Danke."

„Aber das ist doch nur eine Vorspeise. Magst du keins von ihren wunderbaren Hauptgerichten probieren?" Theodora wirkte fast entsetzt.

„Vielleicht ein andermal", sagte Phoebe genauso freundlich. „Mir ist nur nicht nach etwas Gehaltvollerem."

„Oh." Theodoras Mund stand leicht offen. „Na dann. Sieht so aus, als wäre das alles für den Moment, Véronique. Danke."

Véronique, die spürte, dass Theodora eines ihrer berüchtigten Verhöre vorgehabt und nicht erreicht hatte, was sie wollte, nickte mit geschäftsmäßigem Lächeln, sammelte die Speisekarten ein und zog sich zurück.

„Ich hoffe, meine Frage vorhin hat dich nicht verärgert", nahm Theodora ruhig das Gespräch wieder auf, wo es vor ihrer Bestellung aufgehört hatte. „Du musst allerdings zugeben, dass das Einkommen eines Künstlers immer unzuverlässig ist."

„Im Gegensatz zu dem einer Hausfrau", entgegnete Phoebe. „Denn natürlich sorgt der Ehemann beständig für sie."

Theodora hatte den Anstand zu erröten und nahm einen Schluck Wasser. „Angekommen."

Phoebe nickte leicht. „Anscheinend machst du dir Sorgen, ob ich mich selbst versorgen kann, wenn ich erst einmal mit deinem Sohn verheiratet bin. Sei versichert: Ich kann's. Ich habe es immer gekonnt. Ich denke eigentlich, dass ich es auch jetzt gerade ziemlich gut hinkriege. Du brauchst dich nicht darum zu sorgen, ob ich eine Goldgräberin bin." Theodora wollte etwas sagen, doch Phoebe hob eine Hand, um zu signalisieren, dass sie noch nicht fertig sei. „Ich bin mir sehr wohl bewusst, dass du glaubst, ich hätte Glück, in deine Familie einzuheiraten. Lass es mich so formulieren: Trevor hat sehr viel Glück, daraus weg zu heiraten. Und falls du mit ihm auf gutem Fuß bleiben möchtest, solltest du dich besser mit dem Gedanken abfinden, dass du in keiner Ehe außer deiner eigenen einen Platz hast." Sie kramte in ihrer Handtasche, die in ihrem Schoss gelegen hatte und zog ein paar Zehn-Dollar-Scheine heraus. „Du bist eingeladen", lächelte sie und legte sie auf den Tisch. Dann erhob sie sich. „Und nun entschuldige mich bitte."

Damit drehte sich Phoebe um, ging weg und ließ eine völlig sprachlose Theodora zurück. Véronique stieß mit Phoebe auf ihrem Weg hinaus beinahe zusammen.

„Ist alles in Ordnung?" fragte sie mit besorgtem Blick.

„Völlig in Ordnung, danke", sagte Phoebe mit gespieltem Lächeln. Aber sie merkte, dass ihre Stimme leicht zitterte, und ihre Hände bebten, als sie die Tür öffnete. „Bitte, schicken Sie meine Vorspeisen trotzdem Mrs. Jones."

Eine Stunde später klagte Theodora ihrem nachsichtig lauschenden Mann im Hause Jones ihr Leid. Sie ging im Wohnzimmer auf und ab und blickte weder auf ihn noch auf die atemberaubende Aussicht vor ihrem Panoramafenster.

„Sie hat tatsächlich die Frechheit besessen, mich vor allen Leuten sitzenzulassen!" spie sie.

James, dessen Mittagessen ein unspektakuläres Erdnussbutterbrot mit Gelee gewesen war, begleitet von einem Glas Milch und einer Pille gegen seine Herzbeschwerden, schlug ein Bein über das andere und legte die Hände bequem auf den Bauch.

„Tja, was soll ich sagen, Theo?" fragte er nachdenklich. Er war die voreingenommene Art seiner Frau gewohnt und hatte sie mitunter sogar recht amüsant gefunden. Aber dies war anders. Diesmal hatte sie einen beinahe unverzeihlichen Fehler begangen. Zumindest empfand er das so.

„Auf welcher Seite stehst du überhaupt?" Theodora hielt in ihrer Tirade inne und keuchte.

James wünschte in diesem Moment, er wäre näher bei der Anrichte und seiner Whiskey-Karaffe. Allerdings war es noch viel zu früh am Tag für einen Drink. „Ich bin immer auf deiner Seite.", begann er.

„Danke."

„Aber diesmal bist du, fürchte ich, zu weit gegangen", wagte er sich vor. „Phoebe ist Trevors Verlobte, und bald wird sie Teil unserer Familie sein. Du kannst sie nicht so behandeln, als bewürbe sie sich auf einen Job als dein Dienstmädchen."

„Aber ich habe ein Recht darauf zu erfahren, wer zu uns daheim gehört."

James räusperte sich. „Warum setzt du dich nicht, meine Liebe?"

Theodora war so überrascht von seinem unerwarteten Seitenwechsel, dass sie die Lippen zusammenpresste und sich auf das Zweiersofa schräg gegenüber seinem Sessel fallen ließ.

„Erstens wird sie nicht, wie du es ausdrückst, zu uns daheim gehören. Phoebe wird vielmehr ihr eigenes Zuhause haben. Zusammen mit Trevor. Sie wird immer nur als Gast hierherkommen. Und ich weiß, dass du eine hervorragende Gastgeberin bist, die sich um jeden ihrer Gäste bemüht." Er hob die Augenbrauen, um zu sehen, ob seine Bemerkung angekommen war. „Zweitens ist es eine Sache zwischen ihr und Trevor, wie sie ihre Finanzen handhaben, ihr Berufsleben, alles, was sie betrifft. *Falls* sie je zu uns um Rat kommen, was ich wirklich bezweifle, besonders nach dem heutigen Intermezzo, sollten wir ihren Sorgen eher zuhören, bis sie ihre eigene Lösung finden, anstatt irgendwelche Vorschläge zu machen. Denn das Letzte, was sie wollen, sind Ratschläge. Besonders Ratschläge, die wie Anweisungen klingen."

„Ich wollte doch nur sichergehen, dass unser Trevor …"

„Trevor ist ein erwachsener Mann, Theo. Und Phoebe scheint eine selbstständige Frau zu sein. Ich habe keine Ahnung, mit welchen Worten du sie verärgert hast. Aber offenbar *hast* du sie verärgert. Wir beide wissen, dass bisher keine Wahl von Trevor deinen Vorstellungen von einer Frau für ihn entsprochen hat. Ich könnte mir sogar vorstellen, dass du Phoebe absichtlich verärgert hast. Hm?" Er sah seine Frau mit bohrendem Blick an; sie sah trotzig zurück, schloss dann aber geschlagen die Augen. „Ist diesmal nicht so gut für dich ausgegangen, wie's scheint." James schlug seine Hände und Beine auseinander, streckte sich ein wenig und erhob sich dann aus seinem Sessel. „Zeit für ein wenig Demut und eine Entschuldigung, schätze ich. Du bist endlich auf einen würdigen Gegner gestoßen, und manchmal muss man eben auch einstecken, wenn man ausgeteilt hat."

James ging zur Anrichte hinüber, betrachtete die Auswahl an Flaschen und Karaffen, wählte dann ein kleines, hochstieliges Kristallglas und füllte es mit Sherry. Er trat damit auf Theodora zu und drückte es ihr in die Hand. „Hier, meine Liebe. Stärke dich für deinen Gang nach Canossa. Je eher du es hinter dich bringst, desto eher wird es in Vergessenheit geraten." Er beugte sich hinab und küsste sie auf die Stirn. Dann schlüpfte James aus der Tür und überließ seine Frau ihren eigenen Gedanken.

Theodora starrte auf das Muster des Perserteppichs zu ihren Füssen, den Kaminsims gegenüber und dann auf das Glas in ihrer Hand. Einen Augenblick lang hätte sie am liebsten das

Kristall am Marmorkamin zerschmettert. Aber dann bedachte sie den Aufwand, den es kosten würde, die Scherben und die klebrige Flüssigkeit aus dem Teppich zu beseitigen. Niederlage. Es schmeckte ihr gar nicht. Da setzte sie das Glas an die Lippen und leerte seinen Inhalt in einem Zug. Es änderte nichts an der Niederlage. Aber sie schmeckte weniger bitter.

*

Phoebe lief zum Jachthafen, nachdem sie *Le Quartier* verlassen hatte. In ihr brodelte es. Wie konnte Theodora Jones es wagen, sie so zu behandeln?! Warum glaubte sie, sie sei besser als alle anderen?! Sie, Phoebe, hatte eine eigene Karriere. Sie war eine Frau, die ihre eigenen Brötchen verdiente. Nicht viel. Aber genug, um sich über Wasser zu halten und bis vor kurzem die Miete für ihr Zuhause und ihr Atelier zu bezahlen. Dann hatte ihr Trevor sein neu gekauftes Haus gezeigt und sie mit dem fantastischsten Atelier überrascht, von dem sie je nur hätte träumen können. Nachdem er sie gefragt hatte, ob sie ihn heiraten wolle und sie eingewilligt hatte, hatte sie etwas Zeit benötigt, um zu überdenken, ob sie wirklich sofort ihre Unabhängigkeit, ihr Atelier im Werftareal aufgeben wollte. Die Versuchung hatte gesiegt, und jetzt lebte sie mit ihrem Verlobten in einem schicken Herrenhaus mit riesigem Garten an einer der stillsten Straßen in Wycliff. Aber sie verdiente immer noch ihr eigenes Geld. Und nötigenfalls konnte sie sich wieder unabhängig machen. Konnte Theodora Jones das von sich selbst behaupten?

Phoebe lehnte sich gegen das Holzgeländer oberhalb der Docks und starrte in das schmutzige Wasser des Hafenbeckens. Ein paar Möwen hüpften um eine Jacht, wo man gerade ein paar Fischinnereien von einem Angelausflug weggeworfen hatte. Ein paar Leute trugen ihre bunten Plastikkajaks eine Gangway hinunter, um sie an einem leeren Gäste-Dock zu Wasser zu lassen und ihre Nachmittagsreise die Küste hinauf oder hinab zu beginnen. Es war friedlich hier draußen, und Phoebe holte tief Luft.

Zeit, nach Hause zu gehen. Zeit, mit Trevor zu reden. Denn eine teuflische Schwiegermutter konnte mit ihrer Boshaftigkeit ihre Ehe vergiften. Besser eine Lösung finden, damit fertigzuwerden. Sie stieß sich vom Geländer ab und begann ihren Weg zur Treppe am Steilhang. Die Bewegung tat ihr gut, und als sie schließlich den kleinen Platz oberhalb der Klippe erreicht hatte, drehte sie sich mit glühenden Wangen um und blickte zurück auf die beeindruckende Landschaft, die vor Millionen Jahren von Vulkanausbrüchen und Gletscherbewegungen geformt worden war. Hitze und Frost konnten Dinge einzigartig, ja sogar spektakulär formen, gewiss. An Hitze oder Frost in menschlichen Beziehungen lag ihr allerdings nicht sehr viel. Auf dem Gebiet richteten sie mit Sicherheit Unheil an.

Zielstrebig lenkte Phoebe ihre Schritte vorbei am *Sound Messenger*, *The Gull's Nest* und einigen anderen gemütlichen Wohnhäusern an der Jupiter Avenue, überquerte ein paar kleinere Kreuzungen und erreichte schließlich Trevors und ihr Zuhause an der Washington Lane. Sie strich ein paar lockige Strähnen von ihrem verschwitzten Gesicht zurück, atmete tief durch und ließ sich durch das schmiedeeiserne Tor neben dem größeren Tor ein, das die Einfahrt abschloss.

Als sie auf ihr neues Zuhause zuging, dachte sie darüber nach, dass dies ihre Zukunft sein würde – in einem von Wycliffs ältesten Häusern zu leben und zu malen. In einem, das mit der großen viktorianischen Geschichte der Stadt verknüpft war. Dass sie irgendwie auch Teil der Geschichte dieses Hauses werden würde. Das hieß … Sie seufzte. Ihre künftige Schwiegermutter sollte Phoebe wirklich nicht davon abbringen, sich auf ihre eigene Hochzeit zu freuen. Aber nun stellte sie fest, dass sie eine Salve an Kritik und Beschwerden bis ins kleinste Detail erwarten würde. Wie sollte sie dem jemals mit Würde begegnen?

Trevor kam aus seinem Büro, sobald er hörte, wie sich die schwere Eingangstür öffnete. Phoebe staunte, wie klein jedermann in der mächtigen Eingangshalle mit ihrem Treppenaufgang und der Galerie schien.

„Schon zurück, mein Schatz?" fragte er, und seine blauen Augen blitzten vor Freude. „Das war ein kurzes Mittagessen. Hast du es genossen?"

Phoebe lehnte sich gegen die Haustür und beobachtete ihn, wie er auf sie zukam, um ihr einen zärtlichen Kuss zu geben. Sie legte die Arme um seinen Hals und blieb passiv.

„Geht es dir gut?" Trevor spürte ihre Anspannung

„Alles in Butter", sagte Phoebe mit dünnem Lächeln. „Nur dass ich von Butter nicht viel halte, wenn sie lebenslang überall drin ist."

„Oh nein", erwiderte Trevor. „Lass mich raten – Mutter hatte einen ihrer Momente mit dir?"

„Sagen wir so viel – ich habe sie noch nie *ohne* ihre ‚Momente' mit mir erlebt. Aber dieses Mal hat sie sich wirklich selbst übertroffen."

„Warum mache ich nicht eine Pause, und wir reden darüber?" schlug Trevor vor, löste sanft eine ihrer Hände von seinem Nacken und zog sie mit sich zu einer großen Flügeltür, die direkt in ihren Salon führte, mit Blick auf den kunstvoll gestalteten rückwärtigen Garten. Hier ging er mit ihr zu einem Zweiersofa gegenüber einem großen Fenster, das vom Boden bis zur Decke reichte, und setzte sich neben sie. „Jetzt erzähl mir, was passiert ist."

Phoebe schluckte und blickte in das liebe und eifrige Gesicht ihres Verlobten. Oh, wie sie diesen achtsamen, gutaussehenden Mann liebte! Und wie sie gelernt hatte, seiner Mutter zu misstrauen und sie nicht zu mögen! „Ich sollte deine Mutter nicht schlechtreden", flüsterte sie.

Trevor legte einen Arm um sie und drückte ihre Schulter.

„Ich würde Erzählen nicht ‚Verunglimpfung' nennen, solange du es nicht dazu machst. Und ich weiß, dass du das nicht tust. Außerdem bin ich bei meiner Mutter aufgewachsen und habe lange genug mit ihr gelebt, um zu wissen, wie anfällig sie dafür ist, anmaßend zu werden. Um es freundlich auszudrücken."

Phoebe seufzte. „Sie hat es ziemlich deutlich gemacht, dass sie nichts von meinem Beruf hält." Trevor lachte leise. „Das ist nicht lustig!" rief sie aus.

„Nein, ist es nicht", gab Trevor zu. „Bisher ist die Einzige, die ihren Antagonismus nicht zu spüren bekommen hat, wenn es darum ging, meine künftige Frau zu werden, eine Anwältin mit der versnobtesten Art gewesen, die du dir nur vorstellen kannst. Also bist du in Ordnung."

„Es fühlte sich nicht in Ordnung an." Phoebe kaute an ihren Lippen. „Wie kann sie es nur wagen? Und auf wessen Seite stehst *du*?"

„Ich glaube nicht, dass wir diesen Punkt diskutieren müssen", erwiderte Trevor ernst. „Du heiratest mich, nicht sie. Und mir gefällt dein Beruf. Das sollte alles sein was zählt, oder?"

„Aber was, wenn sie dich zermürbt? Und was, wenn ich nie einen echten Durchbruch habe? Was…"

„Schhh…" Trevor legte einen Finger auf ihre Lippen. „Mein alberner Liebling, hier in West-Washington steigst du bereits die Karriereleiter steil empor. Und selbst, wenn es eines Tages eine Durststrecke gäbe – weiß ich nicht um die

Wankelmütigkeit des Kunstmarkts? Würde ich dich nicht finanziell und moralisch unterstützen, wenn du scheitern würdest? Würde ich dich nicht immer noch von ganzem Herzen lieben? Und wüsste ich nicht, es läge wahrscheinlicher am Markt und an der Mode als an deinem unerklärlich plötzlichen Versagen zu malen?"

Phoebes Augen hatten sich mit Tränen gefüllt, und nun blickte sie in die seinen. „Trotzdem hat sie wieder all die richtigen Knöpfe gedrückt und einfach meinen Appetit ruiniert. Ich habe sie mit meiner Vorspeise sitzengelassen."

Trevor lachte. „Na, dann darf eben sie dafür bezahlen."

„Ich habe darauf bestanden, dass *ich* für das Mittagessen bezahle", gab Phoebe zu. „Ich wollte, dass sie Reue empfindet."

„Meine Mutter und Reue?!" Trevor schüttelte den Kopf. „Eher gefriert die Hölle. Soweit ich sie kenne, wird sie an allem herumgestochert haben, so getan haben, als sei sie diejenige, die beleidigt worden ist, und gegangen sein, so verärgert und aufgeplustert wie … oh, ich habe nicht mal einen Vergleich dafür!" Er lachte verlegen. Dann stupste er sie an. „Komm, Süßes, lächle für mich. Wir stehen ihr gemeinsam entgegen, und wir werden die seltsamen Versuche meiner Mutter, das Sagen zu haben, uns nicht davon abhalten lassen, glücklich zu sein und unsere Hochzeit zu planen."

„Sie wird bei allem mitreden wollen", sagte Phoebe.

„*Du* bist die Braut. *Sie* hatte damals ihre Gelegenheit."

„Anscheinend bedient sich deine Mutter gern ein zweites Mal.“

„Nun, nicht dieses Mal.“

„Sicher?“ Phoebe sah ihm hoffnungsvoll in die Augen.

Trevor nickte fest. „Vielleicht sollten wir Details besprechen, bevor sie eine Chance hat, ihren Fuß in die Tür zu setzen. So kann sie uns mit ihren Vorschlägen oder, schlimmer noch, vollendeten Tatsachen nicht kalt erwischen.“

Phoebe nickte. „Können wir bitte damit anfangen, bevor ich den Mut verliere?“

Trevor versuchte, in ihrem Gesicht zu lesen. Es war jetzt verweint, und ihre schlanken Hände, die sie im Schoß gefaltet hatte, bebten ganz leise. Trevor holte tief Luft.

„Immer, wenn ich mir unsere Hochzeit vorstelle, denke ich an Blumenmädchen.“

Phoebe stieß ein Kichern hervor. „Echt?!“

„Ja. Denn du siehst so aus, wie ich mir die Feenkönigin Titania vorstelle, und du solltest einfach einen kleinen Hofstaat um dich haben.“

Phoebe hob eine ihrer Hände und stieß sie spielerisch gegen seine Stirn. „Feenkönigin, also wirklich! Ich kenne hier überhaupt keine Kinder.“

„Ich meine es ernst. Und ich habe für dich auch die perfekten Kinder im Sinn …“

„Wen?“

„Die Hayes Mädels.“‘“

„Wie in *The Flower Bower* Hayes?"

„Genau die." Trevor ließ es eine Sekunde lang sacken, bevor er fortfuhr. „Du weißt, dass ich ganz besondere Bande mit der kleinen Holly habe, oder?"

„Solange es nicht mit ihrer Mutter Kitty ist", scherzte Phoebe schwach.

„Ganz sicher nicht", betonte Trevor. „Das ist schon lange Wasser unter der Brücke."

„Ich weiß", beruhigte ihn Phoebe. „Nur ein Scherz. Und ich schätze mal, dass Holly total fasziniert davon wäre, Teil der Hochzeit ihres einstigen Retters zu sein. Aber ist ihre Schwester Lily nicht etwas zu jung?"

„Gar nicht." Trevor rechnete nach. „Lass mal sehen. Sie muss ungefähr so alt sein wie Holly, als ich ihr zum ersten Mal begegnete."

„Nun, fünf oder sechs ist ein ziemlich niedliches Alter", stimmte Phoebe zu. „Wann werden wir Kitty und Eli damit überfallen?"

„Sobald wie möglich", grinste Trevor. „Inzwischen denkst du dir besser schon das Blumenthema aus – denn darin bin ich nie gut gewesen, und Kitty kann das bezeugen."

Phoebe kuschelte sich an Trevor und lächelte verträumt. „Ich bin mir sicher, ihr fiele der perfekte Stil für unsere Hochzeit ein."

„Klar. Andererseits hast du ebenfalls das richtige Verständnis für Farben und Formen. Wenn du dir die

Dekorationen einfallen lässt, macht es das nochmal persönlicher, meinst du nicht?"

„Mir gefällt deine Idee mit dem Titania-Thema. Andererseits habe ich das mulmige Gefühl, dass deine Mutter bereits in den Startlöchern steht und bereit ist, jeden Moment mit ihren eigenen Ideen auf uns loszugehen. Sie wird unsere hassen, einfach nur so."

„Dann …"

„Und ich will weder groß noch schick."

„Also keine Blumenmädchen?"

„Blumenmädchen? Doch", bestätigte Phoebe.

Das Telefon klingelte im Zimmer nebenan.

„Ich geh dran", entschied Trevor. „Du fängst an zu planen."

Er stand auf, um ans Telefon zu gehen. Er schloss die Tür hinter sich, und Phoebe konnte nur ein leises Murmeln durch die Verkleidung hören. Ein paar Minuten später kehrte er zurück mit einem komisch-hilflosen Lächeln im Gesicht.

„Was?" fragte Phoebe neugierig und setzte sich gerader.

„Friedensangebot", sagte Trevor.

„Deine Mutter? Wirklich?"

„Wirklich."

„Das war schnell."

„Naja, so schnell sie die Bühne wieder für sich gewinnen konnte. Sie hat uns zu einer Party dir zu Ehren eingeladen. Nächsten Sonntag."

„Eine ihrer üblichen Cocktail-Partys?" spottete Phoebe.

„Ich schätze mal", grinste Trevor.

„Nun, solange wir gemeinsam dorthin gehen."

„Ich würde es nicht anders wollen", zwinkerte Trevor, ließ sich wieder neben sie fallen und zog sie in eine enge Umarmung. „Wir kriegen das schon hin, Schatz."

*

„Eine Einladung zu einer Cocktailparty bei einer der ältesten Familien Wycliffs?" staunte Emma Wilde. Ozzie hatte eben den Hörer im Wohnzimmer aufgelegt, und sie hatte aus seinen militärisch kurzen Antworten eins und eins zusammengezählt. „Wieso wir?"

Ozzie lächelte, und neben seinem Mund zeigte sich ein Grübchen. „Warum fragst du? Warum genießt du nicht einfach, dass du ein paar sehr interessante Menschen kennenlernen wirst, die dir helfen können, dich so viel einfacher an dein neues Leben in den Vereinigten Staate zu gewöhnen? Und ich sage nicht, dass du das nicht schon gut machst."

Emma griff von ihrem Platz auf dem Sofa aus nach einer Schale voller Salz-und-Essig-Chips, nahm sich ein paar und begann sie einzeln zu essen. Sie schien immer noch nicht überzeugt, dass sie wirklich auf eine der Sonntags-Cocktailpartys von Theodora Jones gehörte.

Ozzie ließ sich auf die andere Seite des Sofas fallen, nahm die Fernbedienung und schaltete den Fernseher ein. Der Bildschirm war stummgeschaltet, und sie saßen eine Weile schweigend da, während sie sich etwas ansahen, das wie eine Sendung über besondere Orte im Bundesstaat Washington aussah.

„Du hast mich nicht einmal gefragt, ob ich gehen möchte", platzte Emma plötzlich heraus.

„Auweia!" Ozzie sah sie überrascht an. „Hab' ich nicht. Wolltest du denn nicht?"

„Doch", sagte Emma und kicherte. „Trotzdem wäre ich gern gefragt worden."

„Ich werde es mir merken."

„Danke."

„Theodora sagte, die Cocktailparty sei zu Ehren ihrer künftigen Schwiegertochter, der Künstlerin Phoebe Fierce."

„Oh", machte Emma. „Ich glaube, ich habe einige ihrer Werke durch die Schaufenster der *Main Gallery* gesehen. Abstrakte Malerei. Wirklich gut. Obwohl vermutlich nicht jedermanns Geschmack."

„Nun, Schönheit liegt immer im Auge des Betrachters", stellte Ozzie fest.

„Ich habe das Gefühl, wir sind nur gefragt worden, damit mehr Gäste da sind", grübelte Emma. „Wir kennen die Joneses gar nicht. Und wir sind weder im Alter von Theodora noch vermutlich dem ihres Sohnes."

„Nun, das bedeutet, dass wir keinerlei Verpflichtungen haben", meinte Ozzie heiter. „Und das bedeutet wiederum, dass wir die Party zu unseren eigenen Zwecken nutzen können. Plaudern mit der Creme von Wycliff. Gutes Essen und Getränke genießen. Genießen, auf einem alten Anwesen zu sein. Und gehen, wann immer uns danach ist."

„Ich möchte kein Lückenbüßer sein."

„Ich bin mir ziemlich sicher, dass uns niemand als solche betrachten wird", beruhigte Ozzie Emma. „Du bist ja selbst ein Stück interessanter Gesprächsstoff."

„Ich geb' dir gleich ‚Stück'!" kicherte Emma und warf mit einem Sofakissen nach ihm. Sie verfehlte ihn, und es fiel zu Boden.

„Okay, falscher Terminus", gab Ozzie grinsend zu, während er das Kissen aufhob. „Aber du musst zugeben, dass du als Einwanderin aus einem Land, in das viele Amerikaner gern einmal reisen würden, ziemlich faszinierend bist. Und du wirst bestimmt viele Fragen beantworten müssen."

„Toll", sagte Emma. „Weißt du, es wird ermüdend, dieselben Fragen wieder und wieder zu hören."

„Nun, dir scheinen solche Unterhaltungen immer noch zu gefallen."

„Ja," sagte Emma. „Die Leute sind so nett. Und natürlich fragt jeder zum ersten Mal. Es wird einfach nur …" Sie hielt inne, und plötzlich leuchtete ihr Gesicht auf. „Wird Julie Dolan dort sein?"

„Vielleicht", sagte Ozzie und runzelte die Stirn. „Keine Ahnung. Warum? Möchtest du, dass ich Theodora frage?"

Emma schüttelte den Kopf. „Vielleicht freue ich mich jetzt wirklich auf diese Cocktailparty. Denn ich hatte gerade, glaube ich, eine großartige Idee."

3

Eine Weltkarte, auf der sich das Modell einer Brig zu den unten genannten Zielorten bewegt.

Rentons Stimme: „Wir waren glücklich und eine richtige Familie, wann immer ich nicht geschäftlich zur See musste. Ich segelte nach Genua in Italien, und ich half bei der Hungerhilfe in Irland. Ich suchte weiter nach meinem Bruder James – vergeblich. Und ich versprach meiner Mutter in liebevollen Briefen, sie mit Sarah und den Mädchen zu besuchen. Dann brach an der Ostküste die Cholera aus; ich brachte meine Familie nach Bangor, Maine, und lud Bauholz für Madeira. Dieses Mal nahm ich meine Familie mit, um sie in Sicherheit zu wissen.

Doch Madeira belegte uns mit Quarantäne und kaufte mein Bauholz nicht. Also segelten wir zu den Kap Verden, wo ich meine Ladung löschte, eine Ladung Salz aufnahm und weiterreiste. Als wir die Magellanstraße passiert hatten, war Sarah etwas stiller geworden. Ich merkte oft, dass sie mich prüfend beobachtete. Sie war eine kluge Frau. Als wir im August 1850 San Francisco in Kalifornien erreichten, wussten wir beide, dass ich das Versprechen, das ich meiner Mutter gegeben hatte, nicht halten würde. Sarah sprach nie über unsere anstrengende einjährige Reise oder die Folgen, die sich daraus für unsere Beziehung zu Freunden und Verwandten im Osten ergeben würden."

(Aus Isaac Fredericksons Drehbuch „The Calling")

*

„Mein allererster Unabhängigkeitstag in den Vereinigten Staaten", seufzte Emma entzückt. Ihre haselnussfarbenen Augen blickten in die Ferne, während sie neben ihrem Mann am Geländer am Jachthafen lehnte. Sie betrachteten wieder einmal einen dieser wundervollen Sonnenuntergänge über dem Puget Sound, und sie waren nicht seine einzigen Bewunderer. „Ich frage mich, wie es sein wird."

„Laut", grinste Ozzie, und seine hyazinthblauen Augen lachten. „Stell dir das lauteste Feuerwerk vor, das du je gehört hast, und setz noch eins drauf."

Emma erwachte aus ihren Tagträumen. „Das ist scheußlich", bemerkte sie. „Kann es nicht einfach bei den Farben und Formen bleiben, die die Raketen und das Zeug machen? Muss es so laut sein? Warum?"

„Schatz, einigen Leuten gefällt das einfach so."

„Nun, mir nicht", schmollte Emma. „Stell dir vor, was das mit den ganzen Wildtieren da draußen macht. Die müssen denken, es wäre ein Krieg ausgebrochen."

Ozzie zuckte mit den Schultern. „Ich weiß. Aber es ist nicht zu ändern. Du weißt, ja, wenn es einen Markt für das Zeug gibt, wird es jemand verkaufen."

„Ich bin froh, dass wir diese großen Dinger hier nicht abbrennen dürfen."

„Das bedeutet nicht, dass es weniger laut würde", betonte Ozzie. „Wie auch immer, wir fahren zu einem Feuerwerksmarkt in einem Reservat und holen uns ein paar schöne, leise Bodenfeuerwerke, damit meine Emma ihre privaten Funken und Farben in der Einfahrt haben kann. Was hältst du davon?"

„Verkauft man hier kein Feuerwerk in den Läden?"

Ozzie schüttelte den Kopf. „Nö. Nur in den Reservaten."

„Interessant", grübelte Emma. „Aber auf einem Frachtkahn draußen auf dem Wasser wird es auch ein Feuerwerk geben, habe ich gehört."

„Absolut", nickte Ozzie. „Ich hab's mir letztes Jahr angeschaut, und es war wirklich beeindruckend. Keine Ahnung allerdings, wer das kreiert."

Sie schwiegen wieder. Die Sonne hatte jenen Punkt erreicht, an dem ihr letzter Span hinter das Olympic-Gebirge glitt und alles die feurigen Rot- und Orangetöne des Abendhimmels widerspiegelte.

Emma erschauerte leicht, und Ozzie zog sie an seine Seite. „Kalt?" fragte er zärtlich.

Sie schüttelte den Kopf. „Nur müde. Wahrscheinlich, weil ich ständig gegen diese verflixten Erkältungen ankämpfe. – Jedenfalls, zurück zum Vierten. Wie willst du ihn feiern? Ist irgendetwas auf dem Stützpunkt los?"

„Eine große Party in Fort Lewis und abends Feuerwerk. Aber ganz ehrlich, ich bin die ganze Woche über auf dem

Stützpunkt – ich möchte mich lieber unter die Leute von Wycliff mischen, du nicht?"

„Mir ist alles recht, was *du* magst", sagte Emma. „Ich habe keine Ahnung, wie du den Unabhängigkeitstag feierst – also mache ich einfach alles mit, was dir gefällt. – Gibt es nicht auch einen Umzug in der Stadt?"

„Einen Umzug, Buden, Tanz auf der Main Street – wir können den ganzen Tag in der Unterstadt verbringen, wenn du magst."

Emma legte den Kopf schräg und dachte angestrengt nach. „Ich bin mir nicht sicher, ob ich die ganze Zeit unterwegs sein möchte", entschied sie schließlich. „Vielleicht möchte ich auch etwas ganz besondere Privatzeit in unserem hübschen Zuhause verbringen."

„Dann lass uns grillen", schlug Ozzie vor. „Burger oder Hot Dogs oder beides."

„Nur Burger", entschied Emma. „Beides wäre viel zu viel. Ich kann ohnehin bloß einen einzigen Burger essen – und dann bin ich erledigt. Möchtest du irgendwelche besonderen Dekorationen?"

„Oh je!" Ozzie stieß einen gespielten Seufzer aus. „Ich habe eine Vierter-Juli-Enthusiastin geheiratet." Er lachte leise und drückte Emmas Schulter. „Tu du nur, was du tun möchtest, Liebes. Wenn du dekorieren möchtest, tu's nach Herzenslust. Wenn du jemanden einladen möchtest, lass uns eine Party geben."

„Ich möchte keine Party", flüsterte Emma. „Ich möchte nur besondere Zeit mit dir. Dass ich über ein Jahr lang drüben Deutschland auf dich habe warten müssen, ohne dich besuchen zu können oder dass du hättest rüberkommen können, hat mich wirklich nach ‚Wir-Zeit' süchtig gemacht, weißt du?"

„Ich weiß", erwiderte Ozzie sanft. „Aber das ist jetzt Vergangenheit, und wir können in eine viel hellere Zukunft blicken. Eine mit Feuerwerk und Partys und Tanz und allem, was du magst."

„Erst einmal bist du alles, was ich will – und ein bisschen Gefunkel am Vierten", lächelte sie und küsste ihn.

*

Die Atmosphäre in *The Gull's Nest* hatte sich in den letzten paar Tagen bemerkenswert verändert. Seit Stanley Fahrenheit, ein Teil seines Produktionsteams, Bruce Berwin und Zelda Winfree eingezogen waren, lag Rastlosigkeit in der Luft. Es schien, als schliefe das alte Kapitänshaus auch nachts nicht. Obwohl es seine Bewohner natürlich taten.

Zuerst musste Abby sich daran gewöhnen, mit Heather im selben Bett zu schlafen. Nicht, dass das Mädchen ihr noch irgendwie fremd war. Es machte Abby nichts aus; Heather war immerhin Aarons Tochter. Doch Abby war die zusätzliche Hitze zwischen den Decken nicht gewohnt. Und gewiss nicht einen geschmeidigen, kleinen Körper, der sich mitten in der Nacht an sie schmiegte und dabei meistens kurzerhand einen Arm über ihre Brust warf.

Aaron schlief ziemlich gut in seinem Zimmer. Zum ersten Mal seit langem machte er sich überhaupt keine Sorgen. Sie machten Ferien, und trotz der unvorhergesehenen Zimmersituation klappte alles bestens. Sie hatten sogar Zeit, zu dritt ein paar kurze Ausflüge zu unternehmen.

Stan Fahrenheit hatte seinen Kopf natürlich bei seiner Filmproduktion. Doch manchmal erwischte er sich dabei, wie er unten in der gemütlichen Kamin-Lounge spezielle historische Fakten mit dem blinden, alten Mann von Zimmer 24 diskutierte. „Santa Dave" nannte ihn das kleine Mädchen im Haus. Gewissermaßen hatte sie recht, denn der alte Mann war ziemlich fröhlich und irgendwie aus einer anderen Welt. Als könne er die Gedanken der Leute lesen und Dinge finden, deren sie sich nicht einmal selbst bewusst waren. Oder die sie sich nicht eingestehen würden. Nicht, dass er etwas vor dem Mann zu verbergen gehabt hätte, dachte Stan. Aber er war sich ziemlich sicher, dass der Mann bereits um seine sanfteren Gefühle wusste, die ihn allabendlich hinüber zu dem kleinen Platz oberhalb des Steilhangs zogen.

Zelda Winfree nun war eine andere Geschichte. Die Schauspielerin hatte bei ihrer Ankunft in dem gemütlichen Bed & Breakfast etwas von ihrem Pulver verschossen, aber das war keinesfalls schon alles gewesen. Sie hatte klarstellen müssen, dass sie eine wichtige Person war, um die man sich kümmern musste.

Und sie würde dafür sorgen, dass man das nicht vergaß. Besonders da ihr Filmpartner, Hauptdarsteller Bruce, möglicherweise Augen für die Wirtin hatte. Abbys Haltung war bislang freundlich und neutral. Zelda würde dafür sorgen, dass es dabei bliebe. Ihre hübsche, aber unwesentliche Gastgeberin sollte um ihren Platz wissen.

Bruce hingegen studierte seine Rolle fleißig jeden Abend. Er schaltete erst kurz vor Mitternacht das Licht aus und murmelte manchmal noch eine Passage vor sich hin, während er die Zähne putzte oder sein Haar nach ersten grauen Stellen absuchte. Gutaussehend wie er war, war er sich dessen auch nur allzu bewusst, dass er auf sein Aussehen achtgeben musste, um in den nächsten paar Jahren immer noch als Liebhaber und Held gecastet zu werden. Er wollte nicht zu früh auf das Abstellgleis geraten. Großvaterrollen hatten zwar auch ihren Reiz. Aber ihre Wirkung war meist nur marginal. Rollen wie die, die er gerade hatte ergattern können – eine Skala vom jungen Mann bis zur Szene auf dem Sterbebett – tauchten nicht allzu häufig auf. Und es war einfach, jemanden mit Make-up alt erscheinen zu lassen, aber unmöglich, aus jemandem, der deutlich älter war, einen Zwanzigjährigen zu machen.

Alles in allem war es eine friedfertige, aber sehr emsige Gruppe, die sich in *The Gull's Nest* eingebucht hatte. Doch Abby spürte eine unterschwellige Strömung aus Unzufriedenheit, Ehrgeiz, Eifersucht. Und das machte sie unruhig. Als wäre sie der Eindringling in ihrem eigenen Zuhause und Unternehmen.

Heather schien sich der aufgeladenen Atmosphäre nicht bewusst zu sein. Sie war aufgeregt, sobald sie morgens erwachte.

„Glaubst du, dass der Film, den sie drehen, auch uns berühmt machen wird?" fragte sie am dritten Tag, während sie neben Abby in der Küche stand, stolz den Toaster bewachte und die dampfenden Scheiben mit einer hölzernen Zange aus den glühenden Schlitzen hob.

Abby, die damit beschäftigt war, Kaffeekannen mit duftendem Gebräu zu befüllen, dem sie eine Prise Zimt hinzugefügt hatte, lächelte vor sich hin. Sie beobachtete das Mädchen aus dem Augenwinkel, während es den Toast geschäftig in mit Servietten ausgelegte Körbchen legte.

„Weißt du, das könnte schon passieren. Die Leute sehen sich gern Geschichten über erfolgreiche Menschen an. Wenn es dabei ein wenig Drama gibt, umso besser. Obwohl ich keine Ahnung habe, ob Captain Renton je viel Drama in seinem Leben hatte, außer dass eine seiner Mühlen ein Raub der Flammen wurde." Sie hob vier Kaffeekannen hoch und ging auf die Küchentür zu. „Aber ich denke, es ist das Filmen in jedem Fall wert, weil es sich um ein Stück mächtig interessanter und folgenreicher Geschichte handelt."

„Es könnten also Leute kommen, die dein Bed & Breakfast anschauen und hier übernachten wollen, weil Mr. Berwin und Zelda Winfrey hier gewohnt haben?"

„Könnte schon sein", gab Abby zu. „Und es könnte auch für andere Unternehmen hilfreich sein. Denk mal an all die

Souvenir-Artikel, die wir hier verkaufen könnten. Besonders im Museum, das Mr. Fahrenheit ja als Captain Rentons Film-Zuhause ausgewählt hat."

„Aber das war's nicht", stellte Heather fest.

„Nein." Abby schüttelte den Kopf.

Eine Zeitlang arbeiteten sie still Seite an Seite im Frühstücksraum und stellten Kaffeekannen und Toast-Körbchen auf die Tische. Arrangierten Servietten und Besteck. Füllten Gläser mit Saft oder Wasser und setzten sie auf eine Anrichte. Dann gingen sie zurück in die Küche.

„Ich glaube, ich möchte Schauspielerin werden, wenn ich erwachsen bin", grübelte Heather. Sie runzelte in tiefem Nachdenken ihre Stirn, und ihr Blick wanderte träumerisch zum Fenster hinaus.

„Und da dachte ich, du würdest der nächste Kapitän der weiblichen Fußball-Nationalmannschaft der Vereinigten Staaten werden!" rief Abby aus. „Was ist mit *dem* Wunsch von dir passiert?!"

Heather wandte sich abrupt um. „Du glaubst nicht, dass ich das schaffen könnte, oder?"

Abby lachte. „Liebes, ich glaube, du bist zu allem fähig, das du erreichen möchtest, wenn du nur dein Herz darangibst!"

„Zu wissen, wie man Fußball spielt, könnte sogar fürs Schauspielern nützlich sein", verteidigte Heather ihre Vorstellung. „Hast du mal ‚Kick it like Beckham' gesehen? Wenn

Keira Knightley nicht hätte spielen können, hätte sie Rolle vielleicht nicht gekriegt."

„Hab' ich", sagte Abby. „Und in Wirklichkeit hat sie monatelang trainieren müssen, bevor sie den Film drehen konnte. Sie ist schließlich Schauspielerin und kein Fußball-Profi."

„Aber es waren auch echte Fußballer im Film", schmollte Heather.

„Stimmt", gab Abby zu. „Aber hörst du irgendwas von ihnen als Filmstars außer in diesem einen Film?"

Heather schwieg und arrangierte Pfeffer- und Salzstreuer, als wolle sie sie als Armee marschieren lassen. „Nein", sagte sie still.

Abby wusste, wenn jemand eine Niederlage eingestand, und sie wollte das resolute, kleine Mädchen nicht entmutigen. „Weißt du, warum ziehst du nicht einfach beides in Betracht und probierst beides? Mit der Zeit findest du heraus, was dir besser gefällt, und dann kannst du dich darauf konzentrieren."

„Aber ich müsste dann das andere fallen lassen, oder?"

„Du könntest es immer noch als Hobby behalten", schlug Abby vor. Dann überprüfte sie Aufschnittplatten und die kleinen Ständer für abgepackte Marmeladen, die sie für die Frühstückstische vorbereitet hatte. „Weißt du, das Leben ist kein Tunnel, in dem man sich nur auf eine Sache konzentrieren kann. Sondern es ist ein Eisenbahngleis, und du kannst aus den Fenstern schauen und sogar vom Sitz aufstehen, während der Zug rollt. Wenn du an einer Station, die dir besonders gut gefällt, aussteigen möchtest, tu's und genieß es. Aber denk daran, dass das Leben keine Rückfahrkarte bietet. Du kannst nicht zurückgehen und etwas in dem Zustand wiederaufnehmen, in dem du es verlassen hast. Es wird sich bis zu deiner Rückkehr verändert haben, und auch du wirst dich verändert haben. Triff deine Wahl also sorgfältig."

„Guter Rat", sagte Aaron hinter ihr. Er hatte den Frühstücksraum betreten und nahm das Tablett aus Abbys Händen.

Abby errötete. „Ich wollte nicht wie ein Elternteil oder eine Lehrerin klingen."

„Hast du auch nicht", grinste Aaron. „Du hast mehr wie eine weise Freundin geklungen. Wenn ich darüber nachdenke, gefällt mir auch die Station in meinem Leben, an der ich dir begegnet bin, sehr gut." Er zwinkerte."

„Oh, aber du steigst wieder in den Zug, wenn deine zwei Wochen hier vorüber sind", protestierte Abby.

„Aber wir kommen doch wieder, oder nicht, Dad?" Heather eilte an die Seite ihres Vaters und umarmte ihn, während sie ihn aus riesigen Augen flehentlich ansah.

Aaron beugte sich hinab und küsste seine Tochter auf die Stirn. „Natürlich tun wir das", versprach er. „Würde ich das Clam Chowder Wettkochen im September verpassen wollen?!"

„Und Halloween", fügte Heather hinzu. „Und die Viktorianische Weihnacht. Und ..."

„Könnte ich bitte Speck und Eier haben?" unterbrach eine scharfe Stimme Heathers enthusiastische Aufzählung von Events in Wycliff. Zelda Winfrey hatte unbemerkt den Frühstücksraum betreten und war in einen Korbstuhl an einem der Fenster mit Blick in den rückwärtigen Garten geglitten.

Abby errötete. Sie hatte ihre Gäste nicht ignorieren wollen. Besonders nicht, wenn sie so schwierig waren wie dieser. Sie ging hinüber an Zeldas Tisch.

„Guten Morgen", sagte sie fröhlich, obwohl sie innerlich eine gewisse Kälte in der Luft spürte. „Speck gerade knusprig wie immer, Rührei wie gewöhnlich? Und ich habe heute Morgen wundervolle Blaubeer-Muffins gebacken. Hätten Sie gern welche?"

„Lieber nicht", schnaubte Zelda. „Ich ziehe gekaufte vor. Kann es mir ja nicht leisten, am Set krank zu werden."

Abby stand der Mund offen. Sie versuchte, etwas zu erwidern, aber fand weder die Worte noch ihre Stimme dazu. Also drehte sie sich um und ging in die Küche.

„Das war sowas von unhöflich!" flüsterte Heather Aaron zu, der ebenfalls bemüht war, seine Fassung zu bewahren.

„Nun", sagte er sehr leise. „Erstens urteile erst, wenn du weißt, welche Gedanken oder Gefühle einer Person deren Worte oder Taten verursacht haben. Zweitens sind gekaufte Dinge meist unbesorgt verzehrbar, während du nie weißt, wie Leute mit den Zutaten umgehen, mit denen sie in ihrer eigenen Küche backen oder kochen."

„Und drittens?" flüsterte Heather, während sie auf ihrem Stuhl herumrutschte, auf den sie sich gesetzt hatte, wobei sie Abby nachstarrte, die wieder in die Küche verschwunden war. Das Klappern von Töpfen und Pfannen verriet, dass sie Dampf abließ ob der Behandlung, die sie gerade erfahren hatte.

Aarons Gesicht nahm einen komischen Ausdruck an, als er sich auf den Stuhl gegenüber Heather fallen ließ. Dann beugte er sich verschwörerisch vor und flüsterte: „Und drittens hast du natürlich recht."

Heather kicherte entzückt. Und Aaron wusste, dass er vorerst die Situation entschärft hatte. Aber er wusste auch, dass Zelda Winfrey ein eingebildeter Mensch war, der gerne auf den Gefühlen anderer herumtrampelte, wenn sie dadurch die Oberhand gewann.

Eine Weile später erschien Stan Fahrenheit und setzte sich an einen Tisch für drei. Er beschäftigte sich sofort damit, ein Drehbuch zu lesen, das er nach unten mitgebracht hatte, und bat Abby, „einfach alles" zu bringen, als sie kam, um seine Bestellung entgegenzunehmen.

Doch welchen Unterschied machte Bruce Berwin, als er den Frühstücksraum betrat! Nicht nur grüßte er jeden sehr freundlich. Sein Lächeln schien echt. Er gesellte sich an den Tisch des Produzenten und bediente sich aus der Kaffeekanne.

Abby hatte ihn natürlich kommen hören und kam sofort aus der Küche.

„Guten Morgen", sagte sie, und ihr Lächeln war etwas angestrengt, da sie nicht wusste, wie diese sehr wichtige Persönlichkeit sie behandeln würde.

„Guten Morgen, Abby", sagte Bruce mit breitem Lächeln. „Das Frühstück riecht einfach himmlisch in diesem Haus. Und ich weiß nicht, ob es mehr am Frühstück oder am Haus liegt."

Abbys Gesicht entspannte sich. Ihr Lächeln wurde offener. „Ich vermute mal, es sind die Blaubeer-Muffins, die ich heute Morgen gemacht habe. Sie tragen zu dem Duft bei. Möchten Sie welche?"

„Blaubeer-Muffins?" Bruce schien sich wirklich zu freuen. „Die hat meine Mutter früher für unsere Familie nur sonntags gemacht. Seitdem habe ich selten selbstgemachte gegessen. Und die gekauften kommen ihnen für gewöhnlich nicht gleich."

Abby errötete. „Nun, ich hoffe, meine bescheidenen Backkünste enttäuschen Sie dann nicht." Sie ging mit seiner übrigen Bestellung in die Küche. Ein paar Augenblicke später kehrte sie mit einem Körbchen noch warmer Muffins zurück und stellte es vor Bruce hin. Er nahm sofort einen und biss hinein, kaute dann einfach und schloss die Augen in sichtbarem Genuss. Abby wartete, bis er den Bissen geschluckt hatte.

„Sind sie in Ordnung?" fragte sie schüchtern.

„In Ordnung?" erwiderte Bruce. „Wäre meine Mutter noch am Leben, würde ich Sie bitten, ihr sofort das Rezept zu emailen! Die hier sind unglaublich." Und um es zu beweisen, nahm er einen weiteren Bissen. Immer noch kauend fügte er hinzu: „Stan, die musst du probieren. Die sind fantastisch."

Abbys Gesicht glühte noch roter, und sie ging zurück in die Küche, um noch mehr Speck und Eier zu braten. Sie hätte vor Freude tanzen mögen.

„Glaubst du, er hat das mit Ms. Winfrey mitgekriegt?" flüsterte Heather Aaron zu und blickte nervös zu dem Schauspieler hinüber, der sich nun einen zweiten Muffin nahm.

„Nee." Aaron schüttelte den Kopf. „Er ist viel zu spät gekommen, um mitzukriegen, was sie gesagt hat. Obwohl er vermutlich ihre Unarten kennt und einfach möglichen Schaden wiedergutmacht, wo auch immer er auftaucht."

„Nur für den Fall, meinst du?"

„Nur für den Fall."

„Dann muss er ein sehr netter Mensch sein."

„Scheint so." Aaron wollte nicht, dass Heather Bruce Berwin aufgrund einer einzelnen Tat beurteilte. Außerdem spürte er, dass eher er hätte Abby loben sollen als dieser Schauspieler. Was, wenn Abby diesem Hollywood-Menschen verfiele und er, Aaron, sie verlöre? Außerdem hatte er nur zwei Wochen in *The Gull's Nest*, und ein Teil davon war bereits vorüber. Doch die Filmleute würden noch zwei weitere Wochen bleiben, um ihren Dreh zu beenden.

„Was hast du gesagt, Liebes?" Aaron merkte, dass er nicht gehört hatte, was Heather ihn hatte fragen wollen.

Sie verdrehte die Augen und wiederholte ihre Frage, als sei er taub, indem sie jede Silbe überbetonte. „Glaubst du, Mr. Berwin würde es etwas ausmachen, wenn ich ihm ein paar Fragen stellte?"

„Nein, würde es nicht."

Die Antwort kam nicht von Aaron. Bruce Berwin hatte Heathers letzte Frage mitbekommen und war höchst amüsiert über ihre frühreife Art. Aaron hob beide Arme, um seine Entschuldigung auszudrücken ob seiner vergeblichen Versuche, seine Tochter zu zügeln. Bruce lachte in sich hinein.

„Warum kommst du nicht rüber und leistest mir beim Frühstück Gesellschaft, Mädel? Unser Filmregisseur ist wahrlich weniger unterhaltsam, als es deine Fragen wären."

Stan blickte ziemlich verwirrt von seinem Drehbuch auf, sah, wie sein Hauptdarsteller ihm zuzwinkerte, und vertiefte sich wieder in seine Lektüre.

„Macht es dir nichts aus, Dad?" fragte Heather mit besorgtem Blick auf ihren Vater.

Aaron schüttelte den Kopf. „Ich schätze, nicht jeder bekommt so eine Einladung. Aber geh ihm bloß nicht auf die Nerven, okay?"

„Okay", sagte Heather munter und häufte ihre Frühstücksbestandteile zu einem Stapel, den sie vorsichtig quer durch den Raum an Bruces Tisch balancierte. Nachdem sie alles darauf abgesetzt und Teller und Tasse separat gestellt hatte, holte sie tief Luft, blickte Bruce an und sagte einfach: „Hallo!"

„Hallo!" sagte Bruce und war bereits bei dem Gedanken recht amüsiert, was ihn dieses ernsthaft-blickende Kind wohl fragen würde. Er wartete darauf, dass es begann. Aber es kam kein Sturm an Fragen. Stattdessen biss sich Heather auf die Lippen, während sie sein Gesicht studierte. „Warum fängst du also nicht einfach mit deinen Fragen an?" schlug Bruce freundlich vor und machte sich über sein Rührei her, um die Atmosphäre entspannter für sie zu gestalten.

„Muss man hübsch sein, um berühmt zu werden?" platzte Heather plötzlich heraus.

Bruce verschluckte sich beinahe. Er konnte einen Lachanfall nur mühsam unterdrücken und ihn gerade noch in eine Mischung aus Räuspern und Husten verwandeln. Dann sah er wieder in das ernsthafte, kleine Gesicht sich schräg gegenüber. „Nein", stellte er fest. „Niemand muss hübsch sein, um irgendetwas zu erreichen. Außer, du trittst auf einem Gebiet an, das Schönheit zu seiner Besonderheit macht. So wie Schönheitswettbewerbe. Aber Ruhm? Ruhm wird beinahe immer durch Leistung erlangt. Durch Fähigkeiten, an die sich Leute bei dir erinnern. Außerdem, hast du je von dem Sprichwort gehört ‚Wirkliche Schönheit kommt von innen'? Na siehst du!" Er lehnte sich beinahe triumphierend zurück.

„Aber als Schauspielerin", beharrte Heather. „Muss eine Schauspielerin hübsch sein?"

Bruce schob sich eine Scheibe gebratenen Speck in den Mund und runzelte die Stirn. Heather rutschte auf ihrem Platz hin und her. Sie konnte kaum auch nur einen Krümel essen.

„Hmmm", machte Bruce. Dann studierte er Heathers Gesicht. „Warum fragst du das?" und in einem plötzlichen Anflug von Erkenntnis fügte er hinzu: „Glaubst du, du wärst nicht hübsch genug?"

Heather zuckte die Achseln. „Ich bin mir nicht sicher. Ich liege sicher nicht im vorderen Feld meiner Klasse, wenn es um Schönheit geht. Aber meinen Sie, ich könnte trotzdem eines Tages Schauspielerin werden?"

„Lass mich dich etwas fragen: Hast du je in einer Theatergruppe an der Schule oder sonst wo gespielt?"

Heather schüttelte den Kopf. „Nein."

Bruce verschränkte die Arme vor der Brust. „Weißt du, wenn du Schauspielerin werden möchtest, probierst du es besser mal aus. Wenn du nicht weißt, ob du damit glücklich werden würdest, hat es keinen Sinn, darüber zu spekulieren." Er wollte das todernste Mädchen aber nicht einfach so entlassen. „Bist du schon mal im Theater gewesen?"

Heather schüttelte den Kopf. „Bloß bei einer Schulaufführung. Es war nicht schlecht."

„Sahen alle gut aus?" wollte Bruce wissen.

Heather grub in ihren Erinnerungen und wiegte den Kopf. „Nicht wirklich. Der Hauptdarsteller sah irgendwie gut aus, denke ich. Aber er hatte Pickel. Und die Hauptdarstellerin war hübsch, aber sie war nicht so gut wie das Mädchen mit dem lustigen Part."

Bruce deutete mit dem Zeigefinger auf sie. „Siehst du! Selbst Pickel können gutes Schauspiel nicht zerstören. Und manchmal spielt eine kleinere Rolle auf der Bühne eine größere Rolle im Gedächtnis des Publikums."

Heather legte den Kopf schief, dann nickte sie langsam. „Sie sagen also, ich solle versuchen, der Theatergruppe in der Schule beizutreten?"

„Alles hilft. Schule. Kirche. Vielleicht die Pfadfinderinnen. Ich weiß nicht, wer heutzutage solche Aufführungen hat. Du bereitest dich einfach auf den Part vor, den du gern bekommen würdest. Wenn es einen Monolog darin gibt, stürz dich drauf und studiere ihn ein. Du weißt doch, was ein Monolog ist?"

Heather nickte. „Eine Rede, die nicht unterbrochen wird. Meist geht es darin um die Gedanken einer Person, nicht um eine Erzählung. Sie sind schwierig."

„Nein, sind sie nicht", widersprach Bruce. „Wenn du deine Figur erst einmal verstanden hast, ist ein Monolog das Logischste, was du auswendig lernen kannst. Und ich meine mit dem Herzen. Denn diese Rede offenbart dem Publikum den Kern der Figur. Sie definiert die Person, in deren Schuhe du geschlüpft bist. Wenn du einen Monolog vorträgst, solltest du besser zu dieser Figur werden."

„Hat Ihr Captain Renton einen Monolog?" fragte Heather neugierig.

Bruce lachte leise. „Nein, ich glaube nicht."

„Aber Sie sagten doch gerade …"

„Film ist ein anderes Medium. Auf der Bühne hat man nicht die ganzen verschiedenen Kulissen, die Nahaufnahmen, die deine Reaktionen bis zu dem Punkt zeigen, wo jede deiner Falten und Poren zu sehen sind. Auf der Bühne musst du die Leute von der ersten Reihe bis zum Olymp überzeugen."

„Olymp …", staunte Heather.

„So nennt man die obersten Ränge in einem Theater. Sie sind dem Himmel so nah, dass sie in allen möglichen Sprachen Spitznamen haben. Die Franzosen nennen diese Sitze Paradies, die englische Sprache bezeichnet sie als Sitze der Götter. Mein Punkt ist …"

„… dass man keine Details sehen kann, also muss man Details hören?" beendete Heather seinen Satz.

„Genau. Deswegen sehen Drehbücher anders aus als Schauspiele. Und deshalb ist das Spielen in Filmen ganz anders als die Schauspielerei auf der Bühne. Als Schauspieler auf der Bühne beginnt man am Anfang und endet am Schluss mit jeder einzelnen Aufführung. Wenn du dich im Text verhaust, musst du dich wieder fangen. Deine Bühnenpartner auch. Es gibt kein ‚Huch', keine Wiederholungen, keine Berichtigungen. Es ist alles live."

„Das klingt echt hart", hauchte Heather.

„Ist es auch, glaub mir", nickte Bruce. „Andererseits erhältst du für dein Spiel sofort eine Reaktion vom Publikum. Und nach der Aufführung, wenn der Vorhang fällt, bekommst du deinen Schlussapplaus – das ist absolut lohnenswert."

„Ist dann Filmschauspielerei nicht so dankbar?" fragte Heather.

„Oh, das ist sie", stellte Bruce mit strahlendem Lächeln fest. „Aber sie ist ganz anders. Sieh mal, neulich haben wir die letzten Szenen des Films zuerst gedreht. Wir drehen so viele Szenen wie möglich am gleichen Drehort. Dann wechseln wir den Drehort. Manchmal sehen wir nicht, was andere Schauspieler spielen, wie deren Szenen aussehen, bis wir die Gelegenheit haben, den ganzen Film zum ersten Mal zu sehen. Genau genommen, sehen wir oft selbst nicht, welche unserer Szenen verwendet, geschnitten oder weggelassen wurden, bevor er auf die Leinwand kommt."

„Das ist unheimlich!" staunte Heather.

„Naja, mehr oder weniger", gab Bruce zu. „Andererseits, wenn wir uns verhauen, wird die Szene einfach noch einmal gedreht."

„Wie oft?" fragte Heather.

„Bis der Schauspieler es richtig spielt und der Regisseur damit zufrieden ist."

„Aber wenn Sie denken, Sie spielen richtig, und der Regisseur denkt das nicht?" fragte Heather mit einem Seitenblick auf Bruces derzeitigen Chef. Stan Fahrenheit hatte aufgehört, das

Drehbuch zu lesen, und seit einer Weile schon der Unterhaltung zugehört. In Wirklichkeit versteckte er sein Gesicht hinter den großen Seiten, die er hielt, um seine Heiterkeit zu verbergen. Jetzt ließ er das Drehbuch sinken.

„Erlaubst du?" fragte Stan Bruce, und Bruce zuckte mit den Schultern. „In diesem Fall diskutieren es einige Schauspieler und Regisseure, bis der Regisseur Recht bekommt. Oder der Schauspieler. Es kommt darauf an." Stan sah, dass Heather den Mund öffnete, war aber schneller. „Auf die Willenskraft." Heather schloss den Mund. „In meinem Fall zeige ich gern allen, die am Dreh beteiligt waren, die Szenen. Sie betrachten die Leinwand, ich ihre Gesichter. Ihre Gesichter entscheiden."

„Oh!" sagte Heather nur.

„Möchtest du sehen, wie es ist, eine Filmszene zu erstellen?" fragte Stan das Mädchen.

„Sie meinen, ich darf mitkommen und zuschauen?" hauchte Heather. „Oh Mann, das wäre unglaublich. Ich meine, wir müssen immer darüber schreiben, was wir in den Sommerferien gemacht haben. Und *das* ist sicher etwas, was sonst niemand erlebt."

„Tun sie das den Schülern immer noch an?!" wunderte sich Stan. „Was ist mit den Kindern, die nichts Besonderes tun, weil sie es sich nicht leisten können?"

„Es ist unfair", gab Heather zu.

„Nun", kam Bruce wieder auf Stans Einladung zurück. „Warum kommst du nicht gegen Mittag und leistest uns

Gesellschaft? Drüben am Museum? Ich spiele heute auf der Veranda eine Szene mit einem Straßenkind."

„Mit einem Kinderdarsteller?" fragte Heather atemlos.

„Genau das", lächelte Stan. „Du könntest das eine oder andere davon lernen."

„Aber Sie würden nicht *mich* in Ihrem Film mitspielen lassen, oder?" fragte Heather.

„Nun", sagte Stan. „Kommende Woche haben wir eine Massenszene auf der Jupiter Avenue. Alle aus Wycliff dürfen gern mitmachen. Wir bezahlen allerdings kein Geld dafür. Es geht mehr um den Spaß daran, in einem Film in seiner eigenen Stadt dabei zu sein. Natürlich musst du dich verkleiden. Das heißt, falls du dann noch hier bist."

„Wirklich?!" Heather strahlte. „Oh, natürlich sind wir dafür noch da. Darf ich meinen Dad fragen? Ob er mit allem einverstanden ist?"

„Er darf sogar heute mitkommen, wenn er möchte", sagte Stan großzügig. „Nur eines noch – ihr beide müsst hinter meinem Stuhl bleiben. Kein Herumlaufen, keine Rufe, nur zuschauen. Okay?"

„Mehr als okay." Heathers Gesicht leuchtete auf, als sei in ihr eine Kerze angesteckt worden. Einen Schritt näher an ihrer neuen Karriere. Eines Tages würde sie Hollywood erobern. Oh, sie wusste, sie würde es schaffen!

4

Drohnenflug über den Puget Sound mit Zoom auf ein langes Kanu, das von Ureinwohnern gepaddelt wird. William Renton sitzt in ihrer Mitte. Schnelle Einblendung von „1855, nahe Port Blakely".

Rentons Stimme: „Ich wusste, dass ich meine Berufung gefunden hatte, als ich eines Tages nach Steilacoom im Territorium Oregon reiste und eine Ladung Pfähle zurückbrachte. Die üppigen Wälder und ruhigen Gewässer waren geradezu prädestiniert für den Handel. Mein erster Versuch, ein Sägewerk in Alki zu errichten, wurde durch unvorteilhafte Winde zunichtegemacht. Meine zweite Sägemühle war wegen Verschuldung und der Indianerkriege beinahe zum Untergang verurteilt. Aber mich den Einheimischen gegenüber anständig zu verhalten, war immer eines meiner Prinzipien gewesen. Es sollte sich auf unvorhergesehene Weise auszahlen."

Einige andere Kanus mit deutlich anders gekleideten und bemalten Ureinwohnern nähern sich. Fokus auf einen Indianer in Rentons Kanu, der ihn zu Boden drückt. Ein anderer bedeckt ihn mit einer Decke und einem Korb voll Fischen. Die feindlichen Boote fahren vorüber, und Ureinwohner spähen in das Boot und fahren weiter. Rentons Kanu erreicht den sicheren Hafen.

(Aus Isaac Fredericksons Drehbuch „The Calling")

*

Phoebe und Trevor trafen pünktlich im Hause Jones ein. Es hätte sich auch nicht anders gehört. Nicht, wenn Phoebe – angeblich – der Grund für die Party war, und nicht als künftige Schwiegertochter. Phoebe machte sich gar nichts aus Partys. Für Trevor würden sie immer in Verbindung zu den verzweifelten Versuchen seiner Mutter stehen, für ihn perfektes Ehefrauen-„Material" zu finden. Da dies in den Augen seiner Mutter fehlgeschlagen war und er seine eigene, unabhängige Entscheidung getroffen hatte, würde er heute deutlich entspannter daran teilnehmen können als zu früheren Zeiten. Es sei denn natürlich, Theodora würde ihre Krallen in Phoebe schlagen und es ihr so unbehaglich machen, dass es an der Zeit wäre, seine Verlobte zu retten. Er traute seiner Mutter so etwas durchaus zu.

Aus dem Garten des großen Herrenhauses drang Gelächter, und sanfte Lounge-Musik schwebte in der Luft. Gerade laut genug, um eine mondäne Partystimmung zu erzeugen. Gerade angenehm, dass man eine Unterhaltung führen konnte, ohne sofort von Leuten in der Nähe gehört zu werden. Theodora verstand es, ihren Gästen die ideale Umgebung für alle möglichen Situationen zu bieten – von vertraulichen Geschäftsgesprächen bis hin zu leerem Klatsch. Dazu ein exquisites Buffet, das sie Paul Sinclair alias *The Bionic Chef* zu catern gebeten hatte, und Cocktails, die sich jeder aus der scheinbar bodenlosen Bar der Joneses mixen konnte – und der Sommerabend war alles, was sich Gastgeber und Gäste nur wünschen konnten.

„Du hast wirklich mal in diesem Herrenhaus der Perfektion gearbeitet *und* gewohnt?" fragte Phoebe, als sie das Haus durch die einladend offenstehende Haustür betraten. „Das muss sich seltsam angefühlt haben."

„Weshalb ich letztlich auch ausgezogen bin", erwiderte Trevor. „Ich muss zugeben, dass es sehr bequem war, vom Esszimmer nur hinüberzugehen in mein Büro. Andererseits hielt es mich auch davon ab, meine eigene Existenz aufzubauen. Und das störte offenbar einige weibliche Bekanntschaften."

„Ich entsinne mich", grinste Phoebe und drückte seinen Oberarm. Und das tat sie auch. Als sie Trevor bei ihrer ersten Vernissage in der *Main Gallery* begegnet war, hatte er auf das Erscheinen einer Online-Verabredung gewartet. Die Dame hatte auf ein Video hin Kontakt aufgenommen, das unseligerweise durch das zufällige Auftauchen Theodoras auf dem Bildschirm abgebrochen worden war. Die Dame war in der Galerie erschienen, weil der Veranstaltungsort für sie eine Geschäftsmöglichkeit bedeutet hatte. Aber sie hatte ihn wie eine heiße Kartoffel fallen lassen und ihm gesagt, er solle erwachsen werden und sein Zuhause verlassen, bevor er erwachsene Beziehungen in Erwägung ziehe. Es hatte wehgetan, aber auch schließlich dazu geführt, dass Trevor seine Nabelschnur durchtrennt hatte. Zu Theodoras Entsetzen und James' großer Zufriedenheit.

„Trevor!" Theodora entdeckte ihren Sohn in der Diele, als sie aus der Küche kam, wo Paul einen Stapel Extra-Platten aufgebaut hatte, um die auf dem Buffet auf der Terrasse zu ersetzen. Sie sah äußerst elegant aus in einem engen schwarzen Etuikleid, das Haar in einem sehr strengen Chignon und mit sehr schlicht wirkenden, aber teuren Perlen-Ohrsteckern als einzigem Schmuck. Sie eilte auf ihren Sohn zu und umarmte ihn. Erst dann wandte sie sich Phoebe zu. Sie musterte sie wie gewöhnlich von Kopf bis Fuß, und Phoebe fühlte sich unbehaglich. Wie gewöhnlich.

„Phoebe, meine Liebe", flötete Theodora. „Du siehst heute Abend hinreißend aus! Komm. Du musst ein paar von unseren wichtigeren Gästen kennenlernen." Sie legte den Arm um die jüngere Frau in ihrem ziemlich phantasmagorischen Outfit, einem schwarzen Patchwork-Kleid mit einem lila Samtschal als Gürtel, und brachte sie hinaus in den Garten.

Lampions hingen in den Bäumen und Büschen und sogar von einigen Metallstäben in den Gartenbeeten. Der Himmel war noch hell, aber wandelte seine Farben in die rötlich-goldenen Töne eines beginnenden Sonnenuntergangs. Einige Gäste waren bereits eingetroffen und verzehrten Leckerbissen der bunten und exotisch anmutenden Buffet-Auswahl. Sektgläser klirrten. Einige kleine Gruppen hatten ihren Weg auf den Rasen gefunden und beschlossen, von dort aus den Panoramablick über die Unterstadt und den Sund zu genießen.

Phoebe erkannte die Besitzer der *Main Gallery*, Mark Owen und Harlan Hopkins, und deren Ehefrauen in einer entlegenen Ecke, wie sie eine Gartenskulptur bewunderten, auf die Theodoras Mann deutete. Sie wusste, dass er sie erst unlängst in der Galerie erstanden und Theodora zu ihrem Hochzeitstag geschenkt hatte. Sie wusste auch, dass sie teuer gewesen sein musste, und es sah so aus, als sei dieser bestimmte Platz im Garten geradezu dafür geschaffen worden. Man musste es den Joneses lassen – sie besaßen einen guten Geschmack, wenn es um Kunst ging. Leider lag Phoebes Kunst jedoch nicht im Bereich von Theodoras Geschmack.

„Ich bin mir nicht sicher, ob du schon Gelegenheit hattest, jemanden von dem Filmproduktionsteam zu begegnen, das derzeit in Wycliff arbeitet", bemerkte Theodora im Plauderton.

„Nein, noch nicht", sagte Phoebe. „Ich war in den letzten Tagen damit beschäftigt, Kunstunterricht zu erteilen."

„Ach ja", nickte Theodora. „Trevor erwähnte so etwas wie Pleinair, richtig? Ich habe schon vermutet, dass du Landschaften und dergleichen auch malen kannst, weil er ebenfalls erwähnte, dass du einen Abschluss in Malerei besitzt." Phoebe erwiderte nichts und ließ Theodora reden. Noch war es erträglich. Zwar immer noch herablassend, aber erträglich. „Es sind wahrscheinlich alles Touristen, die nichts Besseres zu tun haben …", fuhr Theodora leichthin fort.

Phoebes Nackenhaare stellten sich auf. „Es ist eine perfekte Beschäftigung in einer so schönstmöglichen Landschaft", konnte sie hervorwürgen und versuchte ihr Bestes, den Wunsch zu unterdrücken, einfach zu schreien.

„Ah", lächelte Theodora giftig. „Aber das ist weit unter dem, was *du* in der Zwischenzeit erreichen könntest, nicht? Ich meine, vergeudest du nicht deine Zeit damit, Möchtegern-Maler zu korrigieren, wenn du mit deinen eigenen Werken richtig gutes Geld verdienen könntest?"

Bevor Phoebe auf die Bemerkung ihrer künftigen Schwiegermutter eine Antwort finden konnte, hatten sie eine Gruppe von Leuten erreicht, die etwas abseits der üblichen Gäste aus Wycliff standen, die hin und wieder neugierige Blicke auf sie warfen. Phoebe erkannte natürlich den Filmproduzenten Stanley Fahrenheit sofort. Sie hatte von ihm schon Bilder in Zeitungen und Zeitschriften gesehen. Doch die anderen Gesichter um ihn herum sagten ihr nichts.

„Stan", sagte Theodora übermäßig munter, „das ist meine künftige Schwiegertochter, Phoebe Fierce. Sie ist eine Künstlerin aus der Region des Puget Sounds, und ich bin mir ziemlich sicher, dass sie eine absolute Bereicherung für jede kreative Produktion ist, die den speziellen Anstrich ihres Pinsels nutzt."

Stanley schüttelte Phoebe die Hand und murmelte die Höflichkeiten, die für gewöhnlich bei Anlässen ausgetauscht werden, bei denen man völlig Fremden begegnet, denen man nie Einlass in sein privates oder geschäftliches Dasein gewähren möchte. Phoebe bemerkte das und blieb genauso distanziert. Doch sie bemerkte einen Funken des Interesses in den Augen eines seiner Begleiter, eines jungen Mannes mit zerzaustem braunem

Haar, Intellektuellenbrille und Dreitagebart. Und tatsächlich meldete sich der zu Wort.

„Hey", sagte er. „Das klingt ziemlich interessant! Ich heiße übrigens Troy McGillen, und ich bin verantwortlich für die Innenarchitektur des Sets für diese Filmproduktion." Er beugte sich leicht vor und reichte ihr seine Hand.

Phoebe lächelte ihn dankbar an. Sie fühlte sich, als sei sie in ein Haifischbecken gefallen, aber es gab einen Delfin, der sie sicher hinausbrachte. Sie schüttelte ihm die Hand. „Nett, Sie kennenzulernen. Troy?"

„So wie das Gegenteil von untreu", grinste er.

Phoebes Lächeln wurde breiter. Sie mochte seinen Sinn für Humor. „Das ist eine Ansage," scherzte sie. „Also Innenarchitektur für Filme – das klingt ziemlich vielseitig. Und interessant."

„Das ist es", nickte Troy. „Und Sie sind Künstlerin. Würde es Ihnen etwas ausmachen, über ein Projekt zu reden, das ich im Kopf habe?"

Theodora hatte sich inzwischen zu einer anderen Gruppe gesellt, und Phoebe spürte, dass ihr Hauptziel gewesen war, sie von Trevor zu trennen, der neben einem aufwendigen Blumenarrangement auf dem Buffet von Kitty Hayes angesprochen worden war, der kunstfertigsten Floristin der Stadt.

„Langweilen wir Ihre Freunde nicht zu Tode, wenn wir hier über Geschäftliches sprechen?" fragte sie vorsichtig.

„Nun", sagte Troy. „Dann gehen wir für ein paar Augenblicke etwas abseits und reden an der Bar darüber. Ich sehe, Sie könnten einen Drink vertragen, und mein Glas ist auch leer."

Phoebe verabschiedete sich mit entschuldigendem Lächeln von der Gruppe und ging mit ihm über den Rasen hinüber zur Bar.

„Punsch?" fragte Troy.

Phoebe blickte auf eine riesige Schale, die mit einer leicht milchigen Flüssigkeit gefüllt war, in der Stücke tropischer Früchte schwammen. Sie war halb vergraben in einem Berg von Eiswürfeln, und am Glas floss außen Kondenswasser herunter.

„Nein danke", sagte Phoebe. Sie trat zu den Weingläsern und bediente sich mit einem Chardonnay-Barrique. Sie nahm einen Schluck und zog ein leichtes Gesicht. „Ausgefallen", urteilte sie. „Aber ich ziehe etwas vor, das ich nicht mit meinem eigenen Gaumen diskutieren muss."

Troy lachte. „Sieht so aus, als gehörten die zur Aristokratie dieser Stadt, hm?"

„So ziemlich", seufzte Phoebe. „Anscheinend sind ihre Vorfahren auf der ‚Mayflower' hergekommen und seine gehörten zu den Stadtgründern. Ich muss das alles noch etwas sacken lassen. Und glauben Sie mir, ich selbst bin ziemlich plebejisch."

„Sie werden sich vermutlich dran gewöhnen", meinte Troy.

„Warum glauben Sie das?"

„Schauen Sie sich all die Hollywood-Stars an, die aus dem Nirgends und Nichts herkommen und in den Boulevardzeitungen und Lifestyle-Magazinen landen."

Phoebe öffnete den Mund und schloss ihn wieder. Sie wollte nicht auf die Klatschfalle hereinfallen, die ihr der Typ vielleicht gerade stellte.

„Andererseits", fuhr Troy fort, „sollten Sie den Einfluss nicht unterschätzen, den Sie haben könnten."

Phoebe sah ihn misstrauisch an. „Hat Theodora Sie zu etwas überredet, was mit mir zu tun hat?"

Er bestritt es mit viel zu vielen Worten."

„Okay." Sie holte tief Luft. „Was hat sie für Sie und mich geplant?"

Troy wand sich ein wenig und machte eine große Show daraus, sein Punschglas mit einem Schluck aus der Schale zu füllen, kostete und änderte dann seine Meinung, indem er es ganz abstellte.

„Nun, sie hat schon recht, wissen Sie", sagte er verlegen. „Sie hat mitgekriegt, wie ich über das Set-Design gesprochen habe, wenn wir wieder in unseren Studios in L.A. sind. Und dass ich alles so authentisch wie möglich haben möchte. Offenbar will Ihre Museumskuratorin mir keine Kunstgegenstände aus der Villa Hammerstein leihen, um uns bei den Innenaufnahmen an unserem Set auszuhelfen. Verständlicherweise natürlich. Also brauche ich entweder ein paar richtig gute, zeitgenössische Stücke aus dem Antiquitätenhandel, was bedeuten würde, ernsthaft und lange danach zu suchen und ziemlich viel Geld in die Hand zu nehmen. Oder einen guten Künstler; ich habe Ihre Schwiegermutter sagen hören, Sie seien so jemand."

„Sie meinen, sie sagte, ich solle Kunstwerke für Ihr Set-Design malen?" fragte Phoebe und wusste nicht, ob sie lachen oder weinen sollte.

„Nun, nicht direkt. Aber sie hat auch verraten, dass im Frühjahr Ihre Hochzeit bevorsteht mit allen Ausgaben und dass Sie und ihr Sohn durch garantierte Honorare deutlich entlastet würden."

Phoebe lachte, aber in ihrer Brust stieg Hass gegen Theodora auf. „Hat sie das?!"

Troy kratzte sein Haar und zerzauste es dabei noch mehr. „Ich wollte jetzt nichts Falsches sagen. Und sie hat es sicher nicht anders gemeint, als Ihnen damit zu helfen. Ich wünschte, *meine* Schwiegermutter wäre vor einem Jahr so hilfsbereit gewesen, als meine Frau und ich eine Hypothek für unser erstes Haus aufgenommen haben."

Phoebe schluckte. Troy war sich anscheinend gar nicht bewusst, welche Strippen Theodora ziehen konnte, wann immer sie es wollte. Für den Moment überwand sie ihren Zorn. Es war schließlich nicht Troys Schuld, dass er Teil dieses Plots geworden war. Sie wusste, wie clever Theodora sein konnte. „Also dann sagen Sie mir, was Sie sich vorstellen", forderte sie ihn auf.

„Tja, ich würde Sie gern dazu überreden, Kopien der Museumsgemälde zu malen. Nicht von allen. Nur von denen, wie

112

sie in einem Zuhause wie dem von Captain Renton gehangen haben könnten. Ganz klar keines der Familie Hammerstein. Oder eines anderen Stücks, das jünger ist als 1890."

„Weil er da gestorben ist?"

„Da starb seine Frau, und er ließ das alte Haus abreißen. Vielleicht konnte er den Gedanken daran nicht ertragen, dort ohne sie weiterzuleben. Keine Ahnung. Aber damals hörte sein altes Zuhause auf zu existieren, und wir wissen nicht, wie seine Unterkunft danach aussah."

„Na, wenn es jemanden interessierte – sein echtes Zuhause war auf Bainbridge Island, nicht in Wycliff", zwinkerte Phoebe.

„Stimmt", gab Troy unbeirrt zu. „Jedenfalls steht für Sie genug Geld zur Verfügung, dass Sie Ihre Hochzeitskosten damit abdecken können, wie ich vermute."

„Ich habe noch nicht gesagt, ob ich's tue", erklärte Phoebe.

„Stimmt."

„Und ich habe Ihnen keinen Preis genannt. Vielleicht haben Sie kein Budget, das mich einschließt."

„Fünfzigtausend", erwiderte Troy.

„Nun, das teuerste meiner Originale hat sich bisher für 4.000 Dollar verkauft", bemerkte Phoebe vergnügt. „Eine Kopie dieser Gemälde ist vielleicht billiger, aber immer noch so in der Gegend, wenn man Rahmen bedenkt …"

„Keine Rahmen. Wir haben so ein Zeug", erwiderte Troy unerschütterlich.

„Sie sollten darüber nachdenken, ob Sie sich mich leisten können."

„Fünfzigtausend", wiederholte Troy. „Allein für Ihre Kunstwerke." Phoebe stand der Mund offen. „Sie können drüber schlafen. Aber ich brauche Ihre Antwort bis Ende nächster Woche. Danach müsste ich mir etwas anderes einfallen lassen, vielleicht einen anderen Künstler finden."

Phoebe bedeckte sich den Mund mit der linken Hand und kicherte ungläubig. „Sie meinen es ernst, was?"

„Absolut", nickte Troy. Er schnappte sich eines der Longdrink-Gläser, warf mit einer Silberzange einige Eiswürfel hinein, schüttete eine großzügige Menge teuren, botanischen Gins darauf, und füllte alles mit Tonic-Wasser auf. „Ich scherze nicht, wenn ich Geschäftliches bespreche."

„Was, wenn Ihnen nicht gefällt, was ich liefere?"

„Sagen wir, wir machen einen Probelauf für das erste Gemälde. Wenn es uns nicht gefällt, wenn Ihnen nicht gefällt, was Sie tun – bezahlen wir Sie für den Zeit- und Materialaufwand. Wenn wir auf derselben Seite sind, zeichnen wir einen Vertrag über die Fünfzig. Einverstanden?" Troy hielt ihr die Hand hin.

Phoebe wechselte ihr Glas langsam von ihrer rechten Hand in die linke und griff nach seiner. „Klingt zu gut, um wahr zu sein."

„Glauben Sie mir, es ist wahr." Troy grinste. „Jetzt lassen Sie mich die gute Nachricht Stan überbringen." Er prostete ihr mit seinem Glas zu. Dann schlenderte er wieder zum Filmteam.

Phoebe sah sich nach einem Stuhl um, fand einen und sank mit großen Augen und etwas wackelig darauf nieder.

„Ist alles in Ordnung, Liebling?" fragte Trevor von hinten. Seine Augen waren ihr die ganze Zeit beschützend gefolgt, doch erst vor ein paar Minuten hatte er sich loseisen können, erst von Kitty, dann von Dottie und ihrem Mann Luke, dem Polizeichef von Wycliff. Jetzt massierte er sanft Phoebes Nacken, und sie gab sich dem mit einem glücklichen Seufzer hin.

„Du wirst nicht glauben, was eben passiert ist."

„Hatte das was damit zu tun, dass du dem Filmtyp die Hand geschüttelt hast?"

Phoebe nickte. „Ich habe gerade ein Angebot erhalten, das ich nicht ablehnen konnte."

„Lass mich raten – du bekommst die Hauptrolle in Stanley Fahrenheits nächstem großen Historienfilm über eine französische Malerin."

Phoebe lachte. Dann wurde sie rasch ernst. „Das wäre was, hm?! Aber nein, ich soll *malen*. Und für *diesen* Film."

„Malen?"

„Kopien von Gemälden in der Villa Hammerstein."

„Okay …"

Phoebe drehte den Kopf und sah Trevor direkt in die Augen. „Du klingst nicht gerade überwältigt."

115

Trevor beeilte sich, anders zu klingen. „Ich bin nur … überrascht!"

„Du glaubst nicht, dass ich gut genug bin?"

„Im Gegenteil. Ich glaube, du bist zu gut."

„Wenn ihnen gefällt, was ich male, zahlen sie mir fünfzigtausend Dollar, Trev!"

„Das ist ein richtig gutes Honorar, oder? Aber was, wenn es *dir* nicht gefällt?"

„Oh Trev, sei kein Miesepeter!"

„Bin ich nicht. Ich bin unendlich stolz auf dich", protestierte er, und sie wusste, dass er es auch so meinte.

„Jedenfalls hat ihn deine Mutter darauf gebracht, mich als Künstlerin für sein Setdesign zu nehmen. Und weißt du was?"

„Was?"

„Einmal, nur dies eine Mal bin ich deiner Mutter dankbar. Denn ich bin mir sicher, dass das der Friedenszweig ist, den sie mir hinhält."

„Dann nimmst du also an?" fragte Theodora. Sie war unbemerkt neben Phoebe getreten.

Phoebe war eine Sekunde lang erschrocken, hatte sich aber sofort wieder im Griff. Sie lächelte die ältere, sehr elegante Frau an. „Ich wäre eine Närrin, es nicht zu tun, oder?"

*

Emma war den ganzen Nachmittag über sehr nervös gewesen. Es war eine Sache, den Joneses bei allen möglichen Anlässen auf neutralem Boden zu begegnen. Es war etwas völlig anderes, zu einem besonderen und äußerst privaten Anlass als Gast in deren Zuhause empfangen zu werden.

„Denkst du, ich sollte mein Haar hochstecken oder offen tragen?" fragte sie Ozzie, nachdem sie ihren Kleiderschrank durchgesehen und drei verschiedene Outfits gefunden hatte. Sie trat in sein Reich, in dem er an einem elektronischen Gerät bastelte, aus dem sie nicht schlau wurde, und sah ihn erwartungsvoll an, während sie ihm die Kleider hinhielt.

Ozzie sah von seiner Arbeit auf. „Es sieht beides hübsch aus", sagte er. „Warum trägst du's nicht offen?"

„Hmmm", grübelte Emma. „Aber es sieht eleganter aus, wenn ich es hochstecke, denke ich." Dann schüttelte sie die Kleiderbügel, um erneut seine Aufmerksamkeit zu gewinnen. „Welches von den drei Kleidern?"

„Sie sehen alle toll an dir aus", sagte Ozzie.

„Ja, danke. Aber welches?"

„Das, in dem du dich am selbstsichersten fühlst", entschied Ozzie, ohne überhaupt zu wissen, von welchem er sprach.

„Aber das eleganteste ist ziemlich unbequem", beharrte Emma.

„Schatz." Ozzies Ton machte deutlich, dass er nicht mehr Teil dieser schwierigen Entscheidung sein wollte. „Du musst es tragen, nicht ich. Warum entscheidest nicht also *du?*"

„Hmpf." Emma ging weg und verbrachte dann die nächsten zwanzig Minuten mit der Anprobe jedes Kleides mit hochgestecktem und mit offenem Haar. Warum schien es hier so viel komplizierter, sich richtig zu kleiden, als damals, als sie ständig wichtige Leute getroffen hatte oder solche, die sich dafür hielten? Damals war Kleidung nie ein Problem gewesen. Doch jetzt ging es nicht mehr nur um sie allein, argumentierte Emma mit sich selbst. Sie war auch Ozzies Ehefrau und wollte ihn gut aussehen lassen. Es war auch sein Ruf. Sie seufzte.

Endlich war es Zeit zu gehen, und die Wildes sahen in ihrer Aufmachung recht eindrucksvoll aus. Nicht zu overdressed, nicht zu leger. Ozzie in einem Kombianzug ohne Krawatte, Emma in einem petrolfarbenen Cocktailkleid mit einem raffinierten Oberteil, das gerade die richtige Menge Dekolletee zeigte – nicht zu viel, aber genug. Sie hatten beschlossen, zu den Joneses hinüberzulaufen, da die Entfernung nicht sehr weit war. Und ein Spaziergang durch das Wohngebiet der Oberstadt war stets entspannend und erfreulich, besonders an einem warmen, frühen Sommerabend.

Die Gärten standen in voller Blüte mit Rosen und Sommerflieder. Die ersten Dahlien platzten auf. Tomaten glänzten leuchtendrot an ihren Sträuchern. Mauersegler schossen durch die Luft, und Singvögel erfüllten sie mit ihren Melodien.

An manchen Orten roch es nach Barbecue. Gelächter klang aus den Gärten und von den Veranden.

Als sie vor dem Haus der Joneses ankamen, hielt Emma am Fuß der Eingangsstufen.

„Alles in Ordnung?" fragte Ozzie und sah sie besorgt an.

Emma atmete tief ein und nickte. „Okay." Sie fühlte sich, als betrete sie eine Arena. Das einzig Gute war, dass der Mittelpunkt dieser Cocktailparty Phoebe Fierce war. Sie selbst würde die Party vielleicht tatsächlich doch noch genießen können.

Sanfte Lounge-Musik führte sie durch die Diele zur Verandatür und der Gartenterrasse, wo James Jones gerade Gläser mit Champagner füllte. Echtem, bemerkte Emma. Irgendwie überraschte sie das nicht einmal. Immerhin war es so etwas wie eine Feier. Und warum nicht mit Stil?

„Ah, Ozzie und Emma!" rief James aus und strahlte sie jovial an. „Gerade rechtzeitig für eine Füllung mit diesem guten Stöffchen …" Er ging auf sie zu und reichte jedem von ihnen eine Champagnerflöte. „Willkommen auf unserer kleinen Party. Fühlen Sie sich wie zu Hause. Fingerfood gibt's am Buffet. Ich hoffe, Sie mögen unsere amerikanischen Hors d'oeuvres, Emma?"

„Oh, ich probiere gerne alles davon", versicherte ihm Emma.

„Theo checkt gerade bei Chef Paul nach, dass genug da ist, um den Tisch nachzubestücken, falls die eine oder andere Platte nachgefüllt werden muss. Auch sie wird Sie gleich begrüßen. Übrigens vermute ich, dass Sie Ihrer Landsmännin Dottie bereits begegnet sind?" fragte James Emma.

Sie nickte und lächelte. „Bin ich tatsächlich. Und nicht nur in ihrem Feinkostgeschäft. Sie hat uns an dem Wochenende, nach dem ich im Frühling hier angekommen bin, zu sich nach Hause eingeladen."

„Wie wunderbar!" rief James und wirkte tatsächlich erleichtert. „Dann darf ich Sie sich selbst überlassen?"

„Absolut", grinste Ozzie. „Das geht in Ordnung." Er zog Emma sanft am Ellbogen und signalisierte so, dass sie sich in Bewegung setzen sollten. Sie schlenderten hinüber, wo die McMahons mit einem anderen Paar plauderten.

„Ozzie! Emma!" Dottie strahlte sie an, als sie sich näherten. „Wie schön, dass ihr auch hier seid. Kennt ihr schon Bill Smith von *Birds & Seeds* und seine Verlobte Izzy Watson von *Old & Timeless*, die auch die Kuratorin unseres historischen Museums ist?"

Emma und Ozzie schüttelten dem Paar die Hand, das auf liebenswerte und gewiss nicht altmodische Weise intellektuell wirkte. Beide schienen ungefähr im selben Alter wie Emma und Ozzie zu sein.

„Sind Sie schon in unserem Museum gewesen?" fragte Izzy begierig, und ihre grauen Augen strahlten vor Begeisterung hinter ihrer Brille. Ihr Pferdeschwanz schien fast im Takt ihres Handschlags mitzuschwingen.

„Noch nicht", gab Emma zu.

„Na, ich werde Ihnen eine persönliche Führung geben, wenn Sie möchten", bot Izzy an. „Natürlich erst, wenn die Hollywood-Gruppe unser Anwesen verlassen hat. Sollte nicht mehr so lange dauern. Ich höre, sie machen ziemlich gute Fortschritte mit den Szenen, die sie rund um das Grundstück drehen."

„Das wäre absolut wundervoll", erwiderte Emma.

„Außerdem sollten Sie in Betracht ziehen, Mitglied zu werden", schlug Izzy vor. „Es ist so viel einfacher, Menschen kennenzulernen und sich in Wycliff zu Hause zu fühlen, wenn man der einen oder anderen Organisation angehört. Außerdem macht es auch eine Menge Spaß."

„Ich werde darüber nachdenken", sagte Emma vorsichtig. Bisher hatte sie kaum einer Gruppe angehört, da sie ihre Unabhängigkeit schätzte und es genoss, Herrin über ihre eigene Agenda zu sein. Einem Verein beizutreten bedeutete immer, mehr Engagement hineinzustecken als ursprünglich geplant, oder nicht?

„Kommt Julie eigentlich auch zu dieser Party?" fragte Ozzie Dottie.

„Hat sie dir was davon gesagt, Luke?" fragte Dottie ihren Prachtkerl von einem Ehemann. „Mir gegenüber hat sie nichts erwähnt, aber ich habe jetzt auch ein paar Tage keinen Kontakt zu ihr gehabt. Wir hatten beide so viel zu tun."

„Ich glaube, sie hat Freitagabend etwas erwähnt, als wir die Polizeiberichte von voriger Woche durchgegangen sind."

„Na also", lächelte Dottie Ozzie an. „Ich vermute, du fragst, weil sie und Emma derselben Branche zugehören …"

Ozzie lächelte stumm und nickte.

„Oh, aber ich hatte gar nicht vor, auf der Party hier über Berufliches zu reden", rief Emma entsetzt aus. „Ich möchte nicht allen die Freizeit vermiesen, nur weil ich daran interessiert bin, wieder bei einer Zeitung zu arbeiten."

„Pech gehabt", lachte Luke vor sich hin. „Ich schätze, dein Mann hat es schon verraten. Jetzt kannst du gerade so gut draufhalten."

„Da kommt sie übrigens", sagte Bill und bewegte sein Kinn in Julies Richtung.

Julie kam vom Haus herunter in geschäftsmäßigem Schritt, ihr Kleid ebenfalls geschäftsmäßig. Sie war weit größer als ihre Mutter, die gerade einmal knapp einen Meter sechzig maß, ziemlich hübsch und in ihren späten Zwanzigern. Sie hatte ihre Familie sofort entdeckt, hielt sich aber fern, da sie offenbar erst auf ein Gespräch mit Theodora aus war, der Gastgeberin des Festes.

„Da geht sie hin", seufzte Izzy. „Sieht so aus, als müsse sie die Arbeit über das Vergnügen stellen, das arme Mädel."

„Oh, sie kriegt schon auch ihr Vergnügen, wie ich sie kenne", versicherte ihr Dottie. „Sie muss nur zuerst alles Ernsthafte erledigen. So ist sie erzogen worden." Sie sah deswegen ein winziges bisschen selbstgefällig drein.

Sie setzten ihre Unterhaltung fort über die Veränderungen, die das Erscheinen Hollywoods in der Stadt zeitigen mochte. Über die Konzerte im Uferpark. Über die Effizienz des kostenlosen Shuttlebus-Services vom Park & Ride bei der Harbor Mall – übrigens einer Mall, die nirgendwo auch nur in der Nähe eines Hafens lag – in die Unterstadt und wie dies das Geschäftszentrum zu einem für Fußgänger sehr erfreulichen Ort durch die Verkehrsreduzierung machte. Bill fragte Emma nach ihren Erfahrungen in Deutschland und wie sie sich mit ihrem neuen Leben im Bundesstaat Washington vergleichen ließen. Sie genossen Fingerfood vom *Bionic-Chef*-Buffet. Und die ganze Zeit über hatte Emma ihre Gedanken bei der Idee, die ihr unlängst gekommen war und die sie inzwischen zu einem ziemlich ordentlichen Konzept ausgebaut hatte.

Schließlich sah Emma, wie Julie ihr Gespräch beendete, diesmal mit den ziemlich zurückgezogenen Nachbarn der Wildes in der Washington Lane, Trevor Jones und seiner hübschen Verlobten, und ihre Schritte in Richtung ihrer Gruppe lenkte.

„Hallo zusammen", nickte Julie allen zu und umarmte Dottie von der Seite. „Gut euch alle zu sehen. Tut mir leid, dass ich nicht länger bleiben kann. Muss noch meine letzten Sonntagabend-Artikel für die morgige Ausgabe schreiben."

„Eine Sekunde nur", sagte Dottie, die sich schon wieder aus der Umarmung von Julie herausgelöst hatte. „Ich möchte dich mit meiner deutschen Landsmännin Emma Wilde bekanntmachen. Emma ist Journalistin wie du und würde gern mit dir über Arbeitsmöglichkeiten beim *Sound Messenger* reden. Könntest du …?"

„Klar", lächelte Julie, offensichtlich im Geiste schon wieder an ihrem Schreibtisch. „Warum schicken Sie uns nicht eine E-Mail?" Sie lächelte geistesabwesend, kramte in ihrer Schultertasche und reichte Emma eine Visitenkarte. „Ich bin mir sicher, wir tüfteln gemeinsam etwas aus. Nett, Sie kennenzulernen, Emma."

„Ganz meinerseits", erwiderte Emma bereits gegen Julies Rücken. Plötzlich war sie sich nicht mehr sicher, ob ihre Idee so großartig war und ob sie Julie Dolan überhaupt hätte ansprechen sollen.

„Tut mir leid", sagte Dottie mit bekümmerter Miene. „Sie ist manchmal so mit ihrer Arbeit beschäftigt, dass sie unsozial wirkt. Aber in Wirklichkeit ist sie nett und aufmerksam. Gib bloß nicht deinen Plan auf und erzähle mir alles über seinen Fortgang, ja, Liebes?"

*

Es war Dienstagabend in der Oberlin-Kirche. Früher Abend. Die Sonne schien noch hell durch die bunten Glasfenster hinter dem Altar und ließ das Kreuz einen langen Schatten fast genau den Mittelgang entlang werfen. Bänke, Boden und Wände leuchteten in satten Rot-, Blau- und Smaragdtönen, und winzige

Staubpartikel schwebten in der Luft, fingen die Strahlen auf und machten sie als solche sichtbar.

Der Jugendchor versammelte sich vor dem Altar, Jungen und Mädchen so zwischen zehn und siebzehn Jahren. Sie plauderten unbeschwert miteinander, während Rosamunde Dapper, die Organistin, ihre Notenblätter sortierte. Sie war gertenschlank, aber sie konnte an ihrem Instrument zur Naturgewalt werden. Pastor Clement Wayland hatte ihr einmal sogar gesagt, er glaube, die Hälfte der Gemeinde komme nur regelmäßig zum Sonntagsgottesdienst, um sie spielen zu hören. Sie war übers ganze dünne, faltige Gesicht errötet, und ihre veilchenblauen Augen hatten gefunkelt, aber sie hatte bescheiden den Kopf gesenkt und gemurmelt: „Soli deo gloria, Herr Pastor."

Er hatte wohlwollend gelächelt, seine Brille abgenommen, sie geputzt und sich wieder auf die Nase gesetzt. „Auch das sieht Er, Miss Dapper", sagte er zu der schmächtigen, alten Jungfer. „Ich bin mir sicher, Er weiß es zu schätzen."

Die Jugendlichen jedoch dachten nicht nur an das Singen Gott zu Ehren. Sie wussten, dass sie Extra-Pluspunkte in der Schule für Sozialstunden bekämen, und sie fanden, es mache mehr Spaß zu singen, als beim Bootsputz im Maritime Center an der Front Street zu helfen oder im Bürgerzentrum Geschirr zu spülen. Außerdem war es für sie von Vorteil, wenn es um Musical-Projekte an der Schule ging. In den letzten zwanzig Jahren – seit der Gründung dieses Chors – waren die Stars des alljährlichen Schul-Musicals aus den Chorsängern gewählt worden. Tja, das war mit Sicherheit ein Anreiz, zu den Oberlin Songbirds, wie sie sich nannten, zu gehören. Besonders, wenn man ein Teenager war, der von jemandem, für den man heimlich schwärmte, gesehen werden und mit ihm anbandeln wollte.

Für Holly Hayes war das überhaupt kein Thema. Singen war für sie etwas, das nicht immer selbstverständlich gewesen war. Eine Zeitlang, als ihre leibliche Mutter, Evangeline, sie und ihren Vater Eli verlassen hatte, hatte sie ihre Stimme völlig verloren. Sie hatte einige Jahre lang nicht sprechen können, und es war nur den Bemühungen ihrer Stiefmutter, der damals noch unverheirateten Kitty Kittrick, und ihrer ganz besonderen Beziehung zu verdanken, dass sie schließlich wieder aussprechen konnte, was ihr durch den Kopf ging. Die Umstände waren dramatisch gewesen, da Evangeline plötzlich wieder aufgetaucht war und Holly entführt hatte, um Eli zur Zahlung eines Lösegelds zu erpressen. Doch während eines kurzen Zwischenstopps in Wycliff war es Holly gelungen, sich loszureißen und in Kittys rettende Arme zu flüchten. Und Anwalt Trevor Jones hatte ebenfalls seine Hand im Spiel gehabt sicherzustellen, dass Evangeline ihr Kind nie wieder in ihre Gewalt bekommen würde. Kitty hatte schließlich Hollys Vater, Eli Hayes, geheiratet, der Agrarwirt im Medicine Creek Valley war. Holly hatte jetzt eine jüngere Schwester. Und Hollys Sprachtherapie hatte sich in mehr als nur einer Hinsicht ausgezahlt. Es stellte sich heraus, dass sie eine sehr hübsche Singstimme hatte.

Heute hatte Holly nach der Schule die Zeit im Laden ihrer Stiefmutter zugebracht, im *Flower Bower*. Sie hatte schon immer den Duft und die konstant kühle Temperatur des Ladens gemocht sowie die ausgefallenen Accessoires und Geschenkartikel, die Kitty neben Blumen, Gartenwerkzeugen und Topfpflanzen anbot. Sie fühlte sich dort wohl. Und wenn der Laden leer war, sang sie normalerweise, was ihr gerade in den Sinn kam. Vielleicht hatte sie einen Song im Radio gehört. Oder einen Folksong in einem besonderen Programm, das ein öffentlich-rechtlicher Rundfunksender ausgestrahlt hatte. Seit neustem war Holly in die Mozart-Oper „Die Zauberflöte" verliebt. Und in Mendelssohns „Elias"-Oratorium. Sie hatte sich einige Arien auf ihren MP3-Player heruntergeladen, hörte sie sich ständig an und imitierte die Sänger, egal ob weiblich oder männlich. Kitty lächelte vor sich hin und nannte sie „unsere kleine Feldlerche", wenn sie ihrem Ehemann Eli von ihrer Zeit im Blumengeschäft erzählte. Aber sie spürte auch, dass ihr kleines Mädchen ernstlich Talent besaß.

Der Jugendchor der Oberlin-Kirche kam daher mehr als zupass. Kitty hatte Holly heute Abend mit der Ermahnung losgeschickt, sie solle nach der Probe gleich wieder in die Unterstadt kommen. Sie würde auf sie in der Lobby des Bürgerzentrums warten. Also hatte sich Holly fröhlich durch die Touristenmengen gewunden, die die Unterstadt um diese Jahreszeit bevölkerten, war die Treppen am Steilhang hinaufgestiegen und zur Kirche gelaufen. Ihre Mitsänger hatten sie mit den üblichen Umarmungen und Ghettofäusten begrüßt.

Dann hatten sie auf ehrfürchtigere Weise den Sakralraum betreten.

Valerie Marsden, die sehr junge, hübsche Musiklehrerin der Wycliff High School, erwartete die Jugendlichen bereits.

„Hallo alle zusammen", lächelte sie. „Habt ihr soweit einen schönen Tag gehabt?" Die Kinder nickten; einige antworteten mit ein oder zwei Wörtern. „Nun gut! Dann lasst uns wie immer einen großen Kreis bilden, findet mit den Beinen eine gute Balance, schließt die Augen und fangt an zu summen, wann immer euch der Drang überkommt zu summen."

Die Jugendlichen taten, was Valerie ihnen gesagt hatte. Einige begannen bald zu summen. Natürlich gab es auch immer das ein oder andere Gekicher. Doch Valerie Marsden ging rasch zu den Verursachern, legte sanft die Hände auf ihre Schultern und sagte einfach: „Warum versuchst du nicht, dich zu entspannen?"

Nach einer Weile nickte sie Rosamunde Dapper leicht zu, und die Organistin spielte eine einzelne Note. Die Kinder sangen einen gebrochenen Dreiklang aufwärts, dann wieder abwärts. Die nächste Note war einen Halbton höher. Die Kinder folgten; sie waren schließlich eine recht gut geübte Gruppe. Hinauf, hinauf, hinauf. Höher und höher ging es, bis die letzte kleine Stimme aufgab. Es war zufällig Hollys.

„Gut", lobte Valerie Marsden. „Jetzt Oktaven. Und rudert mit euren Armen, während ihr das tut. Ich möchte keine steifen Schultern sehen. Wenn es euch zu hoch wird, hört bitte auf."

Immer weiter ging das Warmsingen. Sie atmeten ein und aus. Sie gaben Laute von sich, die sie außerhalb dieser Gruppe hätten rot werden lassen. Dann endlich ließ Valerie sie sich auf den Altarstufen entsprechend ihrer Stimmgruppe aufstellen. Einige der älteren Jungen hatten bereits richtige Bässe und Baritone, sodass Valerie Musikstücke auswählen konnte, die mitunter recht anspruchsvoll waren. Da sie für den Sonntagsgottesdienst probten, der auch den Unabhängigkeitstag feierte, hatte sie ein bewegendes modernes Arrangement von „My country, 't is of thee" ausgesucht. Und es würde eine gejazzte Variante eines anderen traditionellen Kirchenlieds geben. Holly mochte es nicht, wenn die Stimmung von etwas Altem verändert wurde. Sie hätte lieber etwas gesungen, das schon im Original modern war. Aber zu singen war ihr Hauptziel. Also was sollte es?

Heute Abend jedoch runzelte Valerie Marsden die Stirn, nachdem sie eine Zeitlang zugehört hatte. Sie ging auf und ab und schien nicht zu merken, als der Chor zu Ende gesungen hatte und verstummt war. So still, wie man eben war, wenn man sich fragte, worüber der Lehrer nachdachte.

Nach kurzer Zeit blickte Valerie auf zu den eifrigen, jungen Gesichtern und räusperte sich. „Ich möchte etwas anderes versuchen", sagte sie ruhig. „Ihr macht das alle prima. Es klingt großartig. Ihr singt wundervoll dynamisch. Aber ich glaube, wir müssen noch mehr Leidenschaft erzeugen."

Die Jugendlichen sahen sie verwirrt an. Einer der älteren Jungen hob die Hand. Valerie nickte. „Sollten wir vielleicht lauter singen?"

Valerie schüttelte den Kopf. „Nein, im Gegenteil, denke ich. Leidenschaft in diesem Fall sollte mehr Innigkeit bedeuten." Sie sah die glühenden Gesichter sie erwartungsvoll anstarren. „Ich möchte, dass die zweite Strophe nur von einem Quartett von euch gesungen wird. Holly, Nancy, Josh, Tim – meint ihr, ihr kriegt es hin, das zu singen? Nur ihr vier?"

Die Jugendlichen staunten, aber ihre Gesichter verrieten Stolz darauf, für so eine besondere Aufgabe ausgewählt worden zu sein. Sie nickten eifrig.

Holly hob die Hand. „Sollen dann *wir* besonders laut singen?"

Valerie lachte. „Sehen wir mal, wie es ist, wenn ihr vier übernehmt, und entscheiden wir dann, woran gearbeitet werden muss. Das Hauptproblem, vor allem, wenn ihr so eine kleine Gruppe seid, ist die Balance. Jede Stimme wird strahlen, aber die Balance der Harmonie ist immer noch am wichtigsten. Lasst mich hören, was ihr tun könnt. Rosamunde?" Sie blickte die Organistin an, die erwartungsvoll die Brauen hochzog. „Bitte lass uns Strophe zwei spielen, und könntest du vielleicht das Vox-humana-Register hinzufügen?" Rosamunde Dapper zog die Brauen noch höher. „Das lässt es klingen, als hättet ihr Engelschöre im Hintergrund", erklärte Valerie den Kindern.

Dann hob sie die Arme, nickte Rosamunde Dapper zu, und das Quartett begann zu singen, begleitet von den weichen, schwellenden Klängen der Orgel.

Niemand bemerkte, dass sich vor wenigen Augenblicken eine der Kirchentüren geöffnet hatte und jemand in eine der Bänke im hinteren Kirchenschiff geschlüpft war. Es war Florence Piccolini, die berühmte Opernsängerin, die auch als La Strega bekannt war und die derzeit in ihrem Haus in Wycliff die Ferien mit ihrer Mutter verbrachte, der Wyclifferin Angela Fortescue. Während ihre Mutter damit beschäftigt war, mit ihrem Heimgewerbe-Betrieb *Bags 4 Choosers* einzigartige Accessoires für eine äußerst geschäftige Saison in diesem Sommer zu designen und herzustellen, hatte Florence beschlossen, heute Abend durch das Wohngebiet der Oberstadt spazieren zu gehen und zu sehen, was da so los war. Der Klang von Musik aus der Oberlin-Kirche hatte ihre Neugier geweckt, und sie hatte beschlossen herauszufinden, was drinnen vor sich ging.

Sie war ziemlich überrascht, eine Gruppe Jugendlicher vorzufinden, die den Sommerabend bei einer Probe in der Kirche verbrachten statt unten bei der Eisdiele *Fifty Flavors* oder am Jachthafen. Oder im Splash Park im Uferpark, wo es die Teenager liebten, sich einander spielerisch zu nähern mit vielleicht künftig ernsteren Absichten. Doch da waren sie, sehr ernsthaft, sehr darauf aus, etwas zu erschaffen, dessen Schönheit flüchtig war und daher bei jeder einzelnen Ausführung einzigartig. Doch sie ließen sich nicht entmutigen. Sie arbeiteten daran.

131

Auch die Dirigentin agierte sinnvoll. Die Organistin war definitiv besser als viele, die Florence seinerzeit während ihres Lebens bei ihrem Vater und ihrer Stiefmutter gehört hatte. Sie beschloss, eine Weile zuzuhören. Es war selten für sie, einer Probe beizuwohnen, an der sie nicht beteiligt war. Sie schloss die Augen und konzentrierte sich auf die Akustik der Kirche. Ein sanfter Hall, gerade die richtige Stärke, um eine musikalische Aufführung zu unterstützen. Sie nickte leicht, sehr zufrieden.

Die Orgel klang jetzt anders, und plötzlich erreichte eine Stimme ihr Ohr, die ihr das Gefühl vermittelte, ihr Herz würde gezwickt. So klar, so rein, so absolut süß. Florence zuckte unter dem inneren Nachklang zusammen. Es war, als hätte etwas sie körperlich berührt. Die Harmonien des Kirchenlieds gingen ihr nicht verloren. Der Junge, der den Bass sang, lag etwas zu tief, der Alt genauso. Nur eine winzige Sache, an der die Dirigentin arbeiten konnte, die es ebenfalls hören musste, wenn sie denn gut war. Aber sie musste auch bemerken, dass sie ein Mädchen mit etwas unendlich Kostbarerem hatte als nur einer perfekten Singstimme. Diese Stimme besaß Persönlichkeit.

Florence öffnete die Augen, und sie suchte nach der Sängerin im Chor, die den Sopran-Part des Quartetts ausführte. Da war sie. Ein sehr ernst aussehendes, blasses Mädchen mit glattem schwarzem Haar, blauen Augen, mittelgroß, mit hypnotisierender Konzentration in der Miene. Es blickte nicht wie die anderen auf seine Noten. Sondern seine Augen suchten die Dirigentin nach Zeichen oder Gesten ab, ob es etwas in seiner Darbietung ändern solle. Eine Sängerin, die wie Ton zu sein schien, gäbe man sie einem Lehrer in die Hände, der sie zur Perfektion formen würde.

Jetzt setzte wieder der Chor ein, und auch das Orgelregister wechselte. Es war ein ordentlicher Chor, gewiss. Die Stimmen waren jung und begeistert. Doch nun konnte Florence nicht anders, als diese eine Stimme herauszufiltern, die so viel mehr war als nur frisch und begeistert. Deren Eigenschaft so einzigartig aus einer ansonsten recht harmonischen Gruppe herausstach. Deren Volumen ungewöhnlich war, bedachte man, dass es sich definitiv um eine ungeschulte Stimme handelte. Florence schloss erneut die Augen und folgte der Hauptstimme der Melodie. Welch Stimm-Material! Es wäre eine Schande, wenn es einem größeren Publikum verlorenginge.

Das Licht im Altarraum wurde dämmrig. Die bunten Muster auf den Bänken wurden schwächer, gesättigter von den Violetttönen des Abendhimmels. Und der Schatten des Kreuzes verschmolz mit dem Schatten der Abenddämmerung, die sich in die Kirche senkte. Valerie Marsden blickte auf ihre Armbanduhr.

„Meine Güte, Leutchen! Unsere Probenzeit ist längst um. Ich hoffe, keiner von euch kriegt von seinen Eltern Schelte. Falls doch, schickt sie zu mir, und lasst es mich erklären, okay? Braucht jemand eine Fahrgelegenheit nach Hause?"

Die Jugendlichen schüttelten den Kopf, und einige eilten bereits an ihr vorbei, wünschten ihr einen schönen Abend und legten die Notenblätter auf einer vorderen Bank ab. Einige warfen einen Blick dorthin, wo Florence saß, aber die meisten eilten nur nach draußen, schwatzend, scherzend, lachend. Oh, die Unbekümmertheit der Jugend!

Florence wartete, bis die Dirigentin und die Organistin die einzig Verbliebenen im Kirchenschiff waren. Das kleine Mädchen war an ihr vorbeigegangen, hatte sie scheu angeblickt und ihr still einen Gruß zugenickt. Aber jetzt war es fort. Florence erhob sich schwerfällig. Es war Zeit, dass sie etwas abnahm, bevor der Sommer um war und ihre nächste Opernsaison begann. Sie wollte nicht wegen ihres Aussehens von den Boulevardblättern verspottet werden. Obwohl sie wusste, dass Body Shaming endgültig der Vergangenheit angehörte, war sie sich dessen bewusst, dass einige Bemerkungen über sie nicht mehr so freundlich waren wie damals, als sie noch ein aufsteigender Star und nur mollig gewesen war. Sie war jetzt mehr als stämmig, und sie wurde alt. Der Tag würde kommen, an dem niemand sie mehr in einer Liebesrolle auf der Bühne würde sehen wollen. Sie würde öfter für Solokonzerte gebucht werden. Das Bühnenleben war selten nett zu jenen, die es erwählt hatten.

Nun kamen die Dirigentin und die Organistin den Gang entlang auf sie zu.

Die Dirigentin lächelte Florence an. „Guten Abend", begann sie. Dann wurden ihre Augen groß. „Gute Güte, sagen Sie nicht, dass Sie unserer äußerst bescheidenen Darbietung zugehört haben!"

Florence lachte wegen des sicheren Anzeichens des Erkennens durch einen Fan. „Habe ich tatsächlich. Zumindest dem letzten Teil. Kurz bevor Sie Ihre Strategien geändert haben und sich das Soloquartett einfallen ließen. Ein kluger Schachzug, wenn ich das so sagen darf."

„Danke." Valerie Marsden errötete. Sie war weit jünger, als Florence es erwartet hatte. Und ihre fröhlichen braunen Augen und das Grübchen im linken Mundwinkel verrieten, dass sie ein gutgestimmter Mensch war, der gern lachte und das Leben genoss.

„Wir treten am Vierten auf, und ich hoffe, das Publikum so zu beeindrucken, dass unser Chor finanziell noch etwas mehr unterstützt wird als im vergangenen Jahr."

Florence lachte. „Nun, mit der Solistin, die Sie da im Sopran haben, schaffen Sie das bestimmt."

„Holly Hayes?" Florence nickte. „Ja, sie ist etwas Besonderes. Sie singt auf einer ganz anderen Ebene. Es ist beinahe so, als singe sie um ihr Leben."

„Wie alt ist sie?" fragte Florence.

„Sie ist zehn oder elf. Ich müsste ihre Stiefmutter fragen. Warum?"

„Es ist ein ideales Alter, um Gesangsunterricht zu beginnen, wenn ihr denn so ernsthaft an der Musik liegt, wie sie klingt. Ich weiß, dass sie ungeschult ist. Ich kann das hören. Aber ihre Stimme ist großartiges Material, und ich würde gern mit ihren Eltern reden, ob sie an echten Gesangsstunden interessiert wäre."

Valeries Augen glänzten nun, und die Organistin, die sie vorhin Rosamunde genannt hatte, legte den Kopf schief wie eine Elster, die etwas Glitzerndes entdeckt hat. „Lassen sie mich das recht verstehen", sagte Valerie. „Wollen Sie andeuten, Sie seien willens, Holly beizubringen, wie man professionell singt? Ich meine, Sie sind La Strega und all das …" Ihre Stimme verstummte staunend.

„Und all das", lachte Florence. „Es ist nur halb so magisch, wie es klingt, und eine Menge mehr Arbeit, als Sie sich vorstellen möchten. Aber ja, genau das würde ich gern vorschlagen. Ich wollte sie nur nicht heute Abend ansprechen, weil ich weiß, wie seltsam das für ein Kind sein muss. Für sie bin ich ja schließlich eine völlig Fremde. Und letztlich müssen auch ihre Eltern in so eine Entscheidung einbezogen werden."

Rosamunde Dapper merkte, dass sie nicht gerade zu dem Gespräch beitrug. „Ich gehe jetzt besser", sagte sie mit zittriger Stimme. „Einen schönen Abend noch." Und sie ließ Valerie und Florence allein.

„Absolut", stimmte Valerie zu. „Es würde sie verschreckt haben, und glauben Sie mir, dieses Kind hat ein paar Dinge durchgemacht, die selbst einen Erwachsenen erschrecken würden." Sie presste eine Hand vor den Mund. „Meine Güte, ich Plaudertasche! Nun, wenn Sie mir Ihre Karte geben, werde ich Sie nur zu gern in Verbindung mit Hollys Eltern setzen. Oh, und darf ich ihnen sagen, welches Stundenhonorar Sie verlangen?"

Florence lächelte vor sich hin. Ein Echo der Vergangenheit durchlief sie. Sie lauschte in sich nach dem Nachklang jener klaren und reinen Stimme. Ihr waren selbst Chancen im Leben geschenkt worden. Jetzt war sie an der Reihe, es jemandem vorabzubezahlen. Sie blickte Valerie Marsden in die Augen. „Eine Begabung wie ihre sollte nichts dafür bezahlen müssen, um geformt zu werden. Lassen Sie das meine Spende an den Chor sein. Ich verspreche Ihnen eine exzellente Solistin. Aber nur unter einer Bedingung."

„Und die wäre?" fragte Valerie atemlos.

„Wenn sie mein Angebot annimmt, möchte ich, dass Holly nach dem Vierten keine Chorsängerin mehr ist. Sie muss sich auf ihre Solotechnik konzentrieren, und es ist zu einfach, sie im frühen Stadium von Gesangsstunden in einem Chor wieder zu verlieren." Valerie wollte protestieren, doch Florence schüttelte den Kopf. „Da gibt es keinen Verhandlungsspielraum. Aber ich verspreche Ihnen eine herausragende Solistin für Projekte, von denen Sie Ihr ganzes Leben lang vielleicht nur geträumt haben. Sie wird ganz Ihnen gehören, im Bühnen-Mittelpunkt. Aber nichts weniger."

Einen Moment lang dachte Valerie nach. Dann nickte sie langsam. „Verstanden. Es wird allerdings ein Verlust für meinen Chor sein."

„Aber auch eine Gelegenheit für eine andere Sopranistin, sich zu verbessern", meinte Florence bestimmt. „Eine überstarke Stimme wie Hollys entmutigt vielleicht eine geringere, nichtsdestotrotz starke Stimme zu zeigen, was sie draufhat. Hollys neuer Weg bedeutet eine Möglichkeit für jemand anders."

„Ich muss es Ihnen lassen", erwiderte Valerie. „Sie lassen es nach einer guten Gelegenheit für alle klingen. Aber was haben *Sie* davon, wenn Sie nicht einmal bezahlt werden wollen?"

„Manchmal", sagte Florence verträumt, und ihr Gesicht war jetzt in der rasch schwindenden Dämmerung kaum noch zu sehen, „manchmal bezahlt sich das, was wir tun, von selbst. Ich hatte Menschen in meinem Leben, die an mich glaubten und für mich vorausbezahlten. Jetzt bin ich dran. Und glauben Sie mir, nichts würde mich mit mehr Stolz erfüllen, als wenn dieses kleine Mädchen die Welt mit seiner glockenhellen Stimme in Erstaunen versetzen würde."

5

Veranda des Zuhauses von Renton. *Renton und seine Frau sitzen in Schaukelstühlen und träumen in die Weite. Die Kamera zeigt, was sie sehen: den Hafen, die Sägemühle und die Werft von Port Blakely.*

Renton: *„Wir arbeiten nun schon seit Jahren schwer im Gebiet des Puget Sound. Port Blakely ist mein drittes Sägewerk, und endlich macht es sich bezahlt. Gott sei Dank. Aber irgendwie scheine ich verhext zu sein. Seit dieser Boiler-Explosion kann ich kaum noch sehen. Ich muss immer ein zweites Paar Augen um mich haben, jemanden, dem ich die Mühle anvertrauen kann. Obwohl ich mich recht gut zurechtfinde."*

Sarah: *„Ich weiß, dass es eine Herausforderung für dich gewesen ist. Das Leben hier in der Gegend hat sich so sehr verändert. Leute kommen und gehen. Port Blakely ist eine Stadt geworden."*

Renton: *„Todesfälle und Hochzeiten und Geburten – es ist ein immerwährender Kreislauf."*

Sie sitzen schweigend da.

Sarah: *„Welche deiner Träume haben sich noch nicht erfüllt?"*

Renton: *„Anständige Bildungschancen. Ein öffentliches Schulsystem. Ordentliche Wohnungen. Kirchen, Strafverfolgung. Eine gute Wirtschaft braucht einen ethisch soliden Unterbau."*

Sarah: „*Deshalb möchte ich immer wieder nach San Francisco zurück.*"

Renton: „*Wenn jeder an die alten Orte zurückliefe, von denen sie herkommen und wo man all das schon hat, würde keiner der neuen je etwas erreichen.*"

(Aus Isaac Fredericksons Drehbuch „The Calling")

*

John Minor und Stanley Fahrenheit feierten das Leben. So sahen sie es jedenfalls, wenn es keinen anderen Anlass zu feiern gab. Im Grunde wussten sie, dass es zwischen ihnen funkte. Sie konnten miteinander schweigen. Sich an denselben Dingen erfreuen und sich einfach mit einem Augenblinzeln, einer gehobenen Braue, einem verstohlenen Nicken oder Kopfschütteln darüber verständigen. Es war selten, jemanden zu finden, der einem so unglaublich nahe war. Und doch wussten sie, dass sie nicht notwendigerweise des anderen Echokammer waren. Obwohl beide denselben Kleidungsstil liebten, so etwas in der Art von Robert Redford in „Der große Gatsby", bekundeten sie ihre Individualität mit Accessoires und in ihrer Farbwahl.

Heute Nachmittag, nach einem extrem schwierigen Dreh am Strand (es hatte genieselt, und der Regen war direkt auf die Kameralinsen zu geweht) mit einer noch schwierigeren Diva – vielleicht war Zelda Winfrey ja doch die verkehrte Wahl gewesen? – arbeiteten sie Stans mentale Erschöpfung einfach durch einen Spaziergang ab. John hatte den Rest des Tages freigenommen und Julie Dolan die Hauptlast der Arbeit überlassen.

Er fand, dass Julie, die Tochter von Feinkostladen-Besitzerin Dottie McMahon, sehr kreativ und eigensinnig war. Sehr hübsch und noch erst Ende zwanzig, konnte John nicht verstehen, warum sie immer noch Single war. Aber das machte sie noch verfügbarer, wenn er Extra-Arbeit erledigt haben wollte. Und heute war das der Fall. Er musste einfach das Beste aus Stans Anwesenheit in Wycliff machen. Wer wusste schon, was geschehen würde, wenn die Filmszenen in der Gegend erst gedreht waren und Stan zurück nach Los Angeles ging?!

„Zelda ist also eine Nervensäge, hm?" fragte John Stan, während er den Kieselstrand mit ihm hinabschlenderte. „Betrifft das nur sie? Oder hat sonst noch jemand Staralllüren?"

„Nur sie, zum Glück ", seufzte Stan. Er trat gegen einen Stein und sah ihm zu, wie er ein paar Meter flog, blieb dann abrupt stehen und wandte sich der See zu. „Man sollte meinen, dass so eine Chance wie die weibliche Hauptrolle in einem Film sie beeindrucken würde. Stattdessen gibt sie jedem das Gefühl, sie habe deshalb einen Anspruch auf Sonderbehandlung."

„Gibt es eine Möglichkeit, sie in ihre Schranken zu weisen?"

„Kaum. Bestünde nicht die Tatsache, dass es in diesem Film um Captain Renton geht und nicht um seine Frau, würde sie auch noch darauf bestehen, auf der Leinwand als Erste genannt zu werden.“

John lachte. „Ja nun, wenn sie nicht die Hosen anhat, wird das wohl kaum passieren.“

„Gewiss nicht in diesem Film“, bestätigte Stanley. „Ich bin schon halb am Überlegen, sie wirklich für ihr Geld arbeiten zu lassen und dann die meisten ihrer Szenen herauszuschneiden.“

„Autsch“, sagte John. „Das würde wehtun.“

Stan zuckte die Achseln. „Nicht so sehr, wenn es ihr nur ums Geld geht. Aber sie würde zu den Boulevardblättern rennen und ihre Seite der Geschichte darstellen. Was mich letztlich wie einen Frauenfeind dastehen ließe. Das kann ich nicht zulassen. Wegen solcher Dinge sind Filme schon durchgefallen.“

„Besonders in den letzten zehn Jahren, in denen alle gestreichelt werden wollten.“

„Wem sagst du das?!“ rief Stan. „Man muss sogar darauf achten, dass der historisch korrekte Jargon den derzeitigen Launen politischer Korrektheit angepasst wird. Das ist eine Lüge über die Ungehobeltheiten damals. Über die Umstände. Ein derbes Schimpfwort wird überpiepst oder herausgeschnitten. Und ein nacktes Körperteil wird unkenntlich gemacht.“ Er hatte sich in Aufregung hineingeredet und gestikulierte mit beiden Händen.

„Kann auch den Drehbuchautoren nicht viel Spaß machen“, bemerkte John.

„Richtig.“ Stan bückte sich, nahm einen Kieselstein auf und warf ihn so weit wie möglich über die Wellen. Er ging mit

Warum etwas versprechen? Dort und Wycliff sind weit voneinander entfernt."

„Liebe kann alles überwinden", sagte John leise.

„Hör mal", erwiderte Stan. „Ich werde versuchen, in Kontakt zu bleiben. Aber ich kann es nicht versprechen." Sie befanden sich nun auf der Promenade und gingen in Richtung Unterstadt. Ein nasses Eichhörnchen keckerte sie an, als sie an der Fichte vorbeikamen, die es sich zur Behausung gewählt hatte.

„Okay", sagte John.

„Nun, du weißt nun, was *ich* tun werde, wenn ich wieder zurück in Los Angeles bin", grübelte Stan. „Volle Kraft voraus, um diesen Film fertigzukriegen und all das. Was wirst du hier oben tun?"

„Ich werde mich wahrscheinlich in einen Selkie verwandeln", sagte John.

„Ich hoffe doch, du ertränkst dich nicht im Sund", sagte Stan und blickte etwas besorgt drein.

„Keine Sorge", erwiderte John. „Ich werde nur in Selbstmitleid ertrinken."

*

Phoebe baute sorgfältig ihren Arbeitsplatz auf. Eine Plane würde den alten Hartholz-Fußboden bedecken. Sie war keine schmuddelige Malerin. Aber es konnte immer mal wieder etwas versehentlich passieren. Eine Tube hatte vielleicht das, was

Phoebe einen Farbfurz nannte. Oder sie ließ einen Pinsel fallen. Oder Lösungsmittel platschte vielleicht neben das Glas, in das es eigentlich hineingefüllt werden sollte. Also hatte sie im örtlichen Eisenwarengeschäft heute Morgen eine Plane gekauft.

Izzie Watson, die Museumskuratorin, hatte sie netterweise ihren Malplatz in der großen Eingangshalle der Villa Hammerstein aufbauen lassen und ihr sogar erlaubt, eines der Bilder, die kopiert werden sollten, von der Wand zu nehmen und auf eine Staffelei zu stellen. Wenn sie eine leere Leinwand auf eine weitere Staffelei danebenstellte, wäre es umso einfacher, zwischen ihrer Kopie und dem Original Vergleiche anzustellen.

Fünfzig Riesen. Phoebe seufzte. Das war ein Anreiz, gewiss. Welch wundervolle Dinge konnten sie mit so viel Geld tun?! Natürlich war für Trevor und seine Eltern diese Summe wohl zu vernachlässigen. Jeder wusste, wie gut Anwälte verdienten. Besonders, wenn sie so erfolgreich wie *Jones & Jones* waren. Für eine Malerin, die es gerade vor etwas mehr als drei Jahren auf den Kunstmarkt geschafft hatte, war es allerdings eine große Sache.

Phoebe steckte all ihre Pinsel in einen Pinselhalter. Dann sortierte sie die Farbtuben anhand der Farben. Sie würde meist Grün-, Braun- und Blautöne mischen müssen. Mit etwas Weiß und Schwarz, um Schattierungen zu erzeugen. Die Landschaft, die sie malen würde, zeigte Mount Rainier, der hinter einem sehr frühen Wycliff auftauchte. Einem aus Siedlerzeiten, bevor die Unterstadt aus Backsteinen und Stahl gebaut worden war. Nur ein paar marode Gebäude am Ufer, ein Pier, an dem ein Schoner vor Anker lag, und ein paar aufwändigere Gebäude oberhalb des Steilhangs. Interessant, dass jemand sich die Mühe gemacht haben musste, auf eine der unbewohnten Inseln gegenüber von Wycliff zu segeln, nur um die Landschaft zu malen.

Phoebe las mit zusammengekniffenen Augen die Signatur. Der Name sagte ihr gar nichts. Es verwunderte sie nicht. Die Darstellung war eher amateurhaft. Umso mehr eine Herausforderung. Sie würde all die Fehler kopieren müssen, die der Maler gemacht hatte. Leicht verzerrte Winkel der Gebäude, ein seltsames Konzept der Proportionen zwischen Vordergrund und Zentrum des Gemäldes. Die offensichtliche Begeisterung, für den Himmel ein beinahe unverdünntes Coelinblau zu verwenden. Sie stöhnte. Es ging ihr so gegen den Strich, die Mängel nicht zu beheben. Nicht mit einer verbesserten Version des Originals aufzuwarten.

Richtig. Sie wurde fürs Kopieren bezahlt. Kopieren würde sie. Sie wählte einen größeren Verwaschpinsel. Zuerst würde sie der grundierten Leinwand eine leichte Färbung verleihen, bevor sie skizzierte und dann malte, was vorhanden sein musste. Das Originalbild war grundsätzlich in warmen Tönen gehalten. Also wählte sie einen Ockerton, den sie anschließend verwässerte. Dann arbeitete sie die Farbe einfach in ihre Leinwand ein. Sie hatte beschlossen, es bei Acrylfarben zu belassen. Sie würden schneller als Öl trocknen, Transporten einfacher standhalten, das Museum nicht mit Terpentingeruch belasten und im Grunde ganz echt aussehen, wenn sie sie abschließend mit einem leicht glänzenden Firnis versah.

Sie starrte auf das alte Gemälde. Es musste etwa aus den 1850ern stammen. Die Farbe war gut erhalten. Kaum Risse in der Oberfläche. Sie würde kein Krakeliermedium verwenden müssen, um ihrer Version eine antike Anmutung zu verleihen. Das war eine Erleichterung, denn sie hätte schlicht keine Kontrolle darüber gehabt, wie die Farbe reißen würde. Es hätte ein Muster sein können, das sie gar nicht vorhergesehen hätte. Und dann hätte sie von vorn anfangen müssen.

Die erste Farbschicht war jetzt fast trocken. Phoebe blies sich eine blonde Locke aus dem Gesicht und wählte einen sehr weichen Kohlestift, um zu skizzieren, wo der Schoner sein würde. Das Blockhaus links davon – war es das, dessen Überreste auf dem Grundstück gewesen waren, das sie nun ihr Zuhause nannte? Die Gebäude, von denen sie heute wusste, dass es eine Schule, ein Wirtshaus und eine Schmiede gewesen waren, die kleine Kirche mit ihrem primitiven Turm oberhalb des Steilhangs, ein paar größere Häuser in ihrer Umgebung, die Linien des Waldes, der imposante Gipfel des Berges.

Phoebe ertappte sich dabei, wie sie versehentlich Perspektiven korrigierte. Nein. Nein. Nein! Entnervt grub sie nach dem kleinen Gummiklumpen, der ihr helfen würde, die richtigen Linien zu radieren und dann welche einzuzeichnen, die leicht vom Kurs abwichen. Wie hatte sie sich nur in eine Situation gebracht, die sie von allem, was sie gelernt hatte, wegführte? Richtig. Fünfzig. Tausend. Dollar. Das musste es wert sein.

Zwei Stunden später schlüpfte Izzy ganz leise in die Eingangshalle und beobachtete unbemerkt, wie Phoebe vor sich hin malte. Sie hatte keine Ahnung von dem Tumult, der im Kopf der Künstlerin tobte.

*

„Lieber Mr. Minor,

Als begeisterte Leserin des ‚Sound Messenger‘ und als deutsche Journalistin habe ich ein Projekt im Kopf, das für Sie und Ihre Zeitung von Interesse sein könnte. Hätten Sie etwas dagegen, wenn wir uns um eine Zeit und an einem Ort Ihrer Wahl träfen, um darüber zu sprechen? Ich verspreche, es wäre für Sie keine Zeitverschwendung.

Mit freundlichen Grüßen,

Emma Wilde“

Emma runzelte die Stirn. Sie hatte ihre Botschaft vor ein paar Tagen gemailt, aber nichts zurückgehört. Weder von John noch von Julie, wohlgemerkt. Nun, vielleicht war ihr Projekt mehr in ihrem eigenen Interesse als in dem der Zeitung, grübelte sie. Es kribbelte sie in den Fingern. Sie spürte den Drang zu schreiben. Wieder im Verlagsgeschäft zu sein. Mit Lesern Kontakt zu haben. Die Aufregung zu fühlen, wenn ein Stück beendet und gedruckt war. Es mochte ein wenig angeberisch scheinen. Aber ihren

151

eigenen Namen gedruckt zu lesen, fühlte sich nach all den Jahren immer noch neu an. Und nun fehlte ihr diese Art Hochgefühl. Sie war ein Niemand. Nun, nicht wirklich. Alle schwärmten hinsichtlich ihrer deutschen Herkunft, sobald sie nur den Mund öffnete. Aber es drehte sich alles um ihren Akzent und die Erinnerungen der Leute. Nicht darum, *was* sie zu sagen hatte. Und das machte ihr Kummer. Sie war mehr als nur deutsch, um Himmelswillen! Sie wollte Geschichten erzählen. Hoffnung und Zuversicht verbreiten. Eine der Stimmen sein, die unparteiische, objektive Nachrichten verbreiteten.

Sollte sie die Nummer auf der Visitenkarte anrufen, die Julie ihr gegeben hatte?

„Alles in Ordnung mit dir?" Ozzie Stimme schreckte Emma aus ihren Gedanken auf. Ohne auf Antwort zu warten, stellte er eine kleine Holzkiste vor sie hin. „Schau mal, was ich heute Abend bei einem privaten Flohmarkt außerhalb des Stützpunkts gefunden habe. Du könntest sie anmalen, und dann könnten wir sie für all die Samen und Zwiebeln verwenden, die wir von unserer Frühjahrsaussaat im Garten übrighaben."

„Sicher", sagte Emma, hob die kleine Kiste auf und betrachtete sie von allen Seiten. „Aber warum anmalen? Sie ist recht hübsch so, wie sie ist."

„Ich dachte nur, dass du gern zu basteln scheinst – warum also nicht dem Dingelchen ein bisschen Extra-Zuwendung schenken?" Er beugte sich hinab und küsste Emma auf die Lippen. „Ich habe dir noch was auf meinem Heimweg gekauft." Er brachte einen kleinen Blumenstrauß zum Vorschein. „Ich weiß, du fühlst dich in letzter Zeit ein bisschen wenig wahrgenommen. Aber das wirst du von mir ganz sicher nicht."

„Oh du ..." Emma konnte sich nicht helfen, und ihre Augen füllten sich plötzlich mit Tränen. Sie nahm die Blumen aus seinen Händen, stand von ihrem Schreibtisch auf, und ging in die Küche. Ozzie folgte ihr nicht, sondern ging ins Schlafzimmer, um seine Uniform auszuziehen. Emma legte den Strauß vorsichtig in die Spüle, nahm ein Messer aus einer Schublade und machte sich daran, die Stiele zu beschneiden und die Blumen in eine Vase zu stellen. Ein paar Minuten später lehnte sich Ozzie an die Kücheninsel ihr gegenüber, jetzt in Jeans und ein weißes Poloshirt gekleidet, und beobachtete ihre flinken Finger.

„Magst du drüber reden?" fragte er sanft.

Emma schüttelte den Kopf und beschäftigte sich weiter. Dann brach es plötzlich aus ihr hervor. „Ich bin mir sicher, ich bin bloß albern. Es fühlt sich nur so an, als sei mein Leben plötzlich so ohne Zweck, seitdem ich hierhergekommen bin. Ich habe immer zwölf Stunden am Tag gearbeitet, manchmal sogar mehr. Ich habe geschrieben. Und jetzt plötzlich bin ich nichts. Ich kann meine Sprache nicht mehr benutzen. Und selbst, wenn ich etwas Neues versuchen würde, wer gäbe mir schon eine Chance?"

„Dann nehme ich also an, dass du immer noch auf Antwort vom *Sound Messenger* wartest?" Emma nickte. „Warum rufst du sie dann nicht einfach an? Vielleicht sind sie bisher nur zu beschäftigt gewesen, um zu antworten. Vielleicht hast du etwas im Sinn, wovon sie nicht einmal wissen, dass sie nur darauf gewartet haben. Spiel ihnen einfach den Ball zu. Sei nicht höflich und warte!"

In Emmas Augen trat ein Hoffnungsschimmer. „Du meinst nicht, es würde unhöflich und vielleicht fordernd erscheinen?"

„Was haben sie zu verlieren, wenn sie dir zuhören, außer vielleicht fünf oder zehn Minuten ihrer Zeit, hm?"

Emma war mit den Blumen fertig und hielt ihm die Vase hin, damit er sie für gut befinde. Ozzie lächelte.

„Sie sind so schön. Danke, mein Zauberer." Sie trug die Blumen ins Esszimmer und stellte sie auf den Tisch. Dann stand sie nur eine Weile still und starrte darauf.

Ozzie blieb in der Küche zurück und beobachtete seine Frau. Drüben in Europa war sie immer so voller Pläne und Energie gewesen. Hier wirkte sie plötzlich gestrandet und verloren. Er musste ihr helfen. Vielleicht konnte er für sie ein paar Strippen ziehen. Er würde keine Arbeit für sie finden können. Das lag ganz bei ihr. Außer, dass er Dottie anstupsen konnte, dass weder Julie noch John bislang auf Emmas E-Mail reagiert hatte. Und er würde sich umhören, ob es irgendetwas gab, das sie gemeinsam tun konnten. Vielleicht diese Museumsmitgliedschaft, die Izzy Watson neulich erwähnt hatte. Oder vielleicht etwas, das sie seinem Leben bei der Air Force näherbrachte. Er wollte sie wieder so lebhaft sehen wie in ihren Zeiten in der Alten Welt.

*

Heather war starbegeistert. Aaron war sich nicht sicher, ob ihn das überraschte oder nicht. Abby schien es amüsant zu finden, wie das Mädchen um die Film-Crew, die in *The Gull's Nest* wohnte, auf Zehenspitzen herumschlich. Wie es versuchte, ihr so nahe wie möglich zu sein, ohne lästig zu werden – vermutlich ging es darum. Das sagte sie auch Aaron.

„Natürlich ist sie fasziniert", räsonierte Abby mit ihm eines Abends in ihrem privaten Wohnzimmer. Heather lag schon im Bett und schlief fest. „Und warum sollte sie das nicht sein?! So ziemlich alle in Wycliff sind davon fasziniert, eine ganze Film-Crew inklusive Stars innerhalb der Stadtgrenzen zu haben. Erst gestern bin ich Zelda in *Dottie's Deli* begegnet. Du würdest nicht glauben, wie hochnäsig diese Frau mit der Belegschaft umging. Aber die haben alles versucht, um ihr bei ihren ausgefallensten Wünschen behilflich zu sein. Papier auf jede einzelne Aufschnittscheibe. Eine saure Gurke in Scheiben geschnitten statt in die länglichen Streifen, wie sie sie normalerweise in der Frischtheke haben. Sie sind sogar nach hinten ins Lager gegangen, um eine frische zu holen und sie entsprechend ihren Wünschen aufzuschneiden. Als würde eine saure Gurke anders schmecken, wenn man sie in einem anderen Winkel schneidet."

„Nun, es ist vielleicht eine Sache der Textur", gab Aaron zu bedenken.

„Toll", schnaubte Abby verächtlich. „Und hinter ihr formte sich eine Schlange. Aber sie legte Wert darauf, den Geschmack von fünf verschiedenen Käsesorten auszuprobieren und kaufte dann nicht einmal eine einzige Scheibe. Aber das Personal umschmeichelte sie trotzdem. Und die Leute in der Schlange machten Oh und Ah, als sei ihr Gezicke die Ultima Ratio, wenn man berühmt ist. Ein paar Leute gaben sogar ihren Platz in der Schlange auf, nur um sie um ein Autogramm zu bitten. Wie weit treiben die Leute das Fan-Sein noch?!"

„Ich möchte nur nicht, dass Heather auf falsche Ideen kommt", verteidigte sich Aaron.

„Was für falsche Ideen?"

„Erst heute Nachmittag sagte sie mir, dass sie eines Tages Schauspielerin werden möchte."

Abby lachte leise auf. „Ja, natürlich. Und dazu noch eine berühmte, stimmt's?" Sie nahm einen Schluck Tee aus der Tasse, die vor ihr auf dem Couchtisch stand. „Als sie an dem Back-Event teilnahm, das Chef Paul vorige Weihnachten anbot, wollte sie eines Tages eine berühmte Konditorin werden. Zwischen damals und heute hast du mir erzählt, dass sie Renaturiererin werden wolle, nachdem sie ein Baby-Eichhörnchen gerettet hatte, und Journalistin, weil Julie ihre Schule in Eatonville besucht hatte, um mit den Schülern über die Macht der Medien zu sprechen. Jetzt also beobachtet sie ein paar Tage lang eine Film-Crew aus Los Angeles. Aus einem Ort, der so völlig außer Reichweite für sie ist, dass er all die Magie zu haben scheint, von der ein kleines Mädchen nur träumen kann."

„Genau", sagte Aaron. „Es ist pure Blendung."

„Nun, warum lässt du sie nicht ein wenig geblendet sein? Sie wird schon wieder zu sich kommen. Sobald sie aus Wycliff weg sind, wird etwas Neues passieren, und dann will sie vielleicht Feuerwehrfrau, Tätowiererin oder Seemann werde. Man weiß ja nie."

Aaron stöhnte. „Waren *wir* auch so, als wir kleine Kinder waren?"

Abby tätschelte seine Hand. „Ich bin mir ziemlich sicher, dass wir so waren. Vielleicht standen uns unsere Helden nur näher. Oder waren vielleicht noch phantasmagorischer. Ich erinnere mich daran, dass ich groß davon träumte, die Welt zu bereisen. Stattdessen landete ich mir einen sehr unglamourösen Job als Buchhalterin und Sekretärin bei einer Papierfabrik drüben in Tacoma. Ich bin nie gereist. Und jetzt, da ich hier mit meinem Bed & Breakfast-Geschäft feststecke, kommt die Welt zu mir."

„Klingt eigentlich gar nicht so schlecht, oder?"

„Tja, aber so viel zu meinen Hoffnungen und Träumen."

Aaron legte vorsichtig einen Arm um ihre Schulter und drückte sie. „Du solltest dir öfter mal freinehmen. Nur um zu reisen. Außerhalb der Touristensaison in Wycliff natürlich."

Abby lachte. „Es gibt kaum eine Zeit, die *nicht* Touristensaison ist", stellte sie fest.

„Nun, denk drüber nach", beharrte Aaron. Dann machte er eine Pause, grübelte und spielte geistesabwesend mit ihrem rotblonden Haar. „Sag mal, dieser Berwin ..."

„Was ist mit ihm?"

„Ich sehe ihn oft in deiner Nähe. Natürlich nur, wenn er nicht filmt."

Abbys Kopf flog herum und entriss ihren Pferdeschwanz seinen Fingern. Sie starrte Aaron an. „Meinst du das ernst?"

„Mit Berwin?"

„Ja."

„Na, es sieht so aus, als würde er gern mit dir herumspielen."

Abby lachte. „Tja, er würde es schwer haben, es auch nur zu versuchen", sagte sie.

„Und wieso?"

„Immer wenn er in meiner Nähe ist, tauchst du aus dem Nichts auf." Sie sagte es mit Lachfältchen um die Augen, aber Aaron war sich nicht sicher, ob ihr seine Anspielung nicht missfiel.

Danach wechselten sie das Thema und sahen sich einen Dokumentarfilm über Zebras in Afrika an. Aber etwas hing noch immer in der Luft, als Aaron schließlich ging, um in seinem eigenen Zimmer zu schlafen.

Am nächsten Morgen half Heather so eifrig wie immer Abby mit dem Frühstück. Abby fragte sich, ob es ihr wirklich darum ging, ihr zu helfen, oder eher darum, in der Nähe der Filmleute zu sein, sobald sie im Frühstücksraum aufkreuzten.

„Sag mal", schwatzte Heather fröhlich. „Glaubst du, dass nach der Massenszene vorgestern der Kameramann vielleicht mit Mr. Fahrenheit über meine Darbietung geredet hat?"

„Was für eine Darbietung?" fragte Abby und legte selbstgebackene Ingwerplätzchen auf kleine Gebäckteller.

„Ich habe geweint, auch wenn sich alles um eine Beerdigung gedreht hat, die nicht mal echt war."

„Du hast wirklich geweint, was?!" Abby schüttelte ungläubig den Kopf. „Das ist eine ziemliche Leistung. Ich bin mir sicher, dass der Kameramann beeindruckt war."

„Es geht ganz einfach", behauptete Heather. „Du musst nur an etwas denken, was dich total traurig macht."

Abby biss sich auf die Lippen. Das kleine Mädchen hatte allerdings schon viel erlebt, worüber es traurig sein konnte. Seine Mutter vor gut einem Jahr zu Hause tot auf dem Wohnzimmerboden gefunden zu haben, würde es vermutlich für den Rest seines Lebens prägen. Dennoch klang Heather viel zu selbstzufrieden, als dass sie an die damalige Situation gedacht haben musste. „Woran hast du denn gedacht?" fragte Abby daher.

„Daran, dass ich abreisen muss, bevor die Filmleute gehen, und dass ich nie wieder die Gelegenheit habe, in einen Film zu kommen."

Abby gab sich Mühe, nicht zu lachen. „Nun, das wäre wirklich traurig", brachte sie heraus. Dann wandte sie sich um, schnitt Bagels auf und toastete Muffins.

„Glaubst du also, er hat es vielleicht Mr. Fahrenheit erzählt?"

„Warum fragst du ihn nicht selbst?"

„Worum geht's?" Stan hatte gerade den Frühstücksraum betreten und Abbys letzte Bemerkung gehört. Er ließ sich in einen der Korbstühle am Fenster nieder und ließ seine Blicke zwischen Heather und Abby wandern.

Abby wurde rot und murmelte etwas, aber Heather rannte auf ihn zu und stellte sich vor ihn hin. Falls Erwartung ein Gesicht hatte, war es das Heathers. „Die Beerdigungsszene vorgestern – haben Sie sich die schon angeschaut?"

Stan nahm einen Schluck Orangensaft und wischte sich mit dem Handrücken über die Lippen. „Nein. Natürlich nicht."

„Warum nicht?" Heather trat von einem Fuß auf den anderen.

Stan schmunzelte. „Weil viel zu viel Material zu sichten wäre und ich weiß, dass meine Leute genug gefilmt haben, um eine perfekte Szene zu kreieren. Ich schaue es mir in Los Angeles mit meinen Cuttern an."

„Oh!" Heathers Gesicht wurde lang und länger, und ihre Unterlippe schob sich vor.

Stan musterte das schmollende kleine Gesicht. „Du wolltest sehen, ob du in der Endversion bist – ist es das?" fragte er. Er glaubte, einen kleinen Funken Hoffnung durch Heathers Augen gleiten zu sehen.

Heather nickte. „Oder vielleicht hat Ihr Kameramann schon mit Ihnen über mich gesprochen? Ich war das Mädchen, das echte Tränen geweint hat, wissen Sie?"

Stan bemühte sich sehr, angemessen beeindruckt auszusehen. „Nun, das ist eine ordentliche Darstellung, um die dich selbst manch erwachsene Schauspieler beneiden würden. Bist du dir sicher, er hat es auf Film?"

„Ich habe ihn hinterher gefragt."

„Ah, sehr gut."

„Und sind Sie sich sicher, dass er es Ihnen nie erzählt hat?"

„Ja, ziemlich sicher." Stan widmete sich nun der Aufgabe, einen Toast aus dem Korb auf seinem Frühstückstisch zu angeln. Doch nicht, ohne aus dem Augenwinkel ihre Schultern zusammensinken zu sehen. „Es hat noch mehr mit dieser kleinen Szene auf sich, oder?" Er wandte sein Gesicht wieder Heather zu.

Sie schluckte schwer, faltete die Hände vor dem Bauch und nahm sichtlich allen Mut zusammen. „Ich habe mich gefragt … Gibt es noch irgendeine andere Szene mit Kindern in dem Film? Und wenn ja, könnte ich eine Rolle haben?"

„Du bist nicht zu schüchtern, um zu fragen, was?" Er lachte in sich hinein. „Nun, ich muss das Drehbuch überfliegen und sehen, ob es irgendwas gibt, das passend wäre." Heather hüpfte vor Aufregung auf und ab. „Kann dir noch nichts versprechen. Meinem Drehbuchautor wird es nicht gefallen, wenn er eine Szene umschreiben muss, weißt du?"

Heathers Augen strahlten vor Freude. Sie hatte aufgehört zuzuhören, nachdem sie gehört hatte, dass Stan darüber nachdenken würde. Doch bevor sie noch mehr sagen konnte, legte sich die Hand ihres Vaters schwer auf ihre Schulter.

„Hast du Mr. Fahrenheit behelligt, Heather? Was habe ich dir erst gestern Abend gesagt?" Heather schrumpfte in sich zusammen, verlor aber nicht das triumphierende Lächeln aus ihrem Gesicht. Aaron wandte sich nun an Stan. „Ich entschuldige mich für mein überenthusiastisches Mädchen. Sie sollte es besser wissen, als Ihnen Ihre vermutlich einzige Zeit von Frieden und Ruhe am Tag zu stehlen."

„Überhaupt kein Problem", lächelte Stan. „Eigentlich ist sie mit ihrer Courage und Geradlinigkeit ein frischer Wind. Sie sollten stolz auf sie sein."

„Nun", sagte Aaron. „Ich weiß nicht, ob ich auch auf ihren Ungehorsam stolz sein sollte." Er wandte sich um und steuerte Heather an ihren eigenen Tisch, wo sie ihm in dringlichem Ton mitzuteilen begann, was soeben geschehen war.

Abby stand in der Küche und presste sich eine Faust vor den Mund. Ihre Schultern bebten vor unterdrücktem Gelächter.

„Weinen Sie?"

Bruce Berwin hatte leise die Küche betreten. Abby fuhr mit einem winzigen Laut zusammen.

„Entschuldigung", sagte sie, nachdem sie sich beruhigt hatte, indem sie zweimal tief durchatmete. „Ich hatte nicht bemerkt, dass Sie hinter gestanden haben. Kann ich etwas für Sie tun?"

„Ich sollte mich dafür entschuldigen, dass ich Sie erschreckt habe. Ich dachte nur, ich hätte Sie weinen sehen. Deswegen bin ich hereingekommen."

„In Wirklichkeit habe ich so richtig gelacht", lächelte Abby, und neuerliches Kichern stieg in ihrer Kehle hoch.

„Ach, die Ähnlichkeit zwischen Lachen und Weinen", sagte Bruce und zog ein Gesicht. Dann lachte er leise. „Eigentlich habe ich mich gefragt, ob Sie wohl wieder diese wundervollen Blaubeer-Muffins machen würden, die Sie neulich gebacken haben."

„Also haben die Ihnen wirklich geschmeckt!" rief Abby aus, und ihr Lächeln wurde noch strahlender.

„Genau wie die hübsche und sehr großherzige Bäckerin, die sie kreiert hat", flirtete er.

„Mr. Berwin", schalt Abby, errötete aber. „Sie wissen gar nichts von mir."

„Ein Grund mehr, das zu ändern", schlug er vor. „Vielleicht könnten wir mal am Strand spazieren gehen …"

„Abby", unterbrach Aaron aus dem Hintergrund. „Tut mir leid, aber uns ist die Halb-und-Halb am Tisch ausgegangen."

Bruce Berwin zwinkerte Abby zu. „Ich schätze, Sie sind für den Augenblick davor bewahrt worden, eine Entscheidung treffen zu müssen. Aber bitte behalten Sie's im Kopf."

Abby war wieder ganz Geschäftsfrau. „Kommt sofort, Aaron", rief sie auf Zehenspitzen über Bruces Schulter hinweg. Dann fügte sie etwas leiser hinzu: „Ich vermenge nie Geschäftliches mit Privatem, Mr. Berwin. Aber ich weiß Ihr Angebot sehr zu schätzen."

Bruce Berwin besaß den Anstand, sich leicht zu verneigen und beiseitezutreten, während sie ein frisch gefülltes Sahnekännchen an ihm vorbeitrug. Dann ging er an Stans Tisch, grüßte den Regisseur ehrerbietig und setzte sich. Abby lieferte das Kännchen inzwischen an Aarons und Heathers Tisch ab. Sie kam gerade rechtzeitig, um Heathers letzte Bemerkung mitzubekommen.

„Ich glaube nicht, dass Alpenveilchen Sahne mögen, Dad!"

Aaron fing Abbys fragenden Blick auf. Ihre Augen sahen rasch zur eben erwähnten Topfpflanze hinüber, die auf dem Fenstersims über dem Tisch stand. Es war nicht genug Zeit für die Erde gewesen, das aufzusaugen, was Aaron offenbar zuvor hineingeleert hatte.

„Ich auch nicht", sagte Abby und blickte Aaron merkwürdig an. „Aber ich bin mir sicher, dass dein Vater die Pflanze ersetzt, wenn sie eingehen sollte. Hab' ich recht, Aaron?"

6

Renton in einem Sitzungszimmer in seiner Sägemühle mit seinen Partnern Holmes und Smith. Auf dem Tisch liegt eine Karte des Territoriums Oregon.

Renton: „Die Investition in Kohleabbau drüben in Mox LaPush ist profitabel gewesen. Ich plane in der Tat, mehr zu tun. Etwas, das sogar eine noch bessere Wirtschaft für die Gegend bringt."

Holmes: „Mehr Schiffe zur pünktlicheren Distribution der Kohle nach San Francisco und in unseren neuen Markt in Honolulu, vermute ich?"

Renton: „Eigentlich dachte ich mehr an Eisenbahnen. Ich höre, dass die Leute drüben in Seattle nicht so glücklich mit dem Endbahnhof in Tacoma sind. Jegliche Eisenbahnpläne haben bislang eine Verbindung mit ihrer Stadt ausgeschlossen."

Holmes: „Seattle ist zu unwichtig, um als Endbahnhof in Erwägung gezogen zu werden."

Renton: „Es wäre aber sinnvoll. Denken Sie an eine Verbindung nach Osten. Walla Walla. Es könnten neue Arbeitskräfte schneller und bequemer zu den Minen und Sägewerken transportiert werden. Gleichzeitig würde Fracht nach Osten und an die Gestade des Puget Sound bewegt werden, wo immer sie benötigt wird. Wenn wir Seattle seine Eisenbahn mit einer Verbindung zu den Kohleminen geben, haben wir vielleicht bei einem weiteren lukrativen Geschäft die Hand im Spiel."

Smith: *„Klingt nach einer Investition in ein völlig neues Gebiet."*

Renton: *„Sie sind alle untereinander verknüpft. Wie Perlen auf einer Schnur."*
(Aus Isaac Fredericksons Drehbuch „The Calling")

*

„Atme tief ein", sagte Florence sanft. „Atme in deinen Bauch. Hebe nicht deine Schultern. Stell dir vor, du hättest Gewichte auf den Schultern."

Holly runzelte frustriert die Stirn. „Ich krieg das nie hin! Wie kann man so tief einatmen und *nicht* dabei die Schultern heben wollen?!"

Florence lachte. „Warum *willst* du denn die Schultern heben?!

Holly zuckte die Achseln. „Ich denke, es passiert ganz normal."

Die beiden waren in Florences Musikzimmer. Florence Piccolini hatte Wycliff zu ihrem Zuhause gemacht, nachdem sie nach Jahrzehnten der Trennung wieder mit ihrer Mutter vereint war. Sie hatte im Januar ein Cottage am Strand nördlich der Unterstadt und der Werften gekauft, und sie hatte ihre Mutter gebeten, dort zu leben und nach dem Rechten zu sehen, während sie auf Tournee war. Einer der ersten Gegenstände, die sie in ihr neues Heim gebracht hatte, war ein Steinway-Flügel, damit sie proben, aber auch ambitionierte Sängerinnen wie Holly unterrichten konnte. Da ihr Haus recht abgelegen war, konnte sie jederzeit spielen und singen, ohne irgendwelche Nachbarn zu stören.

Nur ihr Impresario Manfredo war unbeeindruckt. Früher hatte sie so gut wie überall in der Nähe der großen Konzertsäle an der Westküste gewohnt. Die Kleinstadt am Sund passte nicht in sein Bild von einer Opernsängerin, die ein Weltstar war. Außerdem weckte es Erinnerungen an den Schneesturm im vorigen Winter, der ihre Auftritte in einer Radiosendung sowie in einem im Fernsehen übertragenen Weihnachtskonzert in Seattle ruiniert hatte. Wycliff war von der Außenwelt abgeschnitten gewesen. Aber für Florence Piccolini alias La Strega war Familie wichtiger geworden als Konzertsäle und Opernbühnen. Und Wycliff war allmählich zum Mittelpunkt ihres Privatlebens geworden.

Florence hatte es geschafft, ihre Mutter, Angela Fortescue, aus ihrem heruntergekommenen Wohnprojekt herauszuholen und sie in dem Cottage unterzubringen. Sie hatte ihr ein Budget gegeben, damit sie für sie beide ein gemütliches Heim daraus mache. Und eines Tages hatte der Flügel Einzug in eine helle Ecke dessen gehalten, was zum Musikzimmer ernannt worden war und einen Blick auf den Strand und das Wasser des Sundes bot. Er hatte auf sie gewartet, gestimmt und bedeckt von mit einer schweren Brokatdecke in dezenten Lindgrün- und Ockertönen. Und jetzt machten ein Stapel Notenblätter auf der einen Seite und ein Metronom auf der anderen es deutlich, dass es sich nicht nur um ein Schaustück handelte.

Florence legte eine Hand auf Hollys rechte Schulter und die andere auf ihren Bauch. „Atme tief ein auf die alte Weise." Holly tat es. Florence stupste ihre Schultermuskeln an. „Merkst du, wie angespannt sie sind? Kannst du dir vorstellen, so ein ganzes Lied mit drei oder vier Strophen zu singen? Nun stell dir vor, du bist Opernsängerin. Es gibt Opern, die dauern drei bis vier Stunden. Selbst wenn niemand die ganze Zeit singt – zum Ende der ersten Stunde wärst du kaputt, glaub' mir. Jetzt versuch es auf die andere Weise. Atme in deinen Bauch, wo du meine Hand spürst." Holly tat es. „Gut! Merkst du, wie deine Schultern jetzt sind? Ganz entspannt? So geht das." Florence löste ihre Hände wieder von Holly.

„Aber wie kann ich mir das merken, wenn ich singe? Ich meine, ich muss mich schon auf die Melodie und den Text konzentrieren. Ich kann nicht auch noch die Bauchatmung machen." Holly suchte verzweifelt in Florences Gesicht nach einer Antwort. „Was, wenn du die Geduld mit mir verlierst?" fügte Holly flüsternd hinzu.

„Oh Liebes", seufzte Florence. „Das sollte in der Tat deine letzte Sorge sein. Wenn ein Gesangslehrer keine Geduld hat, bringt er seine Schüler nicht weit. Aber fang bei dir selbst an, geduldig zu sein. Rom wurde nicht an einem Tag erbaut, und Stars entstehen auch nicht über Nacht. Selbst wenn die Zeitschriften versuchen, dir das zu erzählen – es stimmt nicht. Niemand sieht die harte Arbeit und die anstrengende Geduld, die man braucht, um auf irgendeinem Gebiet einen Star aufzubauen. Glaub mir."

„Was, wenn ich die Geduld mit mir selbst verliere?" fragte Holly.

„Dann", erwiderte Florence, „ist der Beruf vielleicht nichts für dich, aber das Singen kann immer noch ein wundervolles Hobby sein. Was du heute gelernt hast, ist bereits mehr, als deine Freunde auf dem Gebiet wissen. Und du hast nicht nur Einblick in eine Technik gewonnen. Du kennst auch den Grund, warum sie angewandt wird."

„Um entspannt zu bleiben."

„Genau. Am Ende wirst du deinen ganzen Körper zum Singen verwenden, und alles wird ganz natürlich sein."

Holly lachte. „Ich glaub dir nicht. Meinen ganzen Körper?!"

Florences Gesicht wurde ernst. „Kannst du den Puls in deinem linken kleinen Zeh spüren?"

Hollys Miene verdunkelte sich vor Konzentration, dann hellte sie sich plötzlich auf. „Ja!" rief sie aus. „Das ist ja verrückt!"

„Jetzt finde den Puls in deinem rechten kleinen Zeh."

Holly konzentrierte sich erneut mit dem Gesicht nach unten und unfokussiertem Blick. Dann hob sie das Kinn und strahlte Florence an. „Du meinst also, dass ich sogar mit meinen kleinen Zehen singen werde?" Sie sagte es ohne Kichern, sondern in einem Ton des Staunens.

Florence nickte. „Stell dir vor, du wärst eine Flöte. Du hast in dir eine Luftsäule, die du mit deinem Körper regulierst, um sie eine musikalische Phrase lang durchhalten zu lassen. Um das zu tun, brauchst du Unterstützung – nicht Spannung! – durch deinen Körper. Deshalb musst du ihn an allen richtigen Stellen entspannt lassen. Wie ein biegsames Rohr. Das ist umso wichtiger, wenn du singst und schauspielerst. Gesang ist ein Hochleistungssport."

Holly warf ihr einen merkwürdigen Blick zu. Florence biss sich auf die Lippen und lachte. „Okay, klingt seltsam von jemandem, der so rund ist wie ich, stimmt's? Zu viel Pasta e Fagioli." Hollys Augen waren voller Fragezeichen. „Meine liebste italienische Hausmannskost. Nudeln und Bohnen. Aber glaub mir, ich bin physisch so fit wie ein Marathonläufer. Nur, dass ich nicht renne." Holly kicherte. „Jetzt lass uns noch so eine Atemübung machen. Konzentrier dich auf deinen Bauch." Florence betrachtete Holly mit Adleraugen, während das Mädchen seine Augen schloss und sich sehr bemühte, nicht die Schultern zu heben. „Sehr viel besser. Jetzt lass uns etwas singen. Du willst doch deiner Mami nicht sagen, dass du in deiner ersten Stunde nicht gesungen hast, oder?"

Holly schüttelte den Kopf, und ihr glattes schwarzes Haar schwang wie ein Vorhang. „Sie würde es vermutlich nicht verstehen."

„Siehst du?" Florence klatschte vor Freude in die Hände. „Du hast es schon wie ein Naturtalent verstanden. Gesang ist eine eigene Welt. Von jetzt an ist es *deine* Welt. Aber du musst denen, die dich unterstützen, immer mal wieder helfen zu verstehen, was du da tust. Brücken bauen sozusagen. Ein Lied ist so eine Brücke. Was magst du singen?"

Holly zuckte mit den Schultern. „Ich weiß nicht. Es gibt so viele Lieder, die ich singe."

„Du weißt, wie man vom Blatt singt?"

„Ein bisschen. Ich kann aber die Melodie nicht herausfinden, wenn ich nicht die Begleitmusik höre."

„Hmmm", machte Florence. „Für jetzt ist das in Ordnung." Dann setzte sie sich an ihren Flügel und spielte ein paar Akkorde. „Kennst du das hier?" Holly schüttelte den Kopf. „Aber dieses hier?" fragte Florence und spielte eine andere Melodie. Holly schüttelte wieder den Kopf. „Na, dann lass uns einfach das Solo nehmen, das ich dich neulich habe singen hören. Lass mich sehen."

Florence schnappte sich ein Notenheft und blätterte darin mit flinken Fingern. Dann reichte sie es Holly. Hollys Hände zitterten leicht.

„Du brauchst nicht nervös zu sein", sagte Florence leise. „Hier sind nur wir zwei, und ich werde dir helfen. Ich werde dir leicht zunicken, wenn du einatmen und bereit sein solltest anzufangen." Sie legte die Hände auf die Tasten, und die satten, feierlichen Töne eines Präludiums zu „My country, 'tis of thee" erklangen. Florence sah Holly an, die neben dem Flügel stand, und nickte ihr zu. Holly atmete tief ein, wobei sie versuchte, sich zu erinnern, wie es richtig war, und verpasste ihren Einsatz. Sie brach ab.

„Ich hab's verhauen", sagte Holly und ließ die Schultern hängen.

„Stimmt", bestätigte Florence. „Aber du hättest einfach weitermachen sollen. Solche Dinge passieren ständig. Ist mir mal mitten in einer Opernarie passiert, die ich auf Französisch singen sollte. Ich hatte einfach die Worte vergessen." Holly starrte sie mit vor Entsetzen geweiteten Augen an. „Tja, ich konnte nicht mittendrin abbrechen, mich beim Dirigenten entschuldigen, beim Orchester, bei meinen Sängerkollegen und – vor allem – beim Publikum, oder?"

„Was hast du getan?" flüsterte Holly.

„Ich habe geblufft", grinste Florence. „Ich habe Wörter erfunden, die französisch klangen, Nasale inklusive. Nach ein oder zwei Zeilen erinnerte ich mich wieder an meinen Text, und niemand hat es gemerkt bis auf meine Kollegen, die mich hinterher erbarmungslos neckten. Aber ich hatte es hingekriegt. Und das muss jeder lernen, der live auf der Bühne steht. Wie man blufft, improvisiert, es so gut vorschwindelt, dass alle glauben, es müsse so sein. Also los und fang nochmal an. Fertig?"

Holly nickte nachdenklich. Sie nahm wieder Sängerhaltung ein, die Füße fest auf dem Boden, den Körper mittig über den Beinen, den Kopf gerade. Das Klaviervorspiel begann erneut. Florence nickte. Holly atmete ein und sang. Erst kam ihre Stimme ein wenig zittrig und unsicher heraus, doch je

172

länger sie sang, desto kräftiger klang sie. Am Ende der Strophe spielte Florence ein paar abschließende Schnörkel und hielt dann inne. Hollys Augen sahen sie erwartungsvoll an.

„Gar nicht übel", lächelte Florence. „Und deine neue Atmung lässt es schon so viel besser klingen."

„Wirklich?" fragte Holly unsicher.

„Wirklich. Nun lass uns an der Reinheit deiner Noten arbeiten. Es ist mir klar, dass es heutzutage für viele junge Menschen üblich ist, alles so zu singen, als seien sie Pop-Sänger. Das klingt, als schmiere man eine Note in die nächste. Scheußlich." Holly kicherte und hielt sich eine Hand vor den Mund. „Dieses Stück ist kein Pop-Song. Du bist keine Pop-Sängerin. Ich möchte, dass du jede einzelne Note klar und sauber triffst. Die Töne in diesem Stück ineinander gleiten zu lassen, lässt dich wie die billige Kopie eines Klischees klingen. Billig und Klischee sind nicht reizvoll. Kein Publikum, das klassische Musik erwartet, wird dafür bezahlen. Und ich weiß, dass du singen kannst, Mädel. Lass hören!"

Als Holly eine Stunde später aus Florences Cottage herauskam, flog sie auf Kitty zu, die neben ihrem *Flower-Bower*-Lieferwagen wartete. Ihre Wangen waren gerötet, und ihre Augen glänzten.

„Wie war's?" fragte Kitty, obwohl das Gesicht ihrer Stieftochter schon Antwort genug war.

„Ich kann das nächste Mal kaum erwarten!" rief Holly aus und umarmte sie.

Kitty erwiderte die Umarmung, blickte auf das Fenster neben der Cottage-Tür und dankte der Frau, die sie von drinnen ansah, mit den Lippen.

Florence nickte leicht wehmütig zurück. Sie blickte auf ihre jüngste Schülerin, wie sie von ihrer Stiefmutter umarmt wurde. Florences eigene Stiefmutter hatte nie solche Umarmungen für sie übriggehabt. Sie hatte deutlich gemacht, dass Florence nicht wirklich in ihrem Haus willkommen war, obwohl ihr Vater sich sehr bemüht hatte, das auszugleichen. Einen Augenblick lang beneidete La Strega Holly beinahe um ihre liebevolle Familie. Dann riss sie sich los. Ihr Leben mochte nicht immer perfekt gewesen sein, aber das Ergebnis war es. Und darauf kam es am Ende an, oder nicht?

*

„Könnte ich kurz mit Ihnen sprechen, Miss Marsden?"

„Ich heiße Valerie, oder kurz Val. Und natürlich!" sagte die Musiklehrerin. „Lassen Sie mich raten – geht's um Holly?"

Florence nickte leicht. „Sie hat eine Gabe, und sie nimmt jeden Ball auf, den ich ihr zuwerfe."

Valerie lächelte breit. „Ich bin so froh, dass Sie sie entdeckt haben und ihr solch eine wundervolle Chance geben. Sie unter ihre Fittiche zu nehmen und all das."

Es war der 4. Juli, und Florence hatte der Choraufführung in der Oberlin-Kirche zugehört. Dem Chor und seiner Solistin

Holly Hayes, deren neues Selbstbewusstsein ihrem hellen Sopran heute Morgen sogar noch mehr Strahlkraft verliehen hatte. Florence hatte gewartet, bis die Gemeinde gegangen war. Valerie war schließlich ganz allein gewesen, hatte Notenblätter in Ordner eingesammelt und für den Tag zusammengepackt. Erst dann war Florence auf die Lehrerin zugegangen.

„Sie unter meine Fittiche zu nehmen und ihr etwas beizubringen, ist eine Sache. Ihr die Gelegenheit zu geben zu glänzen jedoch nicht. Das ist Ihr Gebiet, Val. Und deswegen komme ich zu Ihnen. Holly braucht Gelegenheiten aufzutreten. Um mit Lampenfieber umzugehen. Um Selbstbewusstsein als echte Solistin zu gewinnen; nicht aus dem Schutz eines Chors heraus, sondern vorn im Zentrum. Und da kommen *Sie* ins Spiel."

Valerie legte den Kopf schräg. „Ich nehme an, Sie reden von Schulkonzerten?"

„In der Tat", bestätigte Florence. „Das heißt, wenn es noch so große Jahreskonzerte gibt wie die, an die ich mich aus meiner Kindheit erinnere."

„Oh, wir haben tatsächlich noch zwei davon", sagte Valerie. „Wir haben ein musikalisches Weihnachtsspiel in der Lawrence Hall, und am Ende jedes Schuljahrs haben wir in der Aula der Wycliff High School ein Abschlusskonzert."

„Klingt wunderbar."

„Sie sind ziemlich gut", erklärte Valerie stolz. „Die Lawrence Hall ist normalerweise bis unter die Decke mit Familien

175

und Gästen von außerhalb gestopft voll, da das Stück die Viktorianische Weihnacht natürlich großartig abrundet."

„Natürlich."

„Und das Sommerkonzert ist normalerweise eine Mischung aus Anfängergruppen und dann einer Musical-Produktion."

„Dann nichts auf dem ernsteren Gebiet?' fragte Florence und hob die Brauen.

„Musicals sagen Kindern, die normalerweise Pop und Rock in ihrer Freizeit hören, eher zu", erläuterte Valerie.

„Das verstehe ich", grübelte Florence.

„Den Zuhörern übrigens auch", fügte Valerie rasch hinzu.

„Und daran könnte nichts geändert werden, nehme ich an?"

„Sie denken wohl kaum daran, dass ein High-School-Chor und Orchester eine Oper aufführen könnten, oder?" fragte Valerie etwas überrascht.

„Nein, natürlich nicht", erwiderte Florence schnell. „Tut mir leid. Sie haben ganz offensichtlich recht. Wie steht es dann mit dem kommenden Weihnachtskonzert? Besteht eine Chance, dass Holly einen Solopart bekäme?"

Sie waren den Gang entlang zu den Kirchentüren gegangen, über den Flur, der zum Gemeindesaal führte, und hatten dann das Gebäude ganz verlassen. Jetzt liefen sie in Richtung Jupiter Avenue, da beide ihre Autos auf Parkplätzen unterhalb des Steilhangs geparkt hatten. Aus der Unterstadt hörten sie bereits den Krach, der den 4. Juli feiernden Menge. Der Umzug würde bald noch mehr fröhlichen Lärm verursachen.

„Nun", sagte Valerie. „Das diesjährige Weihnachtsspiel, ein klassisches Krippenspiel, ist bereits geplant."

„Das heißt, alle Sänger sind bereits festgelegt?" Florence klang ziemlich enttäuscht.

„Ja", bestätigte Valerie. „Sehen Sie, die Hauptpartien werden meistens von unseren ältesten Sängern gesungen. Es ist ein Anreiz für die jüngeren, dabeizubleiben und den Chor zu bereichern."

„Eine Art Belohnungssystem." Florence musste lächeln. „Und dazu eins mit Bestechung."

„Wie mit baumelnden Karotten?" Valerie errötete leicht. „Es ist ziemlich harmlos, wenn ich so sagen darf."

„Sicher."

„Ich könnte Holly aber als Zweitbesetzung für die Hauptrolle nehmen."

„Das wäre eine Möglichkeit", überlegte Florence. „Aber es wäre höchstwahrscheinlich enttäuschend für sie, wenn die Hauptsängerin *nicht* fehlt und Holly doch nicht die leiseste Chance hat aufzutreten."

„Das stimmt allerdings." Valerie hielt am Geländer des Platzes an der Steilhangtreppe inne. „Diese Aussicht wird nie alt", sagte sie aus dem Blauen heraus. „Kein einziger Tag ist gleich."

Florence nickte zustimmend. „Wie wahr. – Schauen Sie, gibt es wirklich gar keine Chance, dass man Ihrer Aufführung vielleicht nur ein Stück für Holly hinzufügt?" Ihr Blick bohrte sich in Valeries.

Valerie hielt eine Weile stand, dann wandte sie sich ab und blickte wieder in die Ferne. „Natürlich könnte ich etwas hinzufügen", sagte sie nachdenklich. „Jemand würde aber einen kleinen Part hineinschreiben und das passende Lied für Holly auswählen müssen. Ohne den Fluss zu unterbrechen und dem großen Finale Abbruch zu tun."

„Das könnte ich tun", sagte Florence. „Ich habe auch schon zwei Kirchenlieder und zwei Stellen im Kopf, wenn Sie nichts dagegen hätten. Und sie passen genau zu Ihrem Stück."

„Wirklich?!" Valeries Kopf flog herum, und sie sah die Sängerin ziemlich überrascht an. „Sie haben bereits an alles gedacht, oder?!"

Florence zuckte entschuldigend mit den Schultern. „Ich kann nicht mit einem Wunsch kommen und dann nicht in Ihre Richtung denken, nicht wahr?"

Valeries Gesicht entspannte sich. „Na, das ist aber aufmerksam. Und an was haben Sie gedacht?"

„Holly könnte vor Beginn des Festspiels eine Intro singen. Denken Sie nicht, ‚O come, o come, Emmanuel' wäre der perfekte Beginn für ein Krippenspiel?" Florence öffnete die Arme, und ihr Blick wurde ganz verträumt. „Stellen Sie sich nur ein Klavier und ein Cello zu ihrer Stimme vor. Dann könnten das Orchester und ein Chor hinter der Bühne in den Refrain einfallen." Ihre Arme sanken, und sie atmete tief.

178

„Holla", sagte Valerie leise. „Ich sehe, was Sie meinen! Ja, das ist absolut machbar."

„Nun, und wo endet Ihr Stück? Kommen die drei Weisen darin vor?"

Valerie lächelte. „Ich weiß nicht, ob wir das in diesem Jahr tun werden. Ich bin mir nie sicher, ob es politisch korrekt wäre, sie auf klassische Weise erscheinen zu lassen."

Florence seufzte. „Nun, Sie könnten sie dennoch auftreten lassen. Nirgendwo in der Bibel steht, welcher ethnischen Gruppe sie angehörten. Nur, dass sie weise Männer aus dem Osten waren. Selbst ihre Zahl ist nur eine Mutmaßung, da sie Gold, Myrrhe und Weihrauch brachten – tatsächlich könnte jeder von ihnen alle drei gebracht haben."

Valerie grinste schelmisch. „Sie meinen, ich könnte im Grunde sogar einen Weisen aus dem Fernen Osten haben? Daran habe ich noch nie gedacht. Ziemlich revolutionär."

Florence zuckte nur die Achseln. „Ich schätze, wir müssen geradlinig denken und unsere Argumente bereithalten. Also nur zu und packen Sie drei Könige hinein. Nur keine Täuschungsmanöver, keine Gesichtsbemalung, nur natürliche Ethnien. Lassen Sie einen von Ihnen Holly sein und sie ein oder zwei Strophen von ‚We three kings of Orient' singen. Das schadet nicht. Rundet nur die Geschichte ab. Dann das große Finale. Alle werden damit glücklich sein."

179

„Ich werde auch darüber nachdenken", versprach Valerie. Dann wandte sie sich den Stufen zu. „Gehen wir. Vielleicht finden wir noch einen guten Zuschauerplatz an der Umzugsroute."

„Gehen Sie nur", sagte Florence ruhig. „Ich bleibe noch ein bisschen hier. Menschenmengen sind nicht gerade meine Stärke." Valerie sah sie offenen Mundes an. „Es sei denn, ich bin weit weg von ihnen, auf der Bühne, und kann sie wegen all der auf mich gerichteten Scheinwerfer nicht sehen." Sie zwinkerte Valerie zu. „Kein Scherz. Es ist auch kein Lampenfieber. Ich fühle mich nur nicht gern eingeengt."

*

„Es tut mir leid, dass ich so lange gebraucht habe, mich bei Ihnen zurückzumelden."

Emma hatte beinahe den Hörer fallen lassen, als sie an jenem Montagmorgen John Minors Stimme am anderen Ende der Leitung gehört hatte. Sie hatte nicht mehr erwartet, von irgendjemandem beim *Sound Messenger* zu hören. Sie hatte einfach resigniert und sich gesagt, sie müsse eben abwarten und es später erneut versuchen, wenn sie sich als Bürgerin Wycliffs etabliert hätte.

Aber der Anruf war dann doch erfolgt, zusammen mit einer Einladung, noch heute in Johns Büro an der Jupiter Avenue zu kommen, um darüber zu sprechen, was ihr Vorschlag auch immer sein möge. Emma hatte aufgelegt, vor Freude gejubelt und

Ozzie in seinem Büro auf dem Stützpunkt angerufen, um ihm die gute Nachricht mitzuteilen. Dann hatte sie ihr Haar gerichtet, ein wenig Lippenstift und Mascara aufgelegt, überprüft, ob ihr Outfit geschäftsmäßig genug wirkte, und das Haus verlassen.

Es war ein herrlicher Morgen und die Luft noch frisch, bevor die Sonne alles in einen Backofen verwandeln würde. Die Vögel sangen sich die Kehle aus, und Bienen füllten die Gärten entlang Emmas Weg mit emsigem Summen. Einige Gärtner gossen Blumenampeln und Gartenbeete. Eine Fähre tutete ihr Horn, und das Geräusch echote durch die Oberstadt. Emma fühlte sich, als fliege und tanze sie zugleich.

In dem Moment, in dem sie das Gartentor zu John Minors Grundstück öffnete, kamen ihr die ersten Zweifel. Wie konnte sie sich so gewiss sein, dass er sie nicht ablehnen würde? Wer war sie denn anzunehmen, dass ihre Idee genau das war, was er wollte? Oder genauer, die Leser seiner Zeitung?

Emma schluckte schwer, als sie den Gartenweg entlang auf das Haus zulief, in dem sich Johns Wohnung und sein Büro befanden. Ihre Hand bebte ganz leicht, als sie den Klingelknopf an der Tür drückte.

Nach einem Moment hörte sie drinnen Schritte, und dann öffnete sich die Tür. Sie war dem Eigentümer und Herausgeber des *Sound Messenger* noch nie begegnet, hatte aber gehört, dass er für seinen eklektischen Stil mit einem Hauch Exzentrität und für seine Zurückhaltung bekannt sei. Nichts hatte sie auf einen Mann vorbereitet, der mit der Eleganz der Goldenen Zwanziger gekleidet war und solch ein warmes Lächeln hatte. Sie war sich nicht ganz sicher, wie sie darauf reagieren sollte. Also lächelte sie trotz ihrer plötzlichen inneren Anspannung zurück.

„Emma Wilde?" fragte er und reichte ihr die Hand.

Sie ergriff und schüttelte sie. „Nett, Sie kennenzulernen, Mr. Minor."

Er machte eine einladende Geste ins Haus, und sie trat über die Schwelle, wo sie wieder innehielt. „Einfach nur John, bitte. Setzen wir uns in mein Büro. Ich habe einen Keurig – hätten Sie gern Kaffee? Ich kann Ihnen auch Tee machen, wenn Sie das lieber hätten."

„Kaffee ist prima", hauchte Emma und folgte ihm in sein Büro, wo antike Möbel dominierten und sein Desktop und der Keurig die einzigen modernen Geräte zu sein schienen. Sogar das Telefon war eines von jenen, die eine Requisite aus einem alten Hollywood-Film hätten sein können.

John bedeutete Emma, sich seinem Schreibtischstuhl gegenüber zu setzen, und beschäftigte sich damit, Kaffee zu bereiten. Emma versuchte, sich zu beruhigen und sich auf die Inneneinrichtung und den Duft des Gebräus zu konzentrieren, der nun den von Holz und Leder überlagerte.

Es schien wie eine halbe Ewigkeit später, als John zwei Becher Kaffee auf den Schreibtisch stellte und sich auf seinem Stuhl niederließ. Dann faltete er die Hände über der Tischplatte und sah Emma erwartungsvoll an.

„Sie haben mir also per E-Mail mitgeteilt, dass Sie in Deutschland als Journalistin gearbeitet haben?"

Emma lächelte. „Ich war bei einer Tageszeitung, die so ähnlich wie der *Sound Messenger* war. Ich habe alle kulturellen Ereignisse sowie soziale Themen abgedeckt. Möchten Sie meinen Lebenslauf sehen?"

John löste seine Hände, griff nach seiner Kaffeetasse und nahm einen Schluck. „Lassen Sie mich Ihren Vorschlag hören. Danach werde ich das entscheiden."

Emma holte tief Luft. „Ich habe bemerkt, dass Ihre Zeitung keine wöchentliche Kolumne besitzt." Sie rutschte auf ihrem Stuhl herum, dann fasste sie sich wieder. „Ich dachte, ich könnte Ihnen eine anbieten. Eine Wochenendkolumne. Unkontrovers. Unpolitisch. Einfach nur unterhaltsam."

„Hmm."

„Sie muss nicht lang sein. Sie würden mich nicht einmal bezahlen müssen."

John faltete wieder die Hände über dem Schreibtisch und beugte sich leicht vor. „Meine Liebe, meiner Zeitung geht es nicht darum, für Beiträge zu bezahlen oder nicht. Es geht um Inhalte. Worüber wollen Sie also schreiben?"

„Sind Sie schon einmal in Deutschland gewesen?"

„Nein, noch nicht."

„Möchten Sie mal dorthin reisen?"

John rieb sich das glattrasierte Kinn. „Bin mir nicht sicher. Wenn ich an Europa denke, denke ich mehr an seine Wiege –

Italien, Griechenland. Vielleicht zu kulinarischen Zwecken auch Frankreich."

Emma atmete aus. „Tja, vielleicht ist meine Idee dann nicht gut."

John sank in seinem Stuhl zurück. „Versuchen Sie's noch einmal."

Emma wusste, es war die letzte Chance für ihren Wurf. „Ich bin Immigrantin. Ich bin Soldatenfrau. Viele amerikanische Militärangehörige sind in meine Heimat entsandt worden und würden gern wieder dorthin zurückkehren. Oder darüber lesen. Viele von ihren Kindern ebenso."

„Schön und gut. Sie haben ein Argument bezüglich unserer Leserschaft. Wie würden Sie aber den Inhalt präsentieren?"

„Ich dachte daran, Themen zu wählen, zu denen mich Menschen befragen, denen ich begegne. Eines nach dem anderen. Nicht zu lang, nur als etwas, das bei den einen Erinnerungen wachruft und bei den anderen die Neugier weckt. Und das Thema mit seinem Äquivalent hier zu vergleichen."

„Jede Woche?"

„Ja."

„Wie lange?"

„Ein Jahr lang, vielleicht anderthalb, je nachdem, wann mir die Themen ausgehen."

„Und danach wäre der *Sound Messenger* wieder ohne Kolumne?"

„Vielleicht könnte ich mir etwas anderes einfallen lassen, wenn sie zu sehr vermisst würde. Und *dann* könnten Sie mich bezahlen." Emma musterte seine bewegungslosen Züge und fügte hinzu: „Oder auch nicht."

Auch sie sank nun in ihren Stuhl zurück. Sie hatte ihre Karten gespielt. Sie wusste, sie hätte es besser gekonnt. Sie war nie gut darin gewesen, ihre Fähigkeiten zu vermarkten. Sie war bei ihrer Tante Maria im deutschen Hamburg aufgewachsen, die ihr immer wieder gesagt hatte, sie solle nicht mit ihren Fähigkeiten angeben, weil sich andere dadurch weniger wertvoll fühlen könnten. Und dass ihre Errungenschaften für sich selbst sprechen würden. Die Schwierigkeit hier war, dass, auch wenn sie schriftliche und übersetzte Empfehlungen präsentieren konnte, niemand ihre originalen Artikel verstehen würde. Sofern sie nicht übersetzt waren. Doch der amerikanische Journalismus war zudem so anders als das, was sie gewohnt war. Vielleicht würde ihr Stil nie zu etwas anderem als einer schriftlichen Kolumne taugen. Vielleicht würde sich ihre journalistische Vergangenheit hier als vergeudet erweisen. Sie würde mit etwas völlig anderem neuanfangen müssen. Sie ...

„Entschuldigen Sie bitte?"

„Ich sagte: Warum versuchen wir's nicht?" John blickte immer noch ernst drein, aber in seinen Augen funkelte es. „Wir kündigen es allerdings nicht als regelmäßige Kolumne an. Wir fangen einfach mit ihr an. Wenn es positive Resonanz gibt, bringen wir sie, solange es dauert." Er beugte sich erneut vor.

„Regelmäßig. So, wie Sie es vorgeschlagen haben. Denn Regelmäßigkeit ist die Magie einer Kolumne. Sie wollen, dass die Leser sie erwarten. Wenn Sie nicht abliefern – das war's dann. Verstehen wir einander?"

„Absolut", sagte Emma, und einen Moment lang schwamm ihr der Kopf. Hatte John Minor ihr Angebot tatsächlich angenommen? Würde sie wieder schreiben? Wieder „da draußen" sein? „Wann möchten Sie, dass ich anfange?"

„Haben Sie schon etwas geschrieben?"

„Noch nicht", gab Emma zu. „Aber ich habe eine Themenliste, die interessant sein dürfte."

„Nicht mehr als 1.000 Wörter je Artikel."

„Okay."

„Nichts Kontroverses?"

„Nur Unterhaltsames auf die positivste Weise, die ich mir vorstellen könnte."

„Haben Sie schon einen Titel im Sinn?"

„Noch nicht, aber ich bin mir sicher, mir fällt etwas ein."

„Nun, dann beeilen Sie sich besser." Emma sah John ratlos an. „Ich erwarte Ihren allerersten Artikel Freitag bis siebzehn Uhr. Nicht später, falls wir irgendetwas umstellen, bearbeiten, umschreiben müssen – Sie verstehen."

„Ja", hauchte Emma. „Freitagnachmittag bis siebzehn Uhr."

John hielt ihr seine Hand hin, Emma schlug ein.

Später wusste Emma nicht mehr, wie sie wieder nach Hause gekommen war. Aber den Rest des Tages tippte sie wie verrückt in ihren Desktop. Sie vergaß sogar, zu Mittag zu essen, bei all der Aufregung, wieder in der schreibenden Zunft zu arbeiten.

*

Trevor warf einen Blick in das Atelier seiner Verlobten in ihrem gemeinsamen Heim. Sie saß da mit hängenden Schultern in ihrem viel zu weiten, fleckigen Malkittel und starrte auf die Leinwand vor sich. Ihre rechte Hand hielt einen Pinsel, der bereits in Farbe getaucht war, aber er war nicht auf die Leinwand gerichtet; stattdessen zeigte die Spitze nach unten, und die Farbe tropfte auf eine Plane, die sie sorgfältig über den Boden gebreitet hatte. Phoebe gab keinen Laut von sich; sie rührte sich nicht. Sie war ein Bild des Verzagens.

Trevor trat leise hinter sie. Phoebe hörte ihn näherkommen, und ihre Schultern spannten sich an.

„Nicht glücklich?" fragte er leise.

Sie schüttelte den Kopf. Aber sie sagte kein Wort. Er blickte auf die Leinwand. Es war die Darstellung eines Ureinwohners mit geflochtenem Hut und einem umhangähnlichen Gewand, der zwei englische Offiziere in Richtung eines Forts am Horizont wies.

„Was ist das für ein Unfug?!" fragte Trevor. „Das hast doch nicht du gemalt, oder?"

„Doch", sagte Phoebe mit toter Stimme.

„Was? Du?!"

„Erinnerst du dich an die Idee deiner Mutter mit dem Malereivertrag für die Filmproduktion? Das ist eines der Bilder, die der Setdesigner ausgewählt hat. Oder besser gesagt, meine Kopie davon." Sie ließ den Pinsel zu Boden fallen, wo die Farbe in Form eines blau und grünen Fächers verspritzte.

Trevor schnappte nach Luft. „Das kann nicht dein Ernst sein."

„Doch", sagte Phoebe mit ganz schwacher Stimme. „Es war der Olivenzweig deiner Mutter, weißt du noch? Fünfzig Riesen in Anerkennung meiner Malkünste. Fünfzig Riesen, um unsere Hochzeit oder Ähnliches zu bezahlen. Fünfzig Riesen, um mich auszubezahlen. Vielleicht fünfzig Riesen, um mir zu zeigen, dass ich die Betrügerin bin, als die ich mich gerade fühle."

Ihre Stimme war lauter geworden. Den letzten Satz schleuderte sie mit so wilder Verachtung in Trevors Gesicht, dass er zurückwich und heftig gegen die Wand hinter sich prallte. Er hob die Hände.

„Halt, Liebling!" bat er. „Ein bisschen langsamer. Bitte!"

Phoebe erhob sich mit wildem Blick und ging an der Leinwand vorbei ans dahinterliegende Fenster. Sie holte tief Luft und drehte sich zu ihm um. „Tut mir leid", sagte sie, und ihre

188

Augen füllten sich mit Tränen. „Es ist nicht deine Schuld, und ich hätte dich nicht anschreien sollen."

Trevor stieß sich von der Wand ab und trat langsam auf sie zu. „Komm her, Liebes", sagte er und öffnete seine Arme. Phoebe schüttelte den Kopf und ließ ihn hängen. Er trat dicht an sie heran, umarmte sie still und wiegte sie.

„Erstens bist du keine Betrügerin. Du bist eine wundervolle, originelle Künstlerin. Du weißt das. Ich weiß das. Letztlich weiß das auch meine Mutter. Glaub mir, sie ist clever genug, aber ihr fehlen einfach Empathie und Taktgefühl. Das ist doch nichts Neues, stimmt's?" Phoebe bestätigte es mit stummem Kopfschütteln. „Siehst du, sie hat schon immer Leute gekauft, wenn ihr es das wert schien. Ganz offensichtlich scheinst *du* es ihr wert zu sein. Sonst hätte sie sich so etwas nicht einfallen lassen, das in ihren Augen als Entschuldigung für gemeines Verhalten gilt."

„Fünfzig Riesen", murmelte Phoebe bitter in seine Hemdbrust.

„Das ist für dich eine ganz ordentliche Summe, ich weiß. Aber du solltest es nicht tun, wenn das bedeutet, dass du dabei dich selbst betrügst. Deine Fähigkeiten. Deine Ambitionen."

„Ich *kann* es tun. Ich *muss*."

„Aber entschuldige meinen Klartext: Diese Klischee-Gemälde sind so ganz und gar nicht dein Stil. Diese Themen sind nicht du. Ich meine, Landschaften, ja. Aber das hier bist nicht du. Ureinwohner in Stammestracht, englische Offiziere, um

Himmelswillen! Sollen das Lewis und Clark sein?" Trevor beugte sich etwas vor und reckte den Hals, um einen weiteren Blick auf die Leinwand zu werfen. „Und welches Fort ist das? Du malst Originale dessen, was real ist, wenn du Pleinair-Kurse gibst. Du bist so gar keine Nachahmerin."

„Als ob ich das nicht wüsste", schluchzte Phoebe. „Aber es ist geschehen. Ich hänge in dem Mist fest! Ich habe ihn selbst unterzeichnet. Jetzt muss ich den Vertrag erfüllen."

„Was, wenn du einfach aufhörtest?"

„Geht nicht. Vertrag ist Vertrag", sagte Phoebe voll Selbstverachtung. „Weißt du, ich vermute, ich war zu eitel, meinen Namen im Abspann zu sehen. Kannst du dir das vorstellen? ,Gemälde – Phoebe Fierce Jones'. Ist das nicht was?! Fünfzig Riesen für eine Zeile, die vermutlich so schnell an den Augen der Zuschauer vorbeiläuft, dass sie nicht einmal bemerken, dass es sie gibt. Falls denn im Kino überhaupt jemand diesen Teil des Abspanns abwartet. Gott, was habe ich mir dabei gedacht, Trev?! Dass irgendwer denken könnte: ,Oh Mann, schau mal, wozu diese Künstlerin fähig ist'?! Es ist nicht wie Salvatore Dali, der für diesen einen Hitchcock-Film Originale gemalt hat, um Himmelswillen. Ich kopiere bloß. Und Dinge, die von vornherein so verkehrt wirken!" Sie begann, heftig zu schluchzen. „Ich bin so ein Idiot!"

Trevor lockerte seine Umarmung um sie und fasste sie stattdessen bei den Ellbogen. „Hey", sagte er, „du weißt doch, dass es für jedes Problem eine Lösung gibt. Hm?"

„Nicht für dieses", sagte Phoebe und sah ihn durch ihre Tränen hindurch an.

„Ich kann dich bestimmt aus diesem Vertrag herauskaufen."

„Es ist jetzt eine Ehrensache für mich."

Trevor seufzte. „Nun, das klingt mir ein bisschen idiotisch."

„Siehst du, was ich meine?" sagte sie durch einen Schluckauf hindurch.

„Du gedenkst also ernstlich, deinen Vertrag nur um des Vertrags willen zu erfüllen?"

„Ja."

„Könntest du anfangen, so schlecht zu kopieren, dass sie dich feuern?"

„Das würde sogar noch meinen Ruf als Kopistin schädigen."

„Ihr Verlust, nicht deiner", versuchte es Trevor. „Du bist in erster Linie keine Kopistin. Bist es nie gewesen."

„Trotzdem habe ich meinen Ruf als Geschäftsfrau zu verlieren, die ihre Verträge ehrt, richtig?"

Trevor seufzte. „Du bist eine harte Nuss, Phoebe Fierce. Und ich habe das Gefühl, dass du dir gar nicht helfen lassen willst."

Phoebe zuckte die Achseln. „Man muss zumindest *so* viel Stolz bewahren."

„Stolz!" rief Trevor aus. „Bei allen großen Fehlern ist der Stolz die Grundlage."

„Ha, immer der Philosoph!" spottete sie.

„Nicht ich", grinste Trevor. „John Ruskin."

„Oh, du …" Phoebe fuhr sich mit dem Kittelärmel übers Gesicht, um es zu trocknen. „Aber ich bin mir sicher, du bist nicht hier, um mit mir meinen Malerei-Auftrag zu diskutieren …" Sie ließ die unausgesprochene Frage in der Luft hängen.

„Nein", sagte Trevor und wandte sich um, um Phoebes Atelier wieder zu verlassen. „Ich hatte vor, dich zu einem Spaziergag am Strand abzuholen und mit dir über weitere Hochzeitsdetails zu reden. Aber es hat keine Eile. Es kann warten, bis du dich aus den Klauen von Mr. Lewis und Mr. Clark befreit hast."

„Nein, warte!" rief Phoebe und lief ihm nach. Sie hatte schon ihren Malkittel heruntergerissen und warf ihn nun über die Lehne des Stuhls, auf dem sie vorher gesessen hatte. „Warte!"

Trevor drehte sich um. „Hast du wirklich Lust dazu?"

„Wie sollte ich nicht?!" sagte sie, als sie ihn eingeholt hatte, stellte sich auf ihre Zehenspitzen und drückte einen Kuss auf seine Lippen. „Vergiss nicht – falls ich mich je im Abspann auf einer Kinoleinwand sehen sollte, will ich nicht meinen Mädchennamen lesen. Ich möchte, dass er unseren Familiennamen zeigt."

Rentons Stimme, während die Kamera zeigt, wie die von ihm beschriebenen Gegenden ausgesehen haben mögen: „Im Laufe der Jahre baute ich ein Hotel in Port Blakely, besaß einen Company Store, war Postmeister, besaß eine Firmenflotte von Schiffen, stellte Land für eine Werft und sie verbindende Eisenbahnen zur Verfügung, band Port Blakely durch eine tägliche Kutschverbindung an Port Madison an, handelte mit Immobilien, baute die Grays-Harbor-Shelton-Eisenbahn und verband die Minen von Black Diamond mit der Seattle-Walla-Walla-Eisenbahnlinie. Und ich hielt Aktienanteile an Banken. Obwohl ich blind war, sorgte ich dafür, dass die Menschen um mich herum besser sahen. Ich brachte elektrisches Licht nach Port Blakely, lange bevor die Stadt Seattle dieselbe Annehmlichkeit würde genießen können. "

*Hier sieht man Renton **in seinem Büro**, wie ihm Papiere gereicht werden, die er unterzeichnet.*

***Rentons Stimme:** „In den späten 1870ern hatte Mundpropaganda neue Siedler von Orten aus ganz Europa und aus China nach Port Blakely auf Bainbridge Island gelockt. 1882 war mein Sägewerk das größte an der Westküste der Vereinigten Staaten. "*

(Aus Isaac Fredericksons Drehbuch „The Calling ")

*

193

Heathers großer Traum war wahrgeworden. Stanley Fahrenheit hatte sie heute Morgen tatsächlich an seinen Frühstückstisch gewinkt.

„Möchtest du immer noch in meinem Film mitspielen?" hatte er das kleine Mädchen feierlich gefragt.

Heathers Augen waren ganz rund geworden. „Sind Sie sich sicher?" hatte sie gewispert.

„Mädel – Heather, richtig? – Heather, wenn *ich* es nicht mit meinem Film ernst meine, wer sollte es sonst tun? Also, wie lautet deine Antwort? Kannst du heute Nachmittag am Set sein?"

„Wirklich?!" Heather sah aus, als reiche er ihr den Mond und die Sterne in einem Paket mit einer funkelnden Schleife.

„Wirklich."

Und jetzt hüpfte und ruckelte ihr kleines Herz, sodass sie meinte, es müsse ihr die Brust zerbersten. Natürlich nicht wirklich. Sie wagte kaum zu atmen, und gleichzeitig wollte sie umherrennen und ihre Freude herausschreien. Sie, Heather White, würde in einer Szene in Stanley Fahrenheits nächstem großen Historienfilm sein! Er hatte ihr sogar eine Sprechrolle gegeben. Eine kurze, denn seinerzeit durften Kinder nur gesehen, nicht gehört werden. Aber immerhin. Tatsächlich zwei ganze Sätze!

„Entschuldigung, darf ich bitte vom Tisch aufstehen? Die Köchin hat mir versprochen, mir ihr neues Kätzchen zu zeigen."

Den ganzen Morgen lang hatte Heather vor Abbys Schlafzimmerspiegel gestanden und die Worte geübt. Abby hatte irgendwann einmal hineingespäht, um zu sehen, was sie machte, und sich, köstlich amüsiert, wieder zurückgezogen.

Heather hatte ihr Gesicht angestarrt, während sie die Worte gesprochen hatte. Sie musste natürlich wie eine echte, wahrhaftige Schauspielerin aussehen. Also hatte sie eine flehende Miene aufgesetzt. Dringend flehentlich. Nein, das hatte ausgesehen, als müsse sie zur Toilette gehen. Falsche Miene. Von vorn! Klinge wie ein Kind, benimm dich wie eine Erwachsene – wie machte man das? Sie wollte einen ähnlichen Eindruck hinterlassen wie Zelda Winfrey. Stanley Fahrenheit sollte ihr die Szene nicht umsonst gegeben haben, hatte sie ihm stumm versprochen. Wie, wenn sie die Stirn runzelte? Nein, Falten auf ihrer Stirn hatten nicht angemessen gewirkt. Ein Schmollen? Besser. Aber es hatte ihr Kinn schlecht aussehen lassen. Außerdem wollte sie hübsch aussehen. Niemand erinnerte sich an eine hässliche Schauspielerin, es sei denn, sie spielte in einer Komödie. Aber dies war keine Komödie. Und sie war auch bei weitem nicht hässlich genug, nur schlaksig. Sie musste einen natürlichen Blick finden. Wie würde sie ihren Vater in der gleichen Lage bitten? Sie hatte ihn sich vorgestellt und die Sätze erneut gesprochen. Würde sie zu modern wirken, wenn sie sich so ausdrückte? Wären dieselben Sätze damals genauso geäußert worden wie heute?

Schließlich war Heather zweifelnder als zuvor zur Villa Hammerstein hinübergelaufen, wo die Szene gefilmt werden sollte. Wie konnten zwei Sätze zu solch einer Bürde der Verantwortung geworden sein?!

Doch bald befand sich Heather mitten im Trubel und genoss ihn. Ihr wurde ein schickes Kostümkleid in Rosanuancen mit Puffärmeln und einem weißen Spitzenkragen gegeben. Ihr dunkles Haar wurde nun in der Mitte gescheitelt, in lange Ringellocken gedreht und mit rosa Bändern geschmückt. Die Maskenbildnerin trug sogar etwas Puder in ihrem Gesicht auf und etwas Rouge, um sie im hellen Nachmittagslicht nicht zu blass wirken zu lassen. Man hatte ihr erlaubt, ihre normalen Schuhe anzubehalten, da sie sich natürlich bewegen sollte; die Länge des Kleides würde sie ohnehin verbergen.

Der Garten der Villa Hammerstein wuselte vor Menschen von der Film-Crew. Colonel Jackson Cooper, berüchtigt dafür, ein ziemlich grantiges Vorstandsmitglied des historischen Museums zu sein, war nicht amüsiert, als er beobachtete, wie sie mit unzähligen achtlosen Schritten den Rasen zertrampelten. Andererseits hatte der Vorstand den Standort als Drehort genehmigt und eine großzügige Menge Geld für den Fall erhalten, dass etwas beschädigt würde und ersetzt oder repariert werden müsste. Es mochte der Mühe wert sein, neues Grass zu säen, wenn die Hollywood-Episode vorüber war. Das Museum würde für sein Erscheinen in Fahrenheits Film berühmt werden. Was wiederum beträchtlich steigende Besucherzahlen bedeuten und dazu führen würde, dass Anträge auf Fördergelder ein Spaziergang werden würden. Inzwischen schluckte Colonel Cooper, das skeptischste

Vorstandsmitglied des Museums, seine zornigen und bitteren Bemerkungen und sah nur zu, wie das Produktionsteam Reflektoren aufstellte sowie eine lange Tafel mit allen fürstlichen Accessoires eines köstlichen High Teas. Er schüttelte den Kopf. Die Annahmen hinsichtlich Captain Rentons Lebensstils waren so absurd, dass er beinahe lachen musste. Wer würde sich den Film ansehen und ihm Glauben schenken?!

„Wir wissen es wirklich zu schätzen, dass Sie unseren Missbrauch Ihres Anwesens hinnehmen." Stanley Fahrenheit hatte sich ihm von der Seite genähert, wohl wissend um die Bedenken des alten Herrn. „Ich verspreche, dass nach dem Ende der Dreharbeiten alles wieder in Ordnung gebracht wird. Natürlich außerhalb des Budgets, das Sie bereits für Beschädigungen und Verluste erhalten haben."

Colonel Cooper nickte abrupt und starrte weiter geradeaus. „Warum haben Sie einen Lebensstil für den Captain gewählt, den er für niemanden in seiner Familie im wirklichen Leben gebilligt haben würde? Ist es nicht genug, dass Sie Ihrem Filmprotagonisten ein viel großartigeres Haus untergeschoben haben, als es der echte Captain Renton je hatte?"

„Wer A sagt, muss auch B sagen", meinte Stan munter. „Niemand würde glauben, dass er bei solch einem Zuhause als Kulisse seinen Gästen karge Mahlzeiten serviert haben würde …" Und dann sah er jemanden ein verkehrtes Accessoire ans Set tragen, rief „Hey, Marvin!" und ging einfach weg, um den Fehler korrigieren zu lassen. Colonel Cooper blieb mit seiner Erwiderung im Halse zurück.

Und dann bemerkte Stan Heather, die ein wenig verloren bei einem kleinen Brunnen herumstand, der für den Film aufgebaut worden war. Er ging zu ihr hinüber. „Alles in Ordnung, Kindchen?"

„Ja", sagte Heather. „Aber sagen Sie mal, wann beginnt denn der Dreh?"

„Oh, in ungefähr einer halben Stunde, würde ich sagen." Heather sah bestürzt drein. „Weißt du, einen Film zu drehen, bedeutet viel Wartezeit für alle, die darin erscheinen. Weil alles einfach perfekt sein muss. Besonders die Schauspieler, die die Hauptrollen spielen. Es darf nichts an ihnen verkehrt aussehen. Deshalb brauchen sie etwas länger."

Heather sah ihn zweifelnd an. Bruce Berwin war bereits anwesend in vollem Kostüm und Make-up. Er hatte nicht länger gebraucht, als sie erwartet hatte.

„Also bringen viele Filmstars Bücher ans Set. Manche stricken oder häkeln sogar. Hast du irgendetwas mitgebracht?" Heather schüttelte den Kopf. „Na, das ist Pech. Aber beim nächsten Mal bist du Expertin und weißt, was du zu erwarten hast, stimmt's?"

Heather strahlte ihn an. Nächstes Mal, hatte er gesagt. Oh, dass bedeutete, dass er sie vielleicht wieder fragen würde – vielleicht nicht für diesen Film, aber seinen nächsten. Wenn sie gut genug war. Wenn sie ihre Sätze gut genug sprach.

198

Stanley Fahrenheit war bereits weitergegangen. „Wo ist Zelda?" rief er und klatschte in die Hände.

„Immer noch in der Garderobe", erwiderte jemand.

„Schick jemanden rüber und sag ihr, sie soll sich beeilen und in fünf Minuten fertig sein. Wir müssen mit dem Probedreh beginnen, bevor das Licht sich für den echten Dreh verändert."

Heather sah, wie jemand das Museum betrat, in dem im modernen Küchentrakt eine Garderobe eingerichtet worden war. Ein paar Minuten später hörte sie von drinnen Zeldas schrille Stimme. Sie reckte den Hals, konnte aber nichts sehen.

„Na toll", hörte sie eine der Set-Dekorateurinnen sagen. „Die Diva führt sich wieder auf."

„Kann's nicht erwarten, bis wir damit fertig sind", erwiderte eine andere. „Sie ist eine Handvoll. Gestern hat sie auch alle eine Extra-Stunde lang warten lassen. Dieses Mal, weil ihr nicht gefiel, wie ihr Haar hochgesteckt war. Sie bestand darauf, dass es noch einmal gewaschen, gewickelt und getrocknet wurde! Kannst du dir das vorstellen? Wer denkt je an die Hände der Friseure?"

„Bestimmt nicht Zelda Winfrey. Ich wette, *sie* geht zur Maniküre sobald sie nur kann", schnaubte die erste. „Du kannst dir sicher sein, dass ich versuchen werde, nie wieder in einer Produktion mit ihr zu sein."

„Als wenn wir das im Voraus wüssten. Sie war nicht einmal Stanleys erste Wahl."

„Nein? Wer denn?"

„Das bleibt aber unter uns. Ich weiß, dass die Schauspielerin, die er am liebsten in der Rolle gesehen hätte, derzeit in einer Produktion in Australien spielt."

„Nun, man sollte meinen, dass Zelda es zu schätzen weiß, dass sie die Chance erhält, in diesem Film zu glänzen." Die erste Dekorateurin sah ziemlich selbstgefällig drein.

„Stimmt. Wenn ich Berwin wäre, würde ich versuchen, ihr auszuweichen, wo's nur geht."

„Ist sie hinter ihm her?"

„Sieh sie dir nur an. Sie lauert ihm auf, wo immer er erscheint. Sie ist sogar im selben Bed & Breakfast wie er. Hofft vermutlich darauf, in sein …"

„Schhh", sagte diejenige, die die Unterhaltung begonnen hatte. Sie hatte Heather entdeckt. „Kinderohren."

Heather erfuhr also nie, welche Hoffnungen Zelda Winfrey hinsichtlich Bruce Berwin hegen mochte. Die beiden Dekorateurinnen beschäftigten sich mit einigen Speiseplatten, die auf die lange Tafel gestellt werden sollten. Das Damast-Tischtuch flatterte in einer leichten Brise vom Sund her. Und endlich segelte Zelda aus der Villa, einen Spitzen-Sonnenschirm lässig in der Rechten, ihren weiten, langen Rock gerade hoch genug in der linken Hand gerafft, um einen wohlgeformten Knöchel zu zeigen.

Heather schnappte nach Luft, als sie ihr zusah, wie sie die Treppe herabkam. Welche Schönheit lag in dieser Szene! Und niemand filmte sie. Sie *war* einfach nur! Die zauberhafte Dame, die Zelda Winfrey war, auf den Stufen zu einem fantastischen

Herrenhaus; die bereits sanftere Nachmittagssonne, die ihr platinfarbenes Haar wie einen Heiligenschein schimmern ließ.

Eines Tages, da war sich Heather sicher, wollte sie selbst solch eine glamouröse Garderobe in einem ebenso großen Film tragen. Sie würde berühmt werden. Oh, wie Zelda Winfrey zu sein!

„In Ordnung, alle jetzt ans Set!" kommandierte Stan Fahrenheit.

Ein hektisches Hin und Her entstand, bis jeder seinen Platz gefunden hatte, die Schauspieler an der langen Tafel auf dem Rasen, die Kameraleute hinter ihren Kameras. Die Leute mit den Reflektoren. Die Leute mit den Stichwortkarten, die sie hochhalten würden, falls jemand seine Anfangsworte vergaß oder, wann eine bestimmte Handlung beginnen sollte. Garderobieren, Maskenbildner und Friseure, die auf das perfekte Aussehen eines jeden während des Drehs achten würden. Die Continuity-Leute.

Und dann wurden plötzlich alle still. Die Kameras liefen. Heather saß am Fuß der Tafel neben Zelda, die die Gastgeberin in der Filmszene spielte. Mrs. Sarah Renton. Heather konnte vor Aufregung fast nicht atmen. Und weil sich Zelda mit einem extrem schweren Parfum eingesprüht hatte, das alles zu übertönen schien, was ihnen von den Schauspielern vorgesetzt wurde, die ihre Bediensteten spielten. Doch Heather hatte sich vorgenommen, ihre Rolle fehlerfrei zu spielen, und so gab sie vor, den Kameramann sich gegenüber nicht zu sehen, der sie in den Fokus nahm, als sie die Gabel hob. Der Dialog am Kopf der Tafel ging an ihr vorbei. Sie hörte kein Wort davon. Sie konzentrierte sich ganz auf die köstlich aussehende Schokoladentorte auf ihrem geblümten Porzellanteller.

„Oh nein!" rief Zelda plötzlich aus.

„Cut!" Stanley Fahrenheit blickte irritiert, und Heather, die sich gerade einen Bissen der üppigen Schokoladentorte in den Mund gestopft hatte, wie das Drehbuch ihr vorschrieb, sah überrascht auf. „Was ist los?"

„Krümel!" sagte Zelda und stand auf, um abzubürsten, was nach Heathers Eindruck nicht vorhanden war. „Ich mag es nicht, dass diese Möchtegern-Schauspieler Kuchen über mein ganzes Kleid streuen, wenn sie servieren." Sie warf einem der „Bediensteten" einen verärgerten Blick zu. Dann setzte sie sich wieder.

„Continuity bitte!" rief Stan.

Eine junge Frau in Blue Jeans und einem modisch zerrissenen T-Shirt kam an ihr Tafelende, nahm Heathers Teller weg und ersetzte ihn durch einen neuen und ein gänzlich neues Stück Schokoladentorte. Zeldas Teller war ohnehin unberührt geblieben. Also musste ihr Teller nur entfernt werden, um während des Drehs erneut „serviert" zu werden.

„Szene 15, Take zwo."

Diesmal lief alles glatt. Die Unterhaltung am Tafelkopf, wo Bruce Berwin Captain Renton spielte, ging weiter. Eine Kamera auf Rädern fuhr um die Tafel, um verschiedene Szenen zu erfassen, ein paar andere waren auf Bruce gerichtet und auf diejenigen, die neben ihm saßen. Heather stach mit ihrer

Kuchengabel in die Schokoladentorte, die von Zeldas Parfum übertüncht wurde, und begann, die cremige Ganache, den weichen Biskuit, die Schokoladenraspel zu genießen.

„Ieeek!“

Heather erschrak so, dass sie die Gabel mit dem nächsten Bissen Schokoladentorte fallen ließ. Unseligerweise fiel die Torte neben den Teller, und obwohl Heather versuchte, den Schaden am Tischtuch so gering wie möglich zu halten, blieb ein unzweifelhafter, dunkler Ganache-Fleck neben ihrem Teller. Panisch starrte sie die Continuity-Dame an und hauchte lautlos: „Entschuldigung!“

Inzwischen hatte Zelda, die den Schrei ausgestoßen hatte, beim Aufspringen ihren Stuhl umgestoßen und war ein paar Meter vom Tisch weggerannt, wobei sie beinahe mit den Schienen kollidierte, auf der sich eine mobile Kamera befand.

„Was ist los?“ fragte Stan.

„Eine Wespe!“ stieß Zelda hervor. „Sie ist mir ins Gesicht geflogen!“

Heather, die direkt neben ihr gesessen hatte, wusste, dass sie schwindelte. Da war keine einzige Wespe gewesen. Sie selbst hatte auch Angst vor Wespen. Als Zelda sich also wieder setzte und die Continuity-Dame den Flecken auf dem Tischtuch geschickt mit einem Stück desselben Stoffs bedeckte, flüsterte Heather: „Aber da war doch gar keine Wespe, Ms. Winfrey!“

„Aber das bleibt unter uns beiden, nicht wahr?“ zischte Zelda zurück, und ihre Blicke bohrten sich gefährlich in Heathers.

„Ja, Ma'am." Heather sank in sich zusammen. Sie hatte den Filmstar nicht verärgern wollen, sondern nur gehofft, dass er sich damit wohler fühle.

Die Continuity-Dame hatte Zeldas Worte natürlich auch gehört. Als sie Heather mahnte, dieselbe Position wie zuvor einzunehmen und weiterzuspielen, zwickte Zelda sie. „Das gilt auch für dich, klar? Deine Worte zählen nicht so viel wie meine. Niemals."

Die Continuity-Dame nickte. Heather war entsetzt. Zelda lächelte triumphierend.

Der Nachmittag zog sich hin. Immer wieder musste die Szene neu gedreht werden. Einmal umstand das gesamte Team Zeldas Tafelende. Und sie genoss mit Sicherheit, im Zentrum der Aufmerksamkeit zu stehen. Heather sah sie die Szene absichtlich vermasseln, indem sie angeblich ihre Stimme verlor, sich an einem Schluck Tee verschluckte und einen Hustenanfall bekam, ihren Einsatz verpasste, ihren Text vergaß, sich über einen Reflektor aufregte, der sie angeblich blendete, über den Geruch der Schokoladentorte, die Heather aß, über die Kamera, die wahrscheinlich nicht ihre beste Optik einfing.

Zusammen mit Zelda musste auch Heather die Szene immer wieder wiederholen. Und mit jeder Wiederholung dieser Filmszene landete mehr Schokoladentorte vor dem kleinen Mädchen. Was einmal Heathers Lieblings-Festtagstorte gewesen war, wurde nun zu einer echten Herausforderung. Wenn sie normalerweise vielleicht ein Stück aß und ein weiteres mit ihrem

Vater teilte, saß sie inzwischen längst an ihrem gefühlt dritten Stück. Endlich hatte es Zelda geschafft, ihre Szene zu beenden, und es kam Heathers Stichwort, ihre zwei Sätze zu sprechen.

Heather versuchte verzweifelt, sich daran zu erinnern, wie sie ihre Rolle hatte spielen wollen. Ihre Sätze. Der Kameramann gegenüber zwinkerte ihr zu, während sie spürte, wie sich ihre Kehle verengte und kalter Schweiß auf ihre Stirn trat. Anmutig, fast wie eine Erwachsene würde sie um Erlaubnis bitten, den Tisch verlassen und mit dem neuen Kätzchen spielen zu dürfen, das die Köchin ihr nach dem Tee zu zeigen versprochen hatte. Stattdessen, überwältigt von einer unsäglichen Menge üppiger Schokoladentorte, Nervosität und dem Gefühl des Verrats durch Zelda, würgte Heather ihre Sätze in echter Verzweiflung hervor. Dann stieg Galle in ihrer Kehle auf, sie erhob sich überstürzt, was das Drehbuch nicht vorsah, und hastete, ohne Zeldas Erlaubnis abzuwarten, auf den nächsten Rosenbusch zu.

„Cut!" war alles, was Heather hinter sich hören konnte, während sie alles, was sie gerade gegessen hatte, aus ihrem Körper erbrach.

„Gute Güte, Mädel!" Stanley Fahrenheit eilte an ihre Seite.

Von der anderen Seite des Sets kam Bruce Berwin ebenfalls herbei. „Bist du in Ordnung?"

Heather stand da, ihr langes Kleid gesprenkelt und nass am unteren Saum, umgeben vom Gestank des Erbrochenen. Dennoch blieben die beiden Männer an ihrer Seite und umsorgten sie, Stan mit seiner Wasserflasche, Bruce mit dem Seidentuch, das er sich vom Hals gerissen hatte.

Zelda zeterte: „Was jetzt?! Ruiniert sie mir die Szene?!"

„Bist du in Ordnung?" wiederholte Bruce sanft.

Heather brach in Tränen aus und schüttelte den Kopf. „Es tut mir so leid. Ich habe alles kaputtgemacht!"

„Musste sie mir die Szene stehlen?" fuhr Zelda mit schriller, hysterischer Stimme fort.

Stanley, der sich hinuntergebeugt hatte, um Heather zu trösten, richtete sich nun zu voller Größe auf und blickte seine Hauptdarstellerin wütend an. „Noch ein Wort, Zelda, und du bist gefeuert! Wenn irgendjemand heute Nachmittag einen glatten Dreh ruiniert und meilenweise Film verschwendet hat, warst es du." Dann blickte er den Kameramann an, der Heathers Szene gefilmt hatte. „Hast du den Take?"

Der Kameramann grinste breit. „Besser als irgendwer nach der Strasberg-Methode hätte spielen können."

Stan hing der Mund offen, dann lachte er. Und lachte. Er konnte fast nicht aufhören. Und Heathers Gesicht brannte heiß vor Scham.

„Ich hab's ruiniert, nicht?" wiederholte sie flüsternd.

„Nein", sagte Bruce zu ihr, schüttelte den Kopf und führte sie weg von Stans fröhlichem Gelächter und dem stinkenden Rosenbeet. „Du könntest für deine schauspielerische Leistung kein besseres Lob von dem Kameramann erhalten." Er sah sie mit einem amüsierten Funkeln in den Augen von der Seite an. „Sag mal, hast du diese Menge Torte mit Absicht gegessen, um das Drehbuch zu ändern und die Szene noch natürlicher aussehen zu lassen?"

Heather sah ihn ahnungslos an. „Aber sie haben mir ständig welche vorgesetzt."

Bruce brach in Gelächter aus und wurde dann plötzlich ernst. „Und niemand hat daran gedacht, dir zu sagen, nur so zu tun, als ob du äßest? Oder nach ein paar Bissen aufzuhören? Niemand?" Heather schüttelte den Kopf. „Du Ärmste." Bruce rieb sich am Kinn. „Ich glaube, wir Profis müssen uns öfter mal in die Schuhe anderer Menschen versetzen und darüber nachdenken, welchen Rat sie brauchen." Er blickte sie an und wiederholte: „All die Schokoladentorte." Er konnte nicht anders, als in sich hineinzulachen. „Los, komm, und lass uns dich nach Hause bringen. Wir haben die Szene im Kasten. Lass uns dich drinnen abputzen und wieder in die Normalität zurückkehren. Hm?"

Heather nickte und ließ den Kopf hängen. Sie war immer noch grünlich im Gesicht, und sie zitterte; also hob Bruce sie einfach auf seine Arme. Sie gingen an einem sehr missgestimmten Colonel Cooper vorbei, der anschuldigend auf den zerstörten Rosenbusch deutete, aber vor Empörung kein einziges Wort herbrachte. Dann fragte Heather Bruce mit flehendem Blick: „Meinen Sie, man wird mich trotz allem je wieder als Schauspielerin nehmen?"

„Nur, wenn du aufhörst, dich mit so viel Schokoladentorte vollzustopfen", sagte Bruce und zwinkerte.

„Oh, ganz bestimmt", stöhnte Heather. „Ich glaube, ich will nie wieder auch nur ein Stück davon."

*

„ ... Natürlich könnte ich eines Tages feststellen, dass ich aufgehört habe, mein Herkunftsland mit meiner neuen Heimat in den Vereinigten Staaten zu vergleichen. Ich stelle vielleicht fest, dass meine Erfahrungen der Vergangenheit nicht mehr up-to-date sind. Vielleicht sogar, dass ich mich als Fremde in dem Land fühle, das ich einmal Heimat nannte. Die Zeit verändert die Dinge überall. So sehr ich schätze, was ich in meinem früheren Leben hatte, und wünschte, ich könnte einiges davon festhalten, es würde sich dennoch verändern, selbst wenn ich noch dort lebte. So wie es sich ohne mich verändert. Und auch ich selbst werde mich verändern, egal wo.

Irgendwann werden Erinnerungen nur noch genau das sein – eine Reflexion vergangener Erfahrungen, vielleicht vergoldet von Wehmut, Nostalgie. Und mein Leben hier wird sehr viel wichtiger sein als das, was einmal war.

Wenn Sie mich also danach fragen möchten, wie sich meine deutsche Vergangenheit mit meiner amerikanischen Gegenwart vergleichen lässt, tun Sie's bald! Bevor es nur eine Erzählung von etwas längst Vergangenem ist. Fragen Sie! Liefern Sie mir Themen! Jetzt. Denn irgendwann wird diese Immigrantin eine von vielen im Schmelztiegel sein, geformt wie ein Kiesel am

Strand, wo Welle um Welle ihn an seine neue Umgebung anpasst."

Emma holte tief Luft. Vielleicht war ihr erster Kolumnenartikel etwas poetisch. Vielleicht würde nicht jeder ihn lesen wollen. Aber schließlich las niemand jeden einzelnen Artikel, oder? Und vielleicht würden einige verstehen, was sie ausdrücken wollte. Dass sie fest vorhatte, eine amerikanische Staatsbürgerin zu werden. Sich einzufügen, auch wenn es am Anfang mitunter ein bisschen schwer war.

Sie vermisste zum Beispiel den Klang von Kirchenglocken. Es war wirklich das Erste gewesen, was ihr an ihrem ersten Sonntagmorgen in Wycliff aufgefallen war. Dank *Dottie's Deli* musste sie zumindest nicht auf ihren deutschen Aufschnitt verzichten, während Supermärkte ansonsten nur eine endlose Wiederholung von Pute oder Schinken anzubieten schienen. Sie hatte bereits festgestellt, dass der Pazifische Nordwesten nicht für die Schuhe geschaffen war, die sie aus Deutschland mitgebracht hatte; zumindest nicht für den Outdoor-Lebensstil, den Ozzie bevorzugte – Wanderungen oder Krebsfang an den Wochenenden. Es gab Feiertage in ihrem neuen Kalender, die in der Alten Welt niemand gefeiert hatte, während einige von drüben wiederum hier einfach ignoriert wurden. Die Landschaft war außerhalb der Stadtgrenzen wild und ungezähmt. Selbst die Farmen, die sie bisher in West-Washington gesehen hatte, wirkten spröder auf ihren Prairie-Wiesen, eingerahmt von Sumpf und mitunter dichtem Unterholz. Alles war größer, weiter, wilder, härter als in der Welt, die sie einmal gekannt hatte. Einige ältere Stadtzentren mit Holzbauten erinnerten sie daran, dass sie gelandet war, wo noch vor ein paar Generationen der Wilde Westen bestanden hatte, wie sie ihn aus dem Film kannte.

Sie las ihren Artikel noch einmal. Sie nannte ihre Kolumne „Weder hier noch dort". Ihre Hände zitterten tatsächlich leicht, als sie den Artikel an den *Sound Messenger* emailte. Augenblicke später erhielt sie eine automatische Antwort, dass er eingetroffen sei. Eine Stunde später erhielt Emma eine weitere E-Mail. Dieses Mal war sie nicht automatisch. Diesmal kam sie direkt von John Minor.

„Liebe Emma,

Abgesehen von ein paar kleineren idiomatischen Irrtümern, die ich korrigiert habe, spricht nichts dagegen, dass Ihr Artikel in der kommenden Samstagsausgabe veröffentlicht wird. Glückwunsch! Der ‚Sound Messenger' hat soeben seine erste freie Kolumnistin an Bord geholt.

Wie vereinbart erwarte ich, dass Sie künftig für jede Wochenendausgabe eine Kolumne liefern. Abgabeschluss ist jeden Freitag um siebzehn Uhr. Sie müssen nicht so früh dran sein wie dieses Mal. Pünktlichkeit allein genügt. Julie und ich freuen uns sehr, dass Sie unserem Team beitreten. Ende des Monats sprechen wir dann über ein Honorar, wenn wir sehen, wie Ihre Artikel sich machen.

Bis bald wieder.

Mit freundlichen Grüßen,

John"

Emmas Gesicht verzog sich zu einem breiten Lächeln. Heute Abend wäre Anlass zu feiern. Sie hatte abgeliefert. Ihre Arbeit war angenommen worden. Und das bedeutete nur den Anfang ihrer Zukunft bei der schreibenden Zunft in ihrem neuen Heimatland. Die Zukunft war weit offen.

*

Abby blickte von ihrem wöchentlichen Frühstücksplan auf, als sie die Haustür gehen hörte und unverkennbar Heathers Schritte. Aber es war nicht der unbeschwerte Gang, den sie nach der fröhlichen Aufregung zuvor erwartet hatte. Die Schritte klangen ziemlich lustlos und schwer. Dann hielten sie inne. Bruces Schritte folgten und hielten ebenfalls an. Abby hörte ihn etwas mit leiser Stimme sagen und einen leisen, bestätigenden Laut von Heather. Dann ging Bruce weiter und hielt vor der Küchentür.

Abby stand auf. Bruce lächelte sie an, und Abby spürte, wie ihr das Blut ins Gesicht schoss. Er sah wirklich gut aus. Und sie musste sich immer noch darüber klarwerden, dass sie diesen berühmten Schauspieler bei sich zu Hause hatte. Korrektur, in ihrem Bed & Breakfast.

„Hallo", sagte sie mit sanftem Lächeln.

„Hey", erwiderte Bruce. „Gut, dass Sie zu Hause sind."

„Naja, ich nutze die ruhigeren Zeiten für Buchhaltung und Vorausplanung."

„Nicht nur ein hübscher Kopf, sondern auch ein kluger", bemerkte er, und Abby errötete noch mehr. „Ist Heathers Vater auch da?"

„Nein", sagte Abby. „Wieso? Ist etwas passiert?"

„Nichts Ernstes", sagte Bruce rasch und mit leiser Stimme. „Ich glaube nur, dass Heather gerade jemanden zum Anlehnen braucht."

Abby nickte. „Okay. Und danke, dass Sie sie zurückgebracht haben."

„Mit Vergnügen", erwiderte Bruce und wandte sich um. Dann sah er zu ihr zurück. „Ich lasse Sie mit meiner Bitte um einen Spaziergang irgendwann dieser Tage aber nicht vom Haken. Unsere Drehtage dauern nicht ewig, und ich würde Ihre Gesellschaft wirklich sehr schätzen."

Abby lächelte und schüttelte ganz langsam den Kopf. „Sie kennen meine Antwort darauf, nicht wahr?"

Bruces Miene wurde wehmütig. „Ich werde trotzdem weiterhin fragen. Vielleicht ändern Sie Ihre Meinung ja doch noch." Dann ging er zu seinem Zimmer.

Abby trat jetzt aus ihrer Küche und spähte in den Frühstücksraum. Da saß Heather an einem der Tische am Fenster, die Hände gefaltet vor sich auf der Tischplatte. Ihr Haar wies immer noch Teile ihrer vorhin noch lockigen Frisur auf, doch sie trug wieder Jeans und ein T-Shirt. Sie starrte hinaus, und ihr düsterer Blick ging Abby sofort tief zu Herzen. Das war nicht das kleine Mädchen, das vorhin *The Gull's Nest* noch so hoffnungsfroh verlassen hatte. Dies sah aus wie ein am Boden zerstörtes, desillusioniertes Kind, das eine Umarmung brauchte.

Abby trat leise näher. Heather gab nicht zu erkennen, dass sie um ihre Gegenwart wusste, bis Abby an ihrer Seite stand.

„Wie war's?" fragte Abby ruhig.

„Okay, vermute ich mal", erwiderte Heather, ohne in ihre Richtung zu blicken.

„In Ordnung, wenn ich mich setze?"

„Klar."

„Du klingst nicht sehr glücklich."

„Weil ich's nicht bin." Heather seufzte und wandte endlich ihr Gesicht. „Es war einfach nicht so, wie ich es mir vorgestellt hatte."

„Wie meinst du das?" fragte Abby. Sie dachte, eine echte Antwort zu verlangen, würde Heather mehr helfen als reines Mitleid. Außerdem hätte Heather sie einfach durchschaut, schlau wie das Mädel war.

Heather biss sich kurz auf die Unterlippe. „Ich schätze, ein Film sieht viel großartiger aus, als die Arbeit ist, die man hineinsteckt."

„Überrascht dich das?" bohrte Abby nach.

Heather legte den Kopf schief. „Ich bin mir nicht sicher. Vielleicht dachte ich, es wäre anders, weil ich dachte, ich würde die Leute kennen, die in diesem Film mitspielen."

„Aber das tust du nicht", stellte Abby fest.

„Ja und nein. Ich meine, ich weiß, dass Mr. Fahrenheit nett ist, und Bruce Berwin ist einfach …" Heathers Augen füllten sich mit Tränen, und sie senkte den Kopf. „Ich habe mich am Set übergeben, und er war so lieb."

„Was?!" Erst jetzt fiel Abby auf, wie blass Heathers Gesicht war und dass ein leiser Geruch von Übelkeit um sie schwebte. „Geht es dir jetzt wieder gut? Oder brauchst du etwas? Was ist passiert?"

Plötzlich fühlte Abby sich mit allem überfordert. Normalerweise ging sie mit Krisen besonnen um. Aber dies hier war Aarons Tochter. Und sie hatte keine Ahnung, wie und warum der Vorfall geschehen war oder wie sie die Situation angehen sollte, um ihr auf den Grund zu gehen.

„Mir geht es schon besser", wisperte Heather, und sie wischte sich übers Gesicht. „Aber ich schäme mich so. Ich weiß nicht mal, wie ich Mr. Fahrenheit wieder in die Augen sehen kann. Ich habe fast seinen Film ruiniert."

„Was?!" Abby schüttelte den Kopf.

„Ich meine, er hat mir diesen Part gegeben, und ich hab's beinahe verhauen." Heather ließ ihren Tränen jetzt freien Lauf. „Ich hab' kaum meine Worte rausgebracht, und dann musste ich wegrennen und …" Sie schluchzte. „Es war so peinlich. „Es war alles nur wegen dieser blöden Torte."

Abby biss sich auf die Lippen. Das kleine Mädchen hatte sich also übergessen. Tja, zu viel des Guten passierte so ziemlich jedem irgendwann. Wenn auch seltener an einem Filmset. Und nicht notwendigerweise mit Kuchen.

„Hör mal, Süße", tröstete Abby. „Es war ein Part mit nur zwei Sätzen, okay? Selbst wenn es furchtbar geworden ist, wäre es nur ein Schnitt, und niemand würde es auch nur merken. Es ist nichts passiert. Bloß vielleicht ein oder zwei Meter kaputtes Filmmaterial, okay? Und du bist vielleicht doch nicht im Film drin. Was wahrscheinlich auch niemand bemerken würde, denn es wusste ja überhaupt keiner, dass du dafür vorgesehen warst."

Heather schniefte und nickte. „Aber es war trotzdem so peinlich."

„Aber du sagtest doch, dass Mr. Fahrenheit trotzdem sehr nett ist, nicht? Und Bruce auch?"

„Total", bestätigte Heather. „Und der Kameramann hat gesagt, ich hätte die Strasberg-Methode benutzt. Ist das die höfliche Art zu sagen, dass ich mich erbrochen habe?"

Abby brach beinahe in schallendes Gelächter aus, schaffte es aber rechtzeitig, es zu unterdrücken. Die Anstrengung füllte ihre Augen jedoch mit Tränenflüssigkeit. „Nein, Süße", brachte sie mit zittriger Stimme hervor. „Das bedeutet, dass du die Rolle so ernst genommen hast, dass du tatsächlich zur Rolle geworden bist."

„Oh."

„Was bedeutet, dass er dich irrsinnig gut gefunden hat."

„Echt?"

„Echt."

215

Heather wischte sich mit dem Handrücken über die Augen, wodurch sie noch roter gerändert wurden. „Weißt du, Bruce Berwin ist der netteste Mann, den ich mir vorstellen kann."

„Sogar netter als dein Daddy?" forschte Abby nach.

„Nein." Heather errötete. „Anders. Genauso lieb. Aber …" Sie holte tief Atem. „Er ist auch zu dir furchtbar nett, oder?"

„Wer, dein Daddy?"

„Nein!" schnaubte Heather. „Bruce Berwin natürlich." Dann wurde sie sehr ernst. „Weißt du, Daddy ist wirklich in dich verliebt, glaube ich. Er ist nur zu schüchtern, es zu sagen."

„Wieso denkst du das?" Abby war ziemlich überrascht ob der Wende in ihrem Gespräch. Und der Gedanke, dass Aaron in sie verliebt sein mochte, ließ ihr Herz einen Moment lang höherschlagen.

„Er hat seit Wochen über keine anderen Sommerpläne gesprochen. Nur davon, zurückzukommen, um dich wiederzusehen. Und es geht um gerade mal zwei Wochen eines ganzen Sommers."

„Nun, ich habe mich auch darauf gefreut, euch beide zu sehen."

„Aber jetzt gibt es Bruce Berwin. Und er ist ein Hollywood-Star", hauchte Heather. „Und er sagt, er wird dich immer wieder fragen, ob du mit ihm spazieren gehst."

„Ja, und er ist ein sehr netter Gast, nicht wahr?" Abby war beinahe amüsiert. Beinahe. Sie hatte so eine Ahnung, worauf das hinauslief.

216

„Ist er. Aber ich glaube, Daddy hat Angst, dass du Mr. Berwin mehr mögen könntest als ihn."

„Hat er das? Na, dann muss er mal überlegen, wie gut ich euch beide kenne und wie wenig ich über Mr. Berwin weiß, richtig? Und ob ich die Sorte Mädchen bin, die nach Hollywood passt. Außerdem glaube ich, dass es eine Reihe anderer Damen gibt, die furchtbar gern von Bruce umworben werden würden. Zelda Winfrey hat zum Beispiel ein Auge auf ihn geworfen. Ich bin mir dessen ziemlich sicher. Was Bruce betrifft – für mich ist er ein Gast. Was bedeutet, dass er Teil meines Geschäfts ist. Und es ist nie klug, Berufliches und Privatleben zu vermischen. Was meinst du, hm?"

„Dann liebst du Mr. Berwin nicht?"

„Schätzelein, wie kann man jemanden lieben, den man nicht kennt? Es braucht viel mehr als nur ein paar freundliche Worte und ein nettes Gesicht, um jemanden zu lieben. Liebe ist etwas, das so tief ist, dass es dich auch durch schlechte Zeiten hindurchträgt."

„Das klingt ziemlich einzigartig", grübelte Heather.

Abby nickte. „Ist es auch. Natürlich glauben wir manchmal, dass wir jemanden lieben, wenn wir ihn nur sehr gern mögen. Oder wir sind verliebt in die Idee zu lieben."

„Genau wie du mit deinem Freund, der dich vor Weihnachten verlassen hat?"

„Naja, es war nicht genau vor Weihnachten, aber nahe genug dran. Ja."

„Also glaubst du nicht, dass Mr. Berwin von mir enttäuscht ist? Oder Mr. Fahrenheit? Und dass ich immer noch Schauspielerin werden kann?"

Abby blickte durch das Fenster in den Garten. Ein Krähenpärchen saß auf dem Rasen und hackte Seite an Seite auf den Boden los.

„Ich glaube, dass du, wenn du etwas stark genug willst, es zu Deinem machen kannst, ganz egal, was passiert. Wenn dein Herz daran hängt, kannst du deine Welt auf den Kopf stellen. Wenn du Schauspielerin werden willst, ist es egal, was die Leute in der Branche von dir denken. Mr. Fahrenheit und Bruce scheinen dich zu mögen. Aber, wenn sie es nicht täten – wie viel haben sie außerhalb der Produktion zu sagen, an der sie derzeit arbeiten? Warum also nicht einfach loslegen?"

Heather zuckte mit den Schultern. „Ich bin mir ohnehin nicht sicher, ob ich noch ins Filmgeschäft gehen will."

„Holla! Und warum nicht?" fragte Abby.

„Du hättest den Unsinn sehen müssen, den alle haben ertragen müssen."

„Welchen Unsinn?"

„Nun, ich schätze zumeist Ms. Winfreys." Heather zog ein Gesicht. „Sie ist ziemlich schrecklich, weißt du? Sie wollte so unbedingt Aufmerksamkeit. Ich habe keine Ahnung, wie oft wir die Szene wiederholen mussten, die wir gedreht haben, weil sie immer wieder an den unmöglichsten Stellen unterbrochen hat."

Abby hatte plötzlich eine Ahnung. „Und deshalb hast du dich an diesem Kuchen übergessen? Weil sie für Kontinuität sorgen mussten und dir immer Kuchen nachgereicht haben?"

Heather nickte ernsthaft. „Es war alles ihre Schuld." Dann runzelte sie die Stirn und gab zu: „Ein bisschen auch meine. Ich hätte einfach nur so *tun* müssen, als äße ich. Nicht wirklich alles essen."

„Naja", tröstete Abby sie. „Das Leben ist ein Lernprozess. Nächstes Mal weißt du's besser."

„Na, ich möchte zur Bühne gehen, wo *echte* Schauspieler sind", erklärte Heather großartig und verwarf die Tatsache, dass sie gerade am Set mit Schauspielern gewesen war, die so echt waren, wie es nur eben ging. „Alle müssen pünktlich sein und können nicht alle anderen fast eine Stunde lang warten lassen, weil sie meinen, sie seien ach so wichtig. Und es gibt keine Szenenwiederholungen – man muss von Anfang bis Ende aufführen. Und man bekommt außerdem vom Publikum sofort eine Reaktion."

„Ja, das ist so", bestätigte Abby. „Andererseits müsstest du das ganze Stück Abend für Abend wiederholen. Und selbst, wenn du nur einen Satz zu sagen hast oder gar keinen, musst du das ganze Stück hindurch dableiben." Sie sah Heathers fragenden Blick. „Wegen der Verbeugungen nach dem letzten Vorhang. Du musst auf der Bühne sein. Und vielleicht ist dein einer Satz oder einfach nur dein stummer Auftritt so gut gespielt, dass du sogar eine Extra-Runde Applaus erhältst."

219

„Wirklich? Passiert sowas?" Heathers Gesicht nahm endlich wieder etwas mehr Farbe an, und ihre Augen begannen zu leuchten.

„Naja, vielleicht nicht allzu oft", musste Abby zugeben. „Aber es könnte passieren, oder nicht? Und wenn du es schaffen kannst, warum nicht es versuchen?"

An diesem Punkt öffnete sich die Haustür, und Aaron kam mit einer großen Papiertüte in der einen Hand und einer hübschen Schachtel in der anderen herein.

„Ah, meine beiden Lieblingsfrauen", strahlte er, als er Abby mit Heather am Tisch sitzen sah. Er stellte die Schachtel vor Heather. „Ich glaube, es gibt etwas zu feiern, oder nicht? Zum ersten Mal Schauspielerin in einem Film und all sowas?" Er beugte sich hinunter und küsste Heather auf die Stirn. Dann lächelte er Abby verlegen an. „Ich habe auch für uns zwei etwas mitgebracht." Er reichte ihr die Tüte.

Abby nahm sie, öffnete sie, um hineinzublicken, und strahlte. „Champagner! Was für ein Hochgenuss! Lass mich Gläser holen." Dann wandte sie sich an Heather und and runzelte die Stirn. „Was hast du bekommen, Süße?"

„Oh, ich bin zum *Lavender Café* gegangen", berichtete Aaron. „Und ich habe ihr ein Stück von der Torte geholt, die sie am liebsten mag, wenn wir einen Festtag feiern."

„Schokoladentorte", flüsterte Heather, und Abby hätte schwören können, dass ihr Gesicht leicht grünlich geworden war.

8

Rentons Büro flackert in Rot- und Gelbnuancen. *Zwei aufgeregte Männer, einer offensichtlich ein Arbeiter, mit Ruß im Gesicht, der andere seiner Kleidung nach höher in der Hierarchie, platzen in sein Zimmer, ohne anzuklopfen. Renton erschrickt.*

Renton: „Wer ist da? Was ist los?"

Campbell: „Ich bin's, John, dein Schwager, und einer der Sägewerksarbeiter, Nils Eriksson. Er hat gesehen, wie es passiert ist."

Renton: „Was ist passiert?"

Eriksson: „Die Sägemühle, Sir! Sie brennt!"

Renton erhebt sich langsam: „Wissen wir, wo der Brandherd ist, sodass er gelöscht werden kann?"

Campbell: „Das ist das Problem. Es begann mit einer Hotbox an der Gegenwelle bei der Hauptsäge. Es war nur ein Funke."

Eriksson: „Das Sägemehl hat reagiert wie Schwarzpulver. Das ganze Gebäude steht in Flammen."

Renton: „Haben es alle Männer rausgeschafft?"

Campbell: „Wir hatten Glück."

Renton: „Gut. Das ist das Wichtigste. Alles Materielle lässt sich ersetzen. Menschliches Leben nicht. – Welche Anstrengungen werden zur Brandbekämpfung unternommen?"

Campbell: „Wir haben am Ufer sofort eine Eimerkette gebildet. Außerdem bekämpft Captain Reynolds von der ,Prussia' die Flammen mit Schläuchen. Ein weiteres Schiff ist zur Hilfe gekommen, und jemand hat die Nachricht überbracht, dass sie der ,Tyee' begegnet sind, die Feuerwehrleute aus Seattle bringt. Wir versuchen außerdem, noch so viel Holz wie möglich herauszuholen. "

Renton: „Dann wird alles getan, was getan werden kann. Und wir werden wiederaufbauen, sobald die Ruinen abgekühlt sind. Lasst mich jetzt runtergehen und nach meinen Angestellten sehen. Ich will sie im Kampf um unsere Mühle und für ihre Zukunft ermutigen. "

Campbell legt seinen Arm unter den von Renton, um ihn hinauszugeleiten.

Renton: „Ich brauche deine Hilfe nicht, John. Ich finde mich hier blind zurecht. Und das ist kein Wortspiel. "

Draußen. Die Kamera gleitet zu einer Eimerkette, in der auch Frauen und Kinder helfen. Sie zeigt ein Holzgebäude in Flammen. Diverse Nahaufnahmen ängstlicher und erschöpfter Gesichter.

Rentons Stimme: „Ich hielt wie immer Wort. Die Asche des alten Sägewerks war kaum abgekühlt, als ich anfing, mit noch besserer Sicherheitstechnik und unter noch strengeren Sicherheitsmaßnahmen wiederaufzubauen. Als das neue Sägewerk fertig war, war es das größte seiner Art weltweit. "
(Aus Isaac Fredericksons Drehbuch „The Calling")

222

*

Maler hatten an diesem Samstagmorgen den Strand erobert. Es war noch etwas frisch, aber die Sonne tat bereits ihr Bestes, die Luft und das Kieselufer zu erwärmen. Möwen flogen hoch, kreischten, tauchten in die trägen Wellen des dunklen Wassers im Sund und fingen winzige Fische wohl aus einem Schwarm. Ein neugieriger Seehund tauchte mit seinem Kopf auf und blickte die Leute an, die ihre Staffeleien aufgestellt hatten und mit ihrem Aquarellpapier im sanften Wind kämpften.

Phoebe ging von einer Person zur nächsten und überprüfte, ob jeder alle Materialien hatte, die er für eine Pleinair-Mal-Sitzung benötigte.

„Sie haben Ihre Staffelei in einem etwas anderen Winkel aufgestellt als die anderen", bemerkte sie zu einer älteren Dame mit einem Sonnen-Schlapphut und hochgerollten Jeans. „Auf welches Detail haben Sie es abgesehen? Das Seezeichen auf Flintrock?" Sie deutete auf das Riff, das vor der Küste einer der nähergelegenen Inseln leicht aus dem Wasser ragte.

„Ich möchte lieber eine der Fähren erwischen, die nach Bremerton rüberfahren", sagte die Dame heiser. „Ich liebe diese Schiffe. So stabil und doch so durchsichtig. Und auch so typisch für diese Region."

„Oh", lächelte Phoebe. „Na, Sie werden sie aber sehr schnell skizzieren müssen. Sie bewegen sich schneller, als man es glauben möchte."

„Das wird nicht passieren", lächelte die Dame und zeigte Phoebe ihre knotigen Hände. „Die hier arbeiten nicht mehr so schnell. Aber ich habe viel geübt, sie zu zeichnen und zu malen, und kann sie jetzt auswendig zu Papier bringen. Wenn eine vorbeikommt, möchte ich nur die Stimmung mitnehmen und sie einfach hineinmalen. Verstehen Sie, was ich meine?"

Phoebe nickte, aber ihr Gesicht zeigte Zweifel. „Ich verstehe Sie. Sie malen also im Grunde alles und setzen die Fähre erst später hinein? Das wäre für Sie aber einfacher mit Acrylfarben. Oder mit Öl. Aquarellfarben verzeihen nicht viel. Kann ich Sie überreden, einfach auf die Landschaft zu setzen und die Fähre wegzulassen? Oder auf die Live-Stimmung zu verzichten und sie nicht als nachträgliche Idee, sondern als Originalteil des Gesamtkonzepts einzubauen?"

Die Dame wirkte etwas enttäuscht. „Ich denke, ich nehme dann das Seezeichen."

„Prima", sagte Phoebe. „Überanalysieren Sie nicht Ihr Bild. Lassen Sie sich treiben. Denken Sie daran, dass das Weiß des Papiers Teil eines Aquarellbildes ist. Füllen Sie nicht das gesamte Kunstwerk mit Farbe."

Phoebe ging weiter, plauderte mit einem jungen Mann, der kaum der High School entwachsen schien, und half dann seiner Nachbarin, einer nervösen Frau mittleren Alters, ihre Staffelei zu stabilisieren, die immer wieder umfiel.

Nach einer Weile skizzierten alle emsig. Der Splash Park über ihnen füllte sich mit Kindern. Man konnte ihr fröhliches

Geschrei und Gelächter hören. Ein paar Strandgutsammler spazierten vorbei; einige ignorierten die ambitionierten Künstler, andere blickten verstohlen auf die Blätter, die an die Staffeleien geklemmt waren, und staunten, dass sie in der Wirklichkeit nicht finden konnten, was das Auge des Künstlers wahrzunehmen schien.

„Ich kann an diesen Inseln da drüben nichts Rotes erkennen, du, Liebling?" konnte man eine Frau ihrem Mann zuraunen hören, während sie von ein paar Metern weiter weg über Phoebes Schulter spähte.

„Künstlerische Freiheit, vermute ich", murmelte der Mann. Und er errötete, als Phoebe ihren Kopf ganz leicht in ihre Richtung drehte. „Komm, lass uns gehen. Lass ihnen unser Hinstarren nicht unangenehm werden. Ich nehme an, sie wissen, was sie tun."

Ihre Schritte brachten Kieselsteine ins Rollen und ließen sie gegeneinander klickern. Dann herrschte wieder Stille um Phoebe. Sie holte tief Luft, fuhr fort, mit raschen, kurzen Pinselstrichen Klippen zu skizzieren, und wählte dann einen breiteren Verwaschpinsel, um die kühnen Farbstriche zu verwässern.

Ihre Gedanken begannen zu wandern. Die vergangenen Tage hatte sie so viele Stunden mit dem Kopieren von Gemälden aus der Villa Hammerstein verbracht, dass ihr Kopf angefangen hatte zu schmerzen. Sie hatte jede einzelne Minute gehasst, die sie sich vor der Staffelei im Museum abgezwungen hatte, um

Entfernungen zu messen, Farbtöne zu testen, Perspektiven zu verfälschen, Motive zu kopieren, die so gar nicht ihr entsprachen.

Hier am Strand, wo sie Kurse gab und eine Chance erhielt, ihre Fähigkeiten in Aquarellskizzen zu üben, fühlte sie sich wieder frei und wohl. Hier konnte sie kreieren, was sie im Kopf hatte, was ihre eigene Motivwahl war. Konnte ihre Eindrücke mit ihren Empfindungen und dem, was real war, vermischen. Obwohl sie sich normalerweise auf abstrakte Themen konzentrierte, machte ihr Pleinair-Landschaftsmalerei ebenfalls viel Freude. Und ihre Gedanken mit ihren Schülern zu teilen, von denen einige wirklich begabt waren und eine professionellere Richtung einschlagen konnten, wenn sie es denn wollten.

Phoebe drehte eine weitere Runde durch ihre kleine Schar fleißig malender Kursteilnehmer. Sie füllte der Malerin mittleren Alters, die jetzt versehentlich ihre Wassertasse verschüttet hatte, das Wasser wieder auf. Sie gab Tipps zum Schattieren und zum Entfernen von Farbe bei einer anderen Skizze. Sie schlug jemandem Maskierflüssigkeit vor, der eine andersartige Farbschichtung wünschte und sie gefragt hatte, wie man die Illusion von Wasserspritzern erzeugen könne. Dann setzte sie sich wieder an ihre Staffelei und setzte sorgfältig die dunkelsten Farbtöne auf.

Schwere Schritte knirschten auf den Kieseln hinter ihr, und Phoebe wandte das Gesicht dem Geräusch zu.

„Hallo", sagte sie und lächelte trotz wachsender Besorgnis, als sie registrierte, wen sie ansah.

Der Mann, der sich ihr näherte, war Troy McGillen, der Setdesigner, dem sie auf Theodoras Gartenparty begegnet war.

„Hallo", erwiderte er, ohne zu lächeln, und ließ seinen Blick von ihrem glühenden Gesicht zu dem Aquarellbild auf der Staffelei vor ihr gleiten.

Phoebe war beinahe gewillt, ihr Kunstwerk zu verdecken. Es war nicht fertig und würde auch keines ihrer besten sein. Hätte sie nicht einen Kurs unterrichtet, hätte sie ihrer eigenen Malerei deutlich mehr Aufmerksamkeit geschenkt. Doch heute Morgen war ihr Kopf bei so vielen anderen Dingen gewesen. Ihre Verärgerung darüber, dass Theodora ihr den Vertrag aufgezwungen und die ganze Zeit geglaubt hatte, dies sei die perfekte Weise, ihr verletzendes Verhalten wiedergutzumachen; ihre Hochzeitsvorbereitungen – Holly und Lily Hayes würden ihre Blumenmädchen sein, und nun musste sie sich ein Kleiderthema einfallen lassen; ihre Schüler am Strand. Wie hätte sie unter diesen Umständen etwas Besseres zustande bringen können?!

„Die Jungs von der *Main Gallery* haben mich hergeschickt, Harlan Hopkins und Wie-heißt-er-noch", sagte Troy.

„Oh?" erwiderte Phoebe sprachlos. Sie hatte keine Ahnung, wohin das führen sollte.

„Das ist ziemlich gut", meinte Troy und deutete auf ihr Bild.

Phoebe schüttelte mit ironischem Funkeln in den Augen den Kopf. „Und es verdient auch kein besseres Lob als das, wie wir beide wissen", gab sie zurück. „Denn es ist bei weitem nicht wirklich gut."

„Oh, ich wollte es überhaupt nicht herabwürdigen."

„Nun, wir müssen aber auch nicht so tun, als würde es irgendwen umhauen."

Troy sah ihr in die Augen. Seine ernste Miene begann zu schmelzen, und ein Grübchen zeigte sich neben seinem stoppeligen linken Mundwinkel. „Gewonnen. Aber obwohl ich sehe, dass es offenbar nur ein Entwurf ist, würde ein weniger guter Künstler ihn trotzdem rahmen und über dem Kaminsims aufhängen."

„Meine Zeit, verstehen Sie nicht zu schmeicheln?!" antwortete Phoebe, und ihre grauen Augen tanzten vor Heiterkeit. „Aber ich schätze, Sie sind nicht den ganzen Weg von der *Main Gallery* hierhergelaufen, nur um mir oder meinen Kursteilnehmern beim Skizzieren zuzusehen. Oder um müßiges Geplänkel auszutauschen"

„Nein", grinste Troy. „Ich bin *gefahren*."

Phoebe konnte nicht anders als zu kichern. Plötzlich fand sie die ganze Situation wirklich komisch – ihren Versuch, Theodoras merkwürdige Entschuldigung anzunehmen, indem sie Kunst kopierte, die ihr nicht lag; Troy, der nach etwas Authentischem suchte und vermutlich keine Ahnung hatte, was für eine Malerin sie wirklich war; der Gedanke an ein Hollywood-Studio, das ihre Kopien in einem Film zeigen und dann die Gemälde entweder verbrennen oder in einem ganz anderen Film wiederverwenden würde, und kein Filmpublikum würde es merken.

„Gut", sagte sie und schob sich eine ihrer Locken, die sich aus ihrem unordentlich zusammengerafften Pferdeschwanz gelöst hatte, hinters Ohr. „Da wir uns also darüber einig sind, dass Sie nicht hergekommen sind, um über meine Aquarellskizze zu reden, was haben Sie sonst im Sinn gehabt? Ich werde mit dem Kopieren pünktlich sein, versprochen. Sie brauchen sich also keine Sorgen zu machen, dass ein paar Stunden Pleinair-Unterricht meine Lieferung verzögern könnte."

„Oh, darum mache ich mir keine Sorgen." Troy winkte ab. Dann wählte er sorgfältig ein Fleckchen auf einem Treibholz-Stamm in der Nähe, um darauf zu sitzen, und ließ sich auf der gebleichten, sandigen Oberfläche nieder.

Phoebe gab vor, sie habe das Interesse daran verloren, mit ihm zu reden, und tauchte ihren Pinsel in die rostige, alte Dose, die ihr als Wasserbehälter diente. Dann wählte sie ein Näpfchen, das einen Magenta-Ton enthielt und kreiste sanft mit der nassen Pinselspitze über den Farbkuchen.

Troy räusperte sich. „Ich hatte keine Ahnung, dass Sie wirklich *so* gut sind. Hat Theodora überhaupt eine Ahnung, auf welche Kunst Sie spezialisiert sind? Ich meine, die Kunstwerke, die in der *Main Gallery* ausgestellt sind?" Er reckte den Kopf, um einen Blick auf ihren Gesichtsausdruck zu erhaschen.

„Hat sie", erwiderte Phoebe stoisch. „Ich verstehe, dass es nicht ihr Fall ist, wie sie es nennen würde. Milde gesagt."

„Aber sie weiß nicht, dass Sie sich einen Namen in der Kunstwelt des Pazifischen Nordwestens machen – und höchstwahrscheinlich auch darüber hinaus. Oder?"

„Sehr nett von Ihnen", lächelte Phoebe bitter, ohne sich umzudrehen, und betupfte den Vordergrund ihrer Skizze eifrig mit etwas, das auszusehen begann wie ein Rhododendronstrauch. „Ich glaube nicht, dass sie meine Arbeit ernstnimmt. Zumindest war das ihr letztes Urteil, bevor sie dieses Gartenfest gab, angeblich um mich zu besänftigen. Oder vielleicht sogar, um zu versuchen, mich den Wölfen zum Fraß vorzuwerfen. So oder so."

„Nun, offensichtlich begeht sie einen großen Fehler", beharrte Troy. „Wie konnte sie vorschlagen, dass Sie etwas kopieren sollten, was so offensichtlich abseits Ihrer Fähigkeiten ist? Ich meine nur, sehen Sie sich doch an. Sie sind eine moderne Landschaftsmalerin; Sie sind eine bekannte abstrakte Künstlerin – wie konnte Theodora auf die Idee verfallen, dass das Kopieren von Gemälden des 19. Jahrhunderts Sie glücklich machen könnte?"

„Es ging nicht um Glück", erwiderte Phoebe schroff. „Ich bin mir nicht sicher, ob sie dieses Konzept überhaupt versteht. Es ging nur um Geld."

„Aber Sie verkaufen sich definitiv völlig unter Wert." Troy rutschte auf dem Baumstamm hin und her; sein Sitzplatz wirkte wirklich nicht bequem.

Jetzt drehte sich Phoebe um, und ihre Augen blitzten. „Sonst hätte ich vielleicht gar nichts verkauft. Zumindest nicht an

Ihr Filmstudio. Also wollte sie, dass ich leichtes Geld verdiene und mein Name sogar auf die Leinwand kommt." Troy legte den Kopf schief und kratzte sich den Bart. Phoebe verstand seine Bewegung falsch. „Im Abspann?"

„Oh ja, ich weiß", sagte er. „Trotzdem. Sie hat Ihnen keinen Gefallen damit getan. Ich schlage vor, Sie lassen das ganze Projekt hier und jetzt fallen."

Phoebe fuhr zurück. „Aber wir haben einen Vertrag."

„Ich weiß. Und nach dem, was ich gesehen habe, fällt es Ihnen schwer, ihn zu erfüllen." Seine Blicke tanzten jetzt hinter seiner Brille. „Es steht Ihnen nicht, dass Sie versuchen weniger gut zu malen zu versuchen, als Sie es offensichtlich können."

„Es sind keine schlechten Originale", sagte Phoebe lahm.

„Nein", gab Troy zu. „Aber sie sind auch nicht besonders überwältigend. Es sind zumeist Amateurarbeiten. Das kann jeder an den Perspektiven und Proportionen der Motive erkennen. Was das Kopieren angeht – Sie hätten mein Angebot nicht einmal annehmen dürfen. Warum haben Sie mich nicht zurechtgewiesen?"

„Muss ich Ihnen fünfzigtausend Dollar buchstabieren?"

„Geld vor Ihrem Ruf? Oder vor Ihrer eigenen Ambition?" Troy zuckte die Achseln. „Tut mir leid, aber ich verstehe das nicht. Jedenfalls will ich Sie weg von diesem Kopier-Job. Ich habe auch schon jemand anders gefragt, und er wird die Aufgabe ohne Bedenken erfüllen."

Phoebe schnappte nach Luft. „Das können Sie nicht mit mir machen. Das ist Vertragsbruch!" Sie warf ihren Pinsel auf ein Tuch, das sie auf ihre Künstlerbedarfstasche gelegt hatte, stemmte die Arme in die Seiten und drehte sich zu ihm um. Ihr Gesicht war purpurrot. „Sparen Sie sich diese hochtrabenden Lobeshymnen auf meine Kunstwerke, während Sie mir gleichzeitig sagen, dass ich im Prinzip gefeuert bin!"

Troy schüttelte heftig den Kopf. „Nicht gefeuert. Befördert. Ich möchte Sie nicht als Kopistin sehen. Ich möchte Sie als Malerin originaler Kunstwerke. Ich stelle schon Sachen für einen Film Noir mit einem anderen Regisseur zusammen, wenn wir hier fertig sind. Ich möchte Ihre abstrakten Gemälde da drin. Und Sie können wetten, dass Sie nicht nur in Hollywood Fans finden werden, sondern überall, wo man erkennt, dass das Ihre Bilder sind."

„Was?" Phoebe ließ die Arme sinken und sah ihn ungläubig an.

„Hören Sie mich zu Ende", bat Troy. „Lassen Sie diesen anderen Maler die Kunstwerke aus der Villa Hammerstein kopieren. Sie werden für alle Gemälde bezahlt, die Sie bereits fertiggestellt haben. Lassen Sie's einfach sausen und uns das Ziel ändern. Es ist ohnehin ein Studiovertrag, keiner, der sich auf einen spezifischen Film stützt."

„Wie schlau von Ihnen", sagte Phoebe. „Wenn ich also gesagt hätte, dass ich für diesen Film nicht malen möchte …"

„… wäre es ohnehin der nächste geworden", grinste Troy.
„Denn Sie haben mit Stanley Fahrenheit Studios gezeichnet, nicht mit ihm als Regisseur, sondern mit dem Filmstudio als solchem. Also ja, Sie schulden uns Ihre Arbeit, aber dieses Mal werden es Ihre Originale sein."

Phoebe schnaufte. Dann brach sie in Lachen aus. „Das ist zu gut, um wahr zu sein, und normalerweise, wenn etwas so klingt, dann …"

„Ich weiß", unterbrach sie Troy, „aber es ist wirklich wahr. Glauben Sie mir: Ich will immer nur das Beste. Wenn ich ein Original von Phoebe Fierce kriegen kann, können Sie darauf wetten, dass es mir besser gefällt als ihre Kopie eines unbekannten Malers des 19. Jahrhunderts."

„Zeile im Abspann inklusive?" Phoebe flüsterte es fast mit weit aufgerissenen Augen.

„Absolut", bestätigte Troy. Phoebe wandte sich um und blickte auf den Sund. „Wäre Ihnen das recht?"

Stille.

„Wäre mir das recht …" Phoebe breitete plötzlich ihre Arme weit aus und jubelte. Einige ihrer Schüler drehten sich um und starrten sie verwundert an. „Ist es mir recht?" Sie wandte sich um und strahlte. Dann trat sie auf Troy zu, umarmte ihn heftig und trat wieder zurück. „Sie haben keine Ahnung." Sie schüttelte ungläubig den Kopf. „Wahnsinn! Ich wünschte nur, meine künftige Schwiegermutter könnte sehen, was aus ihrem seltsamen, kleinen Plan doch noch geworden ist."

Troy lachte leise. „Tja, vielleicht weiß sie Ihre Fähigkeiten dann endlich zu schätzen, wenn sie Ihre Gemälde auf der Kinoleinwand sieht."

„Es ist mir egal, ob sie das tut", sagte Phoebe fest. „Aber mir bedeutet es sehr viel, dass Sie meine Originale meinen Kopien vorziehen."

*

Ozzie und Emma aßen auf der Terrasse im ersten Stock ihres Hauses zu Abend. Ozzie hatte Steaks gegrillt. Emma hatte die Beilagen zubereitet – Bratkartoffeln mit Zwiebel und Speckstückchen, einen gemischten grünen Salat mit glänzenden Kirschtomaten und einer Estragon-Vinaigrette.

Der Abend war warm, und Schwalben riefen in der Luft, während sie Insekten jagten und überall durch die Gegend schossen. Sie konnten den Sund zwischen den zwei Häusern auf der anderen Straßenseite kaum sehen. Aber das machte nichts, weil die üppigen Gärten unten den Mangel einer entfernteren Aussicht wettmachten.

„Wir haben übernächste Woche unser Geschwader-Picknick auf dem Stützpunkt", erwähnte Ozzie plötzlich zwischen zwei Bissen.

„Klingt nach Vergnügen", bemerkte Emma und nahm noch eine Gabel voll Salat. „Werdet ihr alle hingehen können?"

„Nein. Einige von uns sind derzeit woanders im Einsatz“, sagte Ozzie. „Aber es geht um mehr als nur die Mitglieder unseres Geschwaders. Alle Familienmitglieder sind ebenfalls eingeladen. Es ist eine tolle Gelegenheit, einander zu begegnen, sich kennenzulernen und Freundschaften zu schließen.“

„Du meinst, ich bin auch eingeladen?“ fragte Emma mit zweifelndem Blick.

„Na, du bist doch jetzt mein Familienmitglied, oder?“ Ozzie lachte in sich hinein.

Emma wurde rot. „Es ist nur, dass ich an solche Veranstaltungen nicht gewöhnt bin. Wie wird es sein? Muss ich mich schick machen?“

Ozzie kaute an einem Bissen Steak. Daher konnte er nicht sofort antworten. Aber er schüttelte den Kopf. Dann schluckte er hinunter. „Es ist ein Picknick. Trag einfach was Bequemes. Bring Sonnencreme und einen Hut mit. Hab einfach Spaß.“

„Bringt jeder seinen eigenen Picknickkorb mit?“ wollte Emma wissen.

„Nicht wirklich“, sagte Ozzie. „Einige Leutchen haben gesagt, sie wollen ein Kalua-Schwein grillen. Aber sie werden auch Burger und Hot Dogs auf den Grill werfen. Es gibt kalte Erfrischungsgetränke und Wasser. Jeder soll eine Beilage oder einen Nachtisch oder zwei mitbringen.“

„Meine Güte, das klingt außergewöhnlich. Was für eine Beilage sollte ich machen? Ich muss mir was einfallen lassen.“

„Denk nicht zu viel darüber nach", warnte Ozzie. „Es wird reichlich vorhanden sein. Eigentlich wäre so ein Salat wie dieser perfekt."

Emma lachte. „Bestimmt nicht. Ich muss mir etwas Besseres ausdenken."

„Du könntest ein paar Brownies backen", schlug Ozzie vor.

Emma zog ein Gesicht. „Ich backe nicht wirklich gut."

„Du könntest einfach so eine Backmischung verwenden."

„Ja, das würde mich wie eine ganz tolle Hausfrau aussehen lassen."

„Mir ist es gut genug", protestierte Ozzie.

„Ich weiß, Ozzie, mein Zauberer", erwiderte Emma mit ernster Miene. „Aber du verdienst so viel Besseres. Ich bin einfach ein schlechter Bäcker."

„Nun, scheint so, als wäre ich keine so tolle Inspiration für dich." Ozzie sah fast traurig aus.

Emma tätschelte seine Hand. Mir fällt schon was richtig Gutes ein. Versprochen. – Nun sag mir – wo findet das Picknick denn statt? Um euer Gebäude ist nicht Platz genug für das Picknick eines ganzen Geschwaders und seiner Familien. Hab' ich recht? Oder hab' ich recht?"

„Unser Major hat den Picknickplatz am American Lake reservieren lassen."

Emma blickte ahnungslos. „Ich weiß, du hast mich mal zum öffentlichen Landeplatz drüben in Lake City mitgenommen. Aber das war nicht auf dem Stützpunkt."

„Nö", grinste Ozzie. „Du wirst überrascht sein. Der größte Teil des Sees liegt auf dem Gebiet von Fort Lewis. Es besitzt sogar einen eigenen Jachthafen. Und eine Ferienanlage. Und den Picknickplatz natürlich. Da gibt's auch viel Platz für Kinder. Oh, und vielleicht magst du ja einen Badeanzug mitbringen und ein Strandtuch – es gibt auch ein Strandbad vor Ort."

„Was? Aber wo würde ich mich umziehen?"

„Es gibt dort Umkleideräume. Es ist praktisch alles da, was du dir bei einem Strandbad wünschst."

„Aber wäre es nicht unhöflich, sich einfach für ein Bad wegzuschleichen?"

„Nun, das Picknick dauert nicht ewig. Wir können ja hinterher gehen."

Emma seufzte. „Ich hatte keine Ahnung, dass eine Soldatenfrau so in den Arbeitsplatz ihres Mannes eingebunden sein könnte. Was gibt es sonst noch so?"

„Na, lass mal sehen. Im September findet immer ein Luftwaffenball statt. Dann geben wir eine Halloween-Party für die Geschwader-Kinder – du könntest mithelfen, wenn du willst. Dann gibt es die Weihnachtsfeier des Geschwaders – normalerweise lassen sie sich jedes Jahr ein anderes Motto einfallen. Im Januar haben wir die Jahresauszeichnungen. Dann gibt es noch Beförderungsfeiern, Abschiedspartys,

Einführungspartys. Und falls dir das noch nicht genug ist, kannst du beim Klub der Ehepartner einsteigen und Kekse verschenken und andere Vergnügungen mitmachen. Oh, und ich vergaß: Für Thanksgiving mache ich normalerweise auch immer etwas. Für all die unverheirateten Jungs, die auf dem Stützpunkt wohnen."

„Klingt wie eine große Familie."

„Ist es auch. Du wirst schon sehen. Vielleicht gefällt es dir ja sogar richtig."

„Es klingt auch ein bisschen überwältigend", gab Emma zu. „Was, wenn ich nicht all diesen Aktivitäten gewachsen bin? Was, wenn man mich nicht mag?"

„Ach Liebling." Ozzie lehnte sich über den Tisch. „Dann haben wir immer noch einander. Aber vertrau mir, ich glaube nicht, dass dir bei deinem hohen Energie-Level die Aktivitäten auf dem Stützpunkt zu viel werden. Was es betrifft, gemocht zu werden – sei einfach du selbst."

„Ich glaube auch nicht, dass es lange verfangen würde, wenn ich jemanden nachahmte", zwinkerte Emma.

„Ich ziehe jederzeit ein Original jemandem vor, der jemand anders nachahmt", stellte Ozzie feierlich fest.

*

Heather klammerte sich an und schluchzte. „Ich will nicht schon heimgehen", flüsterte sie. „Ich will hier bei dir bleiben."

238

Abby hatte ihre Arme um das dürre Mädchen gelegt und umarmte es ebenfalls. Sie musste selbst schwer schlucken. Zwei Wochen waren wie im Flug vergangen. Es hatte das Schlaf-Arrangement gegeben, das sie und Heather hatten treffen müssen, um Zelda Winfrey bei Laune zu halten. Und zu Abbys Überraschung hatte das eine Bindung zwischen ihr und Aarons Tochter geschmiedet, das so vertraulich war wie eines mit Freundinnen ihres eigenen Alters. Es hatte die Dreharbeiten zur Beerdigungsszene auf der Jupiter Avenue gegeben und dann die Gartenparty-Szene, die buchstäblich bis zum Erbrechen hatte wiederholt werden müssen. Sie hatten alle drei den Umzug zum 4. Juli angesehen. Und Abby und Heather hatten all die Tage im Frühstücksraum perfekt zusammengearbeitet. Erst heute Morgen hatte Heather eine Frühstücksüberraschung für Abby und Aaron gebacken, einen Ananas-Kokos-Crumble, der einfach köstlich geduftet hatte. Abby hatte ihre Gabel abgeleckt, um noch den letzten Krümel zu erwischen, und Aaron hatte sein Auflaufförmchen ausgekratzt, bis Abby ihn geneckt hatte, ob er auch die Porzellanglasur noch essen wolle. Das dritte Förmchen war Bruce Berwin serviert worden.

„Frühstücks-Spezialität von unserer sehr jungen Frühstückskonditorin, die zufällig auch ein großer Fan von Ihnen ist", hatte Abby verkündet, als sie es an seinen Tisch geliefert hatte.

Bruce hatte überrascht geblickt. „Bin ich der Einzige, der das bekommt?" hatte er gefragt. „Und wo *ist* Heather?"

Abby hatte geschmunzelt. „Sie ist sehr beschäftigt in der Küche und bereitet gerade eine neue Ladung zu, nachdem sie die Zustimmung einiger Testesser erhalten hat." Sie hatte gezwinkert.

„Sie hat das also wirklich selbst hergestellt?" hatte Bruce gestaunt.

„Hat sie", hatte Aaron im Vorbeigehen auf dem Weg zu seinem Zimmer gesagt. „Sie ist schon was Besonderes, nicht?" Er hatte nur kurz dem Mann zugenickt, den er als seinen Rivalen betrachtete, und keine Reaktion abgewartet. Obwohl er sich eingestehen musste, dass er vielleicht überreagierte. Bruce hatte Abby offen angestrahlt, aber auch dem kleinen Kuchen Aufmerksamkeit geschenkt, der ihm vorgesetzt worden war. Und Abby hatte ganz geschäftsmäßig ausgesehen und Bruce weder durch Flirten ermutigt noch dadurch, dass sie ihn freundlicher als die anderen behandelt hätte.

Inzwischen war noch mehr honigähnlicher Duft aus der Küche gezogen, und weitere Gäste waren in den Frühstücksraum gekommen. Selbst Zelda Winfrey hatte die Luft mit einem beinahe geistesabwesenden Lächeln geschnuppert.

Und nun hing Heather an Abby, als ginge es um ihr Leben, und Aaron trat von einem Fuß auf den anderen, während er in der Küchentür verharrte.

„Aber du kommst bald wieder", tröstete Abby das Mädchen. „Jetzt warten erst einmal deine Großeltern auf dich. Die werden auch froh sein, dich bei sich zu haben."

„Aber hier ist es so viel aufregender", protestierte Heather.

„Na, ich bin mir sicher, dass deine Oma und dein Opa auch ihr Bestes tun werden, um dich zu unterhalten. Außerdem wird sowieso viel von dieser Aufregung in ein paar Tagen von hier verschwunden sein. Wenn Mr. Fahrenheit und sein Team zurück nach Los Angeles gehen. Und danach ist es nur mein schlichtes, altes Bed & Breakfast wie gewöhnlich."

„Es ist *nicht* schlicht", murmelte Heather.

„Nein", musste Abby zugeben und blickte Aaron an, dessen Miene eine Mischung aus Hilflosigkeit und Ungeduld verriet. „Aber du hast bislang Glück gehabt. Immer, wenn ihr hergekommen seid, ist etwas Aufregendes passiert. Aber dafür gibt es keine Garantie, weißt du?"

„Ich weiß …"

„Lass mich dir jetzt noch sagen, dass Mr. Berwin und all die anderen Gäste sich sehr, sehr gefreut haben über ihren Ananas-Kokos-Crumble. Und ab jetzt werde ich den auch einmal pro Woche auftischen. Ich werde allen sagen, dass es dein Rezept ist. Was meinst du?"

„Das willst du wirklich tun?"

„Versprochen!" Abby blickte in Heathers tränenverschmiertes Gesicht und nickte. „Du kannst wetten, dass das ein weiteres Verkaufsargument für *The Gull's Nest* sein wird. Besonders, wenn ich den Gästen erzähle, dass Bruce Berwin davon geschwärmt hat."

Heather seufzte, aber ihre Miene hellte sich auf. „Meinst du, ich sollte doch lieber Konditorin werden als Schauspielerin?"

„Wie wär's, wenn du versuchst, auf beiden Gebieten dein Bestes zu geben?" schlug Abby vor. „Und das, was besser läuft, könnte der Beruf für dich sein. Oder vielleicht kommt noch etwas ganz anderes. Wer weiß? Aber am wichtigsten ist, dass du die Schule abschließt, und zwar gut. Alles andere ergibt sich von selbst."

„Ich glaube, ich werde doch Konditorin", überlegte Heather. „Meinst du, Mr. Berwin könnte eine persönliche Konditorin bei sich daheim in Hollywood gebrauchen?"

Aaron biss sich auf die Lippen. Seine Tochter war wie immer einfallsreich. Eines Tages mochte sie sogar ein Geschäftsmodell erfinden, an das noch nie jemand gedacht hatte. Eine persönliche Hollywood-Konditorin. Sein Blick traf Abbys lachende Augen, und er musste wegsehen, um nicht unpassend in sich hineinzulachen in dieser noch nicht völlig entschärften Situation.

„Warum fragst du ihn nicht selbst, wenn es soweit ist?" sagte Abby. „Aber lass mich dir sagen, falls er dich je ablehnt, warte ich in der Schlange gleich hinter ihm auf dein Angebot."

*

242

„Das war's dann also?"

John Minor lehnte am Geländer oberhalb des Jachthafens und blickte über die bunten, meist hölzernen Boote, deren klirrende Takelagen in den letzten Sonnenstrahlen glänzten. Plötzlich erschauerte er leicht und zog seine Strickjacke enger um seinen Körper.

Stanley Fahrenheit stand neben seinem Freund und beobachtete ihn sorgsam. Nahm jede leichte Falte in Johns Gesicht in sich auf, jede einzelne Pore seiner Haut, die Silhouette seiner Nase, die filigranen Windungen seiner Ohrmuschel, den Schwung seiner langen Wimpern, die sanfte, feste Form seiner Lippen. Er antwortete nicht.

John wandte das Gesicht. „Drei Wochen voll lebenslanger Erinnerungen. Und jetzt, wo dein Projekt hier abgeschlossen ist, gehst du wieder zurück in deine Filmstudios. Und das war's. Einfach so."

Jetzt war es Stan, der in den Sonnenuntergang starrte. „Es ist nicht ‚einfach so'. Es ist viel komplizierter. Glaub ja nicht, dass es für mich einfach wäre, von hier fortzugehen."

„Na, du hättest mich beinahe getäuscht", erwiderte John bitter. „Es ist dein letzter Abend hier in Wycliff. Aber statt mich bei mir zu Hause zu treffen, hast du auf einem neutralen Ort bestanden, wie du es nanntest. Um zu reden. Als hätten wir irgendetwas anderes getan, seit du hier angekommen bist. Als hätte ich irgendetwas anderes geplant, als dich zu einem intimen

Abendessen einzuladen, einem letzten Abend mit Konversation und guter Musik, der künftigen Erinnerungen."

„Hast du mal daran gedacht, dass genau das es für mich so viel schwerer machen würde, diese Stadt zu verlassen? Du? Bei dir zu Hause zu sein?" Stan sah jetzt seinem Freund in die Augen. „Wir haben einander versprochen, einander ohne Bedenken gehen zu lassen, weißt du noch? Und ich glaube immer noch, dass ein neutraler Ort alles einfacher abrunden kann als ein Rendezvous bei dir daheim."

„Einfach war alles, was du von Anbeginn gewollt hast, oder?"

„Du weißt, dass das nicht wahr ist. Aber John, mein Freund, du hast keine Ahnung, was die Zukunft uns bringen mag. Was mich unten in L.A. erwartet. Ich werde die nächsten paar Monate in Arbeit ertrinken, wenn wir die restlichen Szenen drehen, schneiden, uns um die Synchronisation kümmern, Auslandsrechte verkaufen. Ich werde von Leuten belagert sein, die ständig meine Aufmerksamkeit fordern. Mir wird kaum mehr Zeit für mich selbst bleiben als mein Nachtschlaf. Es wird wieder das zermürbende Leben der Filmwelt sein. Darin gibt es keinen Raum für Romantik. Für dich wäre keine Zeit. Ich werde anderen Menschen begegnen. Du wirst anderen Menschen begegnen. Wer sagt uns, dass wir nicht zwischendrin stolpern? Oder jemand anderem stärker verfallen?"

„Die Wahrscheinlichkeit dafür in Wycliff ist gering, Stan", erwiderte John mit einem zynischen Zucken um die Lippen.

„Lass diese Stadt nicht größer und großstädtischer klingen, als sie ist. Was dich angeht – ist es so einfach, dich zu beeindrucken? Wirklich? Gibt es da draußen so viele geeignete Partner? War alles, was wir in den letzten Wochen geteilt haben, nur Schein?"

„Nichts davon", sagte Stan und legte seine rechte Hand auf den Arm seines Freundes. John zog ihn weg. „Ich habe mich noch nie in meinem Leben jemandem so nahe gefühlt. Ich habe noch nie so dringend meine Gedanken, meine Gefühle mit jemandem teilen wollen. Es war zeitweise furchteinflößend. Es fühlt sich an, als würde man an einer Klippe einfach weitergehen, und man weiß nicht, was danach kommt."

„Furchteinflößend."

„Ja."

„Warum?"

„Hast du dich je gefragt, wie wir unsere Beziehung aufrechterhalten würden? Ich in L.A., du hier oben in Wycliff? Es ist wie Tevjes berühmtes Zitat vom Fisch, der sich in den Vogel verliebt, und die Überlegung, wo sie ein gemeinsames Heim aufbauen sollten. Meine Studios sind mein Leben. Ich kann und werde sie nicht aufgeben. Zu viele Menschen verlassen sich darauf, von mir beschäftigt zu werden. Andererseits würde ich nie wollen, dass du das Gefühl hast, deine Karriere, deinen Traum, dein Leben aufgegeben zu haben, nur um mit mir zusammen zu sein. Ich kann das nicht von dir verlangen."

„Frag mich doch einfach", sagte John heiser.

„Ich kann's nicht."

Jetzt blickten beide über den Hafen hin. Das Licht hatte sich in ein tiefwarmes Orange verwandelt; die Masten waren nurmehr Silhouetten im Abendhimmel. Die Schwalben hatten ihre nervende Jagd nach Insekten beendet, und die Möwen schliefen auf ihren Ruheplätzen ein.

„Ich werde dich vermissen", sagte Stan. „Und ich werde dich wiedersehen, wenn ich dieser wundervollen Stadt den Film präsentiere. In der Zwischenzeit kann ich dir nichts versprechen."

„Tja", sagte John. „Aber ich verspreche *dir* etwas. Ich werde hierbleiben und auf dich warten. Es wird keinen anderen Menschen geben, der meine Gedanken, meine Visionen, meine Gefühle je wieder so tief bewegen wird. Vor dir hat es niemanden gegeben. Warum sollte es jemanden geben, wenn du gegangen bist? Ich glaube an diesen einen Menschen, der dazu bestimmt ist, die andere Hälfte eines anderen, seine Vollendung zu sein."

„Jetzt klingst du wie ein Teenager."

„Möglich. Aber als Teenager war ich mir keiner Sache so sicher. Jetzt als Erwachsener bin ich es."

„Dann hast du mehr Glück als ich", stellte Stan fest. „Los, komm, lass uns zu dieser Pop-up-Weinbar gehen, die ich heute Nachmittag entdeckt habe, und ein paar Gläser Wein zusammen trinken. Lass uns feiern, was wir haben." Er stieß John spielerisch in die Rippen. „Nimm's leicht, John. Es könnte schlimmer sein. Wir könnten einander nie begegnet sein und nicht wissen, was wir verpasst hätten."

„Toll", erwiderte John und kämpfte schwer gegen ein würgendes Gefühl in seiner Kehle. „Ja. Behalten wir das im Hinterkopf." Dann sah er Stan an, und in seinen Augen glänzten unvergossene Tränen. „Du weißt, dass sich meine Gefühle nicht ändern werden. Nie. Vergiss das niemals. Und …" Er wandte sich ab, atmete tief ein, fuhr sich mit der Hand übers Gesicht und wandte sich um, plötzlich mit hartem Blick und ohne zu blinzeln. „Und wenn du je das Gefühl hast, du möchtest deine Meinung darüber ändern … Du hast meine Adresse, meine Telefonnummer. Ruf an. Schreib. Lass von dir hören. Und eines Tages vielleicht – frag mich einfach."

*

Aus dem „Sound Messenger":

Film „The Calling" eröffnet große Chancen

Ein Kommentar von Julie Dolan, Redakteurin

Es fühlt sich fast an wie der Tag nach Labor Day. Wycliff ist wieder es selbst. Hollywood ist angereist, hat ein paar Wochen lang das Ruder übernommen, die sich bestenfalls geschäftig, schlimmstenfalls beeinträchtigt angefühlt haben. Jetzt sind die Schauspieler und das

Produktionsteam der Stanley Fahrenheit Studios wieder weg. Und wir können zurückkehren zum „Business as usual".

Nur, seien wir ehrlich, wird es nie wieder dasselbe sein. Nachdem die Kameralinse Hollywoods auf uns gerichtet war, werden noch mehr Kameralinsen folgen. Und ich rede nicht nur von der Kinofilm-Industrie, weil unsere viktorianische Stadt eine so tolle Kulisse bildet. Ich spreche von Dokumentationen über unsere Stadt. Ich spreche von Kameralinsen von Busladungen von Touristen. Denn wenn „The Calling" erst einmal in den Kinos ist, wird das Publikum die übliche Neugier darüber empfinden, wo gedreht wurde. Es wird aus dem ganzen Land anreisen. Vielleicht aus der ganzen Welt, je nachdem, wie gut der Film ankommt.

Vielleicht erinnern Sie sich daran, was mit Coupeville auf Whidbey Island geschah, als die Dreharbeiten zu „Zauberhafte Schwestern" dort stattfinden sollten? Die Häuser an der Uferzone wurden weiß gestrichen, um die für den Film geforderte einzigartige Neuengland-Atmosphäre zu schaffen. Nun, uns ist das erspart geblieben, obwohl Jupiter Avenue immer noch etwas verschmutzt ist, nachdem sie für die dort gedrehten historische Massenszenen auf einer unbefestigten Straße mit Sand und Erde bedeckt wurde. Und wir hatten eine Reihe Umleitungen wegen für die Dreharbeiten gesperrter Straßen. Unser Campingplatz war für die Film-Crew reserviert. Das Gleiche galt für einige andere Unterkünfte in der ganzen Stadt. Und wir Wycliffer haben alle die eine oder andere Erinnerung, die wir unseren Kindern und Kindeskindern erzählen können, wie wir mehr oder weniger an der Entstehung dessen beteiligt waren, was möglicherweise ein Blockbuster wird.

Jetzt sind wir zurück beim „normalen" Tourismus. Vorerst. Bis der Film herauskommt. Wir planen unser Clam Chowder Wettkochen und unsere Halloween-Ereignisse und natürlich unseren Viktorianischen Stadt-Adventskalender, der Wycliff noch weiter an die besten Reiseziele Washingtons hat hochrücken lassen. Also genießen Sie den Rest der Normalität.

Denn die Kamera-Invasion *wird* kommen! Und wir sollten das Beste daraus machen. Es ist sogar in der Tat vielleicht eine absolut einmalige Gelegenheit für alle Unternehmen der Stadt, über ihre eigene Verbindung zum Film nachzudenken. Und wir planen am besten für all das schon jetzt, wo noch Zeit dafür ist. Touren zu den Drehorten, Andenken, Ausstellungen, Sondervorführungen – wir alle haben etwas aus der Filmproduktion zu gewinnen. Hollywood mag abgereist sein. Aber uns bietet sich eine Gelegenheit.

9

Ein gemütliches Wohnzimmer. *Ein Feuer brennt im Kamin und ist die einzige Lichtquelle; draußen setzt die Dämmerung ein. Ein Tisch ist gedeckt, doch die Mahlzeit darauf ist unberührt. Renton sitzt in einem Lehnstuhl. Er trägt Trauer mit einem schwarzen Band um einen seiner Ärmel. Er starrt blind ins Leere. Die Tür öffnet sich, und seine Tochter Elizabeth tritt ein, ebenso in Trauerkleidung.*

Elizabeth: „Du solltest etwas essen, Vater. Mutter hätte es gewollt."

Renton: „Ich will, dass das Haus abgerissen wird."

Elizabeth: „Du willst was?!"

Renton: „Du hast mich gehört. Es wird kein Haus mehr benötigt. Es wäre leer ohne sie. Es ist *leer ohne sie.* Es ist kein Zuhause mehr."

Elizabeth: „Ich verstehe, dass du aus der Trauer heraus sprichst. Aber in einem Jahr wirst anders darüber denken. Du wirst deine Trauer überwunden haben. Du wirst wieder nach vorne denken. So wie immer."

Renton: „Kind, was weißt du von Trauer?"

Elizabeth: „Ich habe drei Ehemänner zu Grabe getragen."

Renton: „Ja, aber du warst in deinem Leben immer die treibende Kraft ...Deine Mutter und ich sind fast 50 Jahre verheiratet gewesen. Und wir haben alles so tief miteinander

geteilt, dass nur wenige Worte zwischen uns notwendig waren. Ich konnte mich auf ihre Rückendeckung verlassen, sodass ich voranschreiten konnte. Das ist der Unterschied. Ich vermisse ihre ruhige Kraft zu Hause. "
(Aus Isaac Fredericksons Drehbuch „The Calling")

*

Der Sommer verging. Die Feuerwehr von Wycliff gewann das diesjährige Clam Chowder Wettkochen. Die Herbsthimmel waren leuchtendblau, und die Hitze schien den Kalender Lügen zu strafen. Die Gartenernten waren reich an Früchten und bunten Blumen. Dann brachten die Winde vom Olympic-Gebirge dicht aufziehende graue Wolken und die ersten langen Regenfälle der dunkleren Jahreszeit. Und der Regen wusch den letzten Schmutz von der Jupiter Avenue fort. Die Geschäfte füllten sich mit Halloween-, dann Weihnachtsprodukten. Und bald war der „Hollywood-Sommer", wie sie ihn nannten, fast vergessen außer von ein paar Marketing-Leuten, die den Filmstart im Auge behielten und Merchandise, mit dem sie ihre Unternehmen zum Erfolg führen konnten.

Die Bürger von Wycliff bereiteten sich auf eine neuerliche viktorianische Weihnachtssaison vor. In *Dottie's Deli* beschäftigte sich das Personal mit einer neuen weihnachtlichen Schaufensterdekoration; diesmal basierte sie auf dem Märchen „Frau Holle" mit Schnee und Schneesternen überall. Angela

Fortescue und ihr Designteam bei *Bags 4 Choosers* stellte eine Serie Einkaufstaschen in Weihnachtsfarben her. *The Lavender Café* produzierte Plätzchen und Kuchen mit Kürbisgewürz-Glasur, Lebkuchen-Rentiere und heißen Apfelwein in rauen Mengen. Bei *Birds and Seeds* deckte sich Bill „Chirpy" Smith mit Vogel- und Eichhörnchenfutter ein. Das Museum beendete die Saison, bereitete sich jedoch auf eine Veranstaltung vor, die es „Weihnachten bei den Hammersteins" nannte. Obwohl er Jude gewesen war, hatte der historische Mr. Hammerstein seiner christlichen Ehefrau gestattet, ihre Traditionen beizubehalten, hauptsächlich, um besser in die Nachkriegsgesellschaft von Wycliff integriert zu werden, eben weil er Jude war *und* einen deutschen Nachnamen trug. Und der Stadtrat grübelte erneut über Budgets und die Beleuchtung der Unterstadt während der Festsaison nach.

An der Wycliff High School liefen die Vorbereitungen für das alljährliche Weihnachtsstück auf Hochtouren mit Extraproben, wann immer es die Stundenpläne der Teilnehmer erlaubten. Es bedeutete noch mehr Stress für jene Eltern, die ihre Kinder zu den Proben fahren mussten; immerhin waren auch sie beschäftigt mit allgemeinen Weihnachtsvorbereitungen. Die Gemüter waren erhitzt, die Erwartungen hoch, und Pastor Clement Wayland ermahnte Sonntag für Sonntag seine Gemeinde, sich daran zu erinnern, worum es an Weihnachten eigentlich ging – gewiss nicht um Wettbewerb, Stress, Perfektion oder irgendwelche materiellen Dinge. Er mochte für die nächsten paar

Stunden Eindruck hinterlassen, und dann kehrte jeder wieder zur üblichen Routine von Ungeduld und Stress zurück.

Holly Hayes hatte sich neuerdings sehr verändert. Verschwunden war die Schüchternheit des glatthaarigen Mädchens, das einst nicht einmal hatte sprechen können. Sie tanzte buchstäblich im Farmhaus im Medicine Creek Valley herum, das das Zuhause ihrer Familie war. Es war, als schwebe eine Aura aus Licht und Freude um sie – was ziemlich genau dem entsprach, was sie beinahe zum Platzen brachte. Wenn sie sich in ihrem Giebelzimmer nicht über die Hausaufgaben beugte, machte sie Atemübungen, gab seltsam heulende Laute von sich, die ihre Stimmbänder flexibler und entspannter machen sollten, sang Tonleitern und arbeitete manchmal stundenlang am Ausdruck einer einzelnen Zeile.

Ihre Stiefmutter Kitty dachte manchmal, dass sie hinausrennen und schreien würde, wenn sie noch einmal „We Three Kings of Orient" hören musste, nachdem sie müde von ihrer Arbeit im *Flower Bower* oder im Hofladen heimkam. Aber dann war wiederum die Heiterkeit ihres kleinen Mädchens ansteckend. Und Kitty seufzte und wandte ihre Gedanken etwas anderem zu, um das sie sich kümmern musste –Lilys Hausaufgaben zu überprüfen; eine besondere Weihnachtsaktion in ihrem Wycliffer Laden zu planen; dem wöchentlichen Speiseplan, der es so viel einfacher machte, daheim vorwärtszukommen; der neusten Idee ihres Mannes Eli zur Verbesserung der Farm zu lauschen und wie dies finanziert werden konnte; sich um ihre Schwiegermutter Ivy zu kümmern, die unlängst die Verandastufen hinuntergestürzt war und nun ihren dick bandagierten Knöchel hochlegen musste; Weihnachtspost zu schreiben und zu verschicken; Weihnachtsgeschenke zu verpacken; mit Lily und Holly Plätzchen zu backen ... Sie fragte sich manchmal, wie sie all diese Dinge in einen Tag quetschen konnte, der so wie der aller anderen nur 24 Stunden hatte. Und gerade, wenn sie sich sorgte, ob sie Weihnachten in diesem Jahr gut über die Bühne bringen würde, durchdrang Hollys süße Stimme ihre dunkelsten Gedanken – die die Möglichkeit eines Stromausfalls und eines daher ungaren Truthahnmahls am Weihnachtstag einschlossen –, und sie fasste sich wieder.

Holly zählte inzwischen die Tage bis zum Weihnachtsspiel in der Lawrence Hall. Es hatte Tradition, seit die Wycliff High School in den späten 1800ern gegründet worden war. Und sie wusste, dass es ein Privileg für den obersten Jahrgang war, als Solist in Betracht gezogen zu werden. Umso mehr hatte es sie überrascht, als ihre Musiklehrerin Valerie Marsden ihr gesagt hatte, dass sie ein Solo zu Beginn des Stücks und ein weiteres am Ende, kurz vor dem Schlusschor, als einer der drei Weisen haben würde. Sie, eine Mittelschülerin!

Natürlich hatte sie Florence gefragt – so sollte sie ihre Gesangslehrerin nun nennen –, ob so eine Aufführung in ihrem gesanglichen Stadium überhaupt denkbar sei. Doch Florence hatte nur geschmunzelt, ihr gratuliert und in derselben Stunde angefangen, mit ihr Kirchenlied und Weihnachtslied einzustudieren. Was ein wenig seltsam zu Anfang September geschienen hatte. Doch je näher das Stück rückte, desto nervöser wurde Holly, weil sie fürchtete, sie könne es vermasseln.

„Was, wenn meine Stimme bricht?" fragte sie Florence eines Tages.

Florence lachte. „Ich verspreche dir, dass es keiner merken wird. Die Stimme eines Mädchens bricht nur ein winziges bisschen. Also keine Sorge. Es ist weit wichtiger, dass du daran denkst, nicht zu jodeln – halte die Spannung in deinem Solarplexus und denke an die Luftsäule in dir. Fang an, als wolltest du niesen, dann sing direkt in deine Nasenwurzel."

Holly kicherte. „Kannst du dir vorstellen, was jemand denken muss, der mich erklären hört, wie man richtig singt?"

Auch Florence kicherte. „Ich weiß. Es klingt, als wärst du eine Mischung aus einem bodenständigen Elefanten und einer niesenden Giraffe." Dann blickte sie in den Spiegel gegenüber ihrem Flügel. „Obwohl ich den Elefantenteil ziemlich gut hingekriegt habe, frage ich mich immer noch hinsichtlich der Giraffe." Holly lachte jetzt so richtig laut. „Bei deinem Bau läufst du diese Gefahr allerdings nicht. Da ist gar kein Elefant in Sicht. Was bedeutet, dass *du* dich auf deine Zehen und den Solarplexus noch mehr konzentrieren musst, hörst du?" Holly wurde ernst und nickte. „Gut. Jetzt lass uns nochmal beginnen. Ich spiele die Intro."

Auch die Kostümproben in der Schule machten viel Spaß. Holly würde ihr königliches Kostüm bereits zu Beginn des Stücks tragen, jedoch bedeckt von einem einfachen Umhang und ohne den Turban. Sie würde auch nicht vorgeben müssen, ein Mann zu sein.

„Nehmen wir einen moderneren Blickwinkel ein", hatte Valerie Marsden gesagt, als eines der Kinder bemerkt hatte, dass es im Lied um Könige, nicht Königinnen gehe. „Spielt das eine Rolle? Glaubst du, ein aufgemalter Schnurrbart würde wirklich helfen? Übrigens gab es damals durchaus Königinnen. Und sie waren mächtig und reisten. Außerdem wissen wir nicht einmal, ob die Weisen Könige waren – die Bibel spricht einfach nur von Weisen. Nun, linguistisch gesehen umfasst dieser Begriff Männer *und* Frauen. Also!"

Valerie war beinahe erleichtert ob ihrer eigenen Argumentation. Irgendwie hatte sie das Gefühl, als müsse sie Hollys Auftritt als Solistin gegen alle und jeden verteidigen. Gegen jene, die sagten, es sei zu früh, da Holly im letzten Jahrgang hätte sein müssen. Gegen jene, die fragten, warum das Stück plötzlich ein einleitendes Kirchenlied habe. Gegen jene, die sagten, die Könige müssten alle männlich sein. Gegen jene, die fragten, warum Holly zwei Lieder hätte, während König Herodes nur eines habe. Und so weiter und so fort.

Einige sehr ehrgeizige Eltern hatten wohl auch untereinander darüber gesprochen. Also kämpfte Valerie auch an dieser Front.

„Hat Holly die Soli bekommen, weil Sie mit Mrs. Hayes befreundet sind?" fragte eine Mutter Valerie eines Tages, verärgert, dass ihre Tochter nur eine halbe Strophe in ihrem Part als Frau des Wirts zu singen hatte. „Denn meine Celine geht in die letzte Klasse und hätte eine größere Rolle in dem Stück verdient."

Valerie verlor beinahe die Geduld, verbiss sich aber eine scharfe Bemerkung. „Warum warten Sie nicht bis zur Aufführung ab und hören dann selbst?" frage sie in süßem Ton. „Ich bin mir sicher, dass Celine froh sein wird, dass ihr all die Extra-Mühe erspart geblieben ist." Insgeheim fügte Valerie für sich hinzu, dass sie wünschte, sie hätte dem Mädchen nur eine Sprechrolle gegeben, denn es schaffte es ständig, seine Einsätze zu verpassen oder den Text durcheinanderzubringen. Und sie grübelte, ob sie sich überhaupt noch auf die Aufführung freute.

Holly war sich zum Glück nicht bewusst, wie viele Reibereien ihre Rolle im Stück verursachte. Sie probte, probierte daheim immer wieder ihr Kostüm an und drehte und wendete sich vor dem Spiegel. Irgendwann stieß dabei Kitty auf sie und zog die Brauen hoch.

„Das ist kein Schönheitswettbewerb, weißt du? Und es dreht sich alles um Weihnachten, nicht allein um deine Soli. Ein bisschen mehr Bescheidenheit …"

Hollys blickte verschämt. Sie war so in ihre Freude versunken gewesen, dass sie tatsächlich ein wenig eitel geworden war, welche Position ihre Stimme ihr eingetragen hatte. Jetzt nahm sie sich rasch wieder zusammen. „Du hast recht, Mami. Es tut mir leid."

„Du brauchst dich nicht zu entschuldigen. Denk nur dran, wieviel Ärger dir Neid bereiten könnte."

Holly nickte ernst. „Ich werde dran denken."

Endlich war der große Tag gekommen. Die ganze Familie Hayes würde das Festspiel in der Lawrence Hall besuchen. Alle hatten sich festlich gekleidet. Holly war zu einer letzten Kostümprobe auf der Bühne abgeliefert worden. Und nun strömten Leute aus Wycliff und Umgebung zur Lawrence Hall.

Es war kalt geworden. Die Sterne blinkten hell in einem fast schwarzen Nachthimmel, und eine eisige Brise vom Sund her brachte den Geruch von bevorstehendem Schneefall. Ein paar Leute blickten besorgt nach oben. Schnee in der südlichen Sundregion bedeutete immer Verkehrschaos. Niemand wollte das an einem so besonderen Abend wie diesem. Alle erinnerten sich noch an den großen Schneesturm im letzten Jahr, der Wycliffer und Stadtbesucher gleichermaßen einige Tage lang von der Außenwelt abgeschnitten hatte.

Lawrence Hall war mit duftendem Immergrün geschmückt. Eine große Girlande hing quer über der Bühnenfront oberhalb des Orchestergrabens. Die Verpflegungsstände boten alle üblichen Snacks und Getränke in Anerkennung der Ernsthaftigkeit der Veranstaltung. Und die teureren Ränge und Logenplätze füllten sich rasch mit einer erwartungsvoll summenden Menge.

Valerie Marsden lugte durch den Vorhang. Ihr Gesicht glühte vor Aufregung. Nach all den Disputen der vergangenen

Wochen war es endlich Zeit für das eigentliche Ereignis. Und sie war sich ziemlich sicher, dass niemand mehr ihre Entscheidungen nach der Aufführung kritisieren würde. Eine Unbekannte saß auf dem Platz, der normalerweise für einen Berichterstatter des *Sound Messenger* reserviert war. Kam John Minor also heute Abend nicht, um über die Veranstaltung zu berichten? Ein weiteres Gesicht neben der unbekannten Wycliffer Journalistin in der ersten Reihe ließ sie einen Moment lang die Stirn runzeln. War der Mann mit dem entfernt bekannten Gesicht, dem Notizblock und der Fliege dieser Musikkritiker des Feuilletons der *Seattle Times*? Doch dann verwarf Valerie rasch den Gedanken. Warum sollte irgendwer aus Seattle an dem Wycliffer Weihnachtsspiel Interesse hegen?! Andererseits saß er auch neben Florence Piccolini. Sie hatte ihn doch nicht etwa eingeladen, oder? War sie wirklich in der Lage, so die Fäden zu ziehen? Nun, vielleicht. Immerhin war sie ein Weltstar. Aber dies hier war nur die Wycliff High School ...

Draußen ertönte der erste Gong, um das Publikum aufzufordern, die Plätze einzunehmen und leise zu werden. Hinter dem Vorhang hasteten die Teilnehmer des Stücks über die Bühne, um ihre Plätze in den Kulissen einzunehmen. Man konnte hören, wie das Schulorchester den Orchestergraben betrat, sich setzte und seine Instrumente noch einmal stimmte. Noch ein Gong.

Holly merkte, dass ihre Hände schwitzten, und eine leichte Übelkeit machte sich in ihrem Magen breit. Atme, befahl sie sich. Alles würde gutgehen. Sie musste nur über die Menge hinwegblicken und niemanden insbesondere ansehen, und alles würde wie gewünscht klappen.

Die Lichter in der Lawrence Hall flackerten und gingen aus, und die Bühnenbeleuchtung sprang an. Das Publikum verstummte, das Orchester hörte auf zu stimmen. Der Schulleiter der Wycliff High School, Mr. Jasper, hatte sich zu den Darstellern hinter den Kulissen gesellt. Er wirkte selbst etwas nervös. Ein heller Scheinwerfer schnitt schwach durch den dicken, samtenen Bühnenvorhang nach hinten. Mr. Jasper trat vor, fingerte in dem schweren Material herum und fand den Durchlass, um ins Scheinwerferlicht zu treten.

„Ihr bleibt alle genau da, wo ihr jetzt seid", wisperte Valerie ihren Schülern zu. „Vergesst nicht zu atmen. Und viel Spaß bei der Aufführung. Toi toi toi."

Niemand hinter dem Vorhang hörte zu, was Mr. Jasper dem Publikum zu sagen hatte. Es war wahrscheinlich ohnehin das Übliche. Ein herzliches Willkommen an alle, besonders an die Presse. Herzlichen Dank an die großzügigen Sponsoren der Aufführung. An den Direktor der Lawrence Hall, der ihnen ermöglichte, die Tradition an diesem historischen Ort zu bewahren. Ein kurzer Rückblick auf die Tradition der Aufführung und dann eine abschließende Verbeugung, als der Applaus durch das Haus flutete.

Mr. Jasper schlüpfte wieder durch den Vorhang, die Lippen fest zusammengepresst. Er hatte seine Pflicht getan. Und nun würde er den Weg zu seinem Platz in einer Loge im ersten

Rang finden müssen, wo seine Frau und seine zwei Kinder auf ihn warteten. Er nickte Valerie zu und sagte tonlos so etwas wie „viel Glück" – ganz eindeutig nicht, was man einem Künstler vor einer Aufführung wünschte, weil es sonst das Gegenteil bewirkte. Aber zumindest hatte er auch nicht wie üblich (und was noch schlimmer gewesen wäre) vor sich hin gepfiffen, als er vorhin hinter die Bühne gekommen war.

Der Lärm im Haus hatte sich wieder gelegt. Das Orchester spielte die ersten Töne der Ouvertüre, eines zauberhaften Medleys von Anfängen oder Refrains von Liedern, die man später hören würde. Die Lieblichkeit der traditionellen Melodien berührten die Herzen, und Holly merkte, dass sie selbst schlucken musste. Atme, befahl sie sich selbst. Denk jetzt nur an deine Technik und deinen Ausdruck! Dann verklang der letzte Akkord. Das Publikum klatschte.

Holly warf Valerie einen fragenden Blick zu. Valerie nickte, ein ermutigendes Lächeln auf den Lippen, und Holly schlüpfte durch die schmale Lücke im Samtvorhang.

Die Scheinwerfer blendeten, doch Holly spürte den Atem des Publikums. Sie konnte Mr. Hudson sehen, den Dirigenten. Sie suchte Blickkontakt. Mr. Hudson hob seinen Dirigentenstab, dann nickte er dem ersten Cello zu. Die Intro begann, eine Violine setzte ein, dann die sanft fließenden Klänge einer Harfe. Holly atmete ein. Füße fest auf den Boden. Sing in deine Nasenwurzel, dachte sie noch, bevor ihr Einsatz kam.

Das Publikum sah ein schlankes Mädchen mit großen blauen Augen und glattem schwarzem Haar. Das Kostüm war ziemlich unauffällig; ein dunkelblauer kunstseidener Saum lugte unter einem beigen Leinenumhang hervor. Es war durchschnittlich. Aber sobald es den Mund aufmachte, waren die Zuhörer wie vom Donner gerührt. O komm, o komm, Emmanuel! Seine Stimme war so süß und voll, dass sich manche Augen mit Tränen füllten. Seine Hände streckten sich nach etwas Größerem und Unsichtbaren, als bäten sie. Die Sängerin war von einem kleinen Mädchen, das viel zu jung war, um im traditionellen Weihnachtsspiel der Wycliff High School dabei zu sein, zur Verkörperung dessen geworden, was sie sang. Als sie endete, schnappte das Publikum nach Luft und dankte ihr mit stehenden Ovationen. Holly lächelte schüchtern an den hellen Scheinwerfern vorbei, ohne etwas im Dunkel dahinter zu erkennen, und glitt, so schnell sie konnte, wieder hinter den Vorhang.

Danach war alles wie verschwommen für Holly. Der Vorhang hob sich, und da war der Herold, der die Volkszählung verkündete. Eine stark mit Kissen ausgestopfte Maria auf einem Spielzeugpferd auf Rollen wurde von Josef hereingezogen. Die Geschichte entwickelte sich. Zwischendrin gab es humoristische Einlagen, gewollte und ungewollte. Als Wirtin Celine singen sollte, starrte sie den Jungen, der Josef spielte, hingebungsvoll an und verpasste ihren Einsatz. Der Junge mit den Stichwortkarten wedelte Celines so hektisch, dass sie ihm aus den Händen flog, durch die Luft segelte und vor Josef landete, der sie aufhob und schlagfertig bemerkte: „Ihre Antwort ist per Luftpost gekommen, Maria. Sie sagt, es sei kein Raum in der Herberge." Natürlich erntete dies stürmisches Gelächter aus dem Publikum. Celine wurde dunkelrot und stammelte leise etwas vor sich hin. Die Aufführung ging fast ohne Hindernisse weiter; nur eine der lebendigen Ziegen auf der Bühne erleichterte sich zu Füssen des verkündenden Engels, Maria wiederholte die Zeile einer ersten Strophe in einer zweiten Strophe, und es kam zu einem würdelosen Kiekser in einem ansonsten majestätischen Hornsolo. Dann war wieder Holly an der Reihe mit zwei anderen Solisten. Und am Ende standen alle Darsteller auf der Bühne und stimmten in ein langes, sehr berührendes „Halleluja" ein.

Nachdem der Vorhang gefallen war, strahlte Valerie Marsden, umarmte ihre Schüler und lobte ihre Präsentation. Hinter der Bühne gesellte sich das Orchester mit Mr. Hudson dazu, der gleichermaßen zufrieden war mit seiner Schar und ihrer Aufführung. Einige der Eltern trafen hinter der Bühne ein, um ihre Kinder abzuholen.

Plötzlich verstummten die Stimmen, und die Menge teilte sich wie das Rote Meer. Florence Piccolini kam zu ihrer Schülerin, gefolgt von Kitty und Lily. Sobald Eltern und Schüler einen Blick auf den Opernstar unter sich geworfen hatten, wobei sie versuchten, nicht *zu* neugierig und beeindruckt zu wirken, wuchs die Lautstärke wieder.

„Gut gemacht", strahlte Florence Holly an, die aus einer dicken Umarmung von Kitty hervorlugte. „Du hast alles im Kopf

behalten, woran wir gearbeitet haben. Ich bin stolz auf dich."
Dann zog sie einen winzigen Veilchenstrauß hervor, den sie hinter
ihrem Rücken verborgen gehalten hatte. „Eines Tages, da bin ich
mir sicher, wirst du Dutzende Sträuße von Bewunderern erhalten,
wenn du dabeibleibst. Größere und prachtvollere. Aber ich weiß,
dass du dich immer an diesen ersten erinnern wirst."

Holly nahm tief errötend die Blumen an. „Das werde ich",
flüsterte sie.

„Gut, gut, gut", sagte eine männliche Stimme hinter
Florence. Sie drehte sich um. „Florence Piccolini unterrichtet eine
wahrlich gute Meisterschülerin."

Der Mann war mittelgroß, dünn, mit Halbglatze und einer
dicken Brille. Er trug einen großkarierten Anzug und strahlte
übers ganze Gesicht.

„Ach was, Harvey Dunn!" rief Florence aus und umarmte
den Mann. „Ist das nicht eine Überraschung?!" Der Mann
verschwand in ihrer Umarmung. Als sie von ihm abließ, war er rot
im Gesicht und musste sein Haar zurechtstreichen. „Was bringt
dich hierher?"

„Ich habe ein Gerücht gehört, dass die
Weihnachtsaufführung in diesem Jahr etwas Besonderes würde."
Er blickte selbstgefällig und wippte auf der Stelle auf und ab,
Zehen-Ferse, Zehen-Ferse. „Ich wage zu behaupten, es ist dieser
jungen Sängerin zu verdanken." Er wandte sich Holly zu. „Du bist
also Holly Hayes?" Holly nickte schüchtern. „Du hast eine

außergewöhnliche Stimme, weißt du? Schon mal an eine Karriere als Sängerin gedacht?"

„Sie hat gerade erst angefangen, Harvey", unterbrach Florence.

„Du weißt ja selbst, dass man nicht früh genug anfangen kann."

Florence schüttelte den Kopf. „Lasst mich Euch Harvey Dunn vorstellen, Dirigent an der Oper von Seattle. Er ist immer auf der Suche nach neuem Talent. Wie hast du von Holly und der heutigen Aufführung erfahren?"

„Manfredo."

„Ah!" Und Florence schwor sich, dass sie ihren Impresario herunterputzen würde. Ihre Schüler gingen ihn gar nichts an.

„Nun, ich habe das Gefühl, dass du nicht allzu glücklich darüber bist, dass ich auf Holly zugehe", meinte Harvey mit reuiger Miene. „Ich verstehe. Andererseits möchte ich sichergehen, dass niemand anders sie vor mir bekommt, wenn sie einem größeren Publikum vorgestellt wird."

„Es wird noch lange dauern, bevor das passiert, Harvey", sagte Florence. Vor Hollys großen Augen hatte sich Florence von ihrer Freundin und Gesangslehrerin in La Strega verwandelt. Selbst die Leute um sie herum bemerkten eine Veränderung der Atmosphäre im Raum. Es war, als hätte Florence an Körperlänge zugenommen und verstrahle Elektrizität.

„Ich bitte nur um eine Aufführung vor den Sommerferien", flehte Harvey. „Ein einziges Duett. Du und sie."

Es war, als sei Holly nicht einmal vorhanden. Der Wortwechsel schwebte über ihrem Kopf. Sie spürte, dass sie dabei nichts zu sagen hatte. Oh, wie hoffte sie, dass Florence „Ja" sagen würde.

„Nein, Harvey." Florence blieb fest. „Es wird kein Duett mit Holly geben. Auch kein Solo von ihr. Nicht nächsten Sommer und nicht das Jahr darauf. Hörst du? Ich möchte, dass sie noch mehr reift. Ihre Stimme benötigt ebenso viel Schulung, wie ihr Kopf begreifen muss, was gut für sie ist. Ich habe eine ganze Reihe junger Stars gehört, die ausgebrannt waren, bevor sie auch nur die Chance hatten, eine der großen Bühnenpartien zu bekommen. Sie haben Arien recht gut gesungen – aber die meisten Leute sahen nur das junge Blut. Sie haben nicht weitergedacht." Harvey hob geschlagen die Hände. „Du weißt das so gut wie ich, Harvey." Florence klang jetzt etwas versöhnlicher. „Ich will, dass Holly langsam hineinwächst. Dass sie den Weg dahin genauso genießt wie ihre Jugend. Und eines Tages, wenn sie bereit ist, Harvey, verspreche ich dir, dass ich mich an dich erinnere, und du wirst Hollys erste Wahl sein. Aber nicht, bevor ich es sage."

Harvey gab sich bezwungen, schüttelte Hände, murmelte „Glückwunsch nochmal" und ging.

Holly sah genauso enttäuscht aus wie Harvey Dunn. Sie stand jetzt neben Kitty. Lily war abgelenkt von einer der Ziegen, die vorbeigeführt wurden. Die Veilchen, die Holly in den Händen hielt, hatten plötzlich so viel ihrer glamourösen Bedeutung eingebüßt. Sie ließ den Kopf hängen.

„Ich weiß, dass dich das traurig macht", sagte Florence jetzt wieder als Lehrerin und Freundin. Tränen stiegen in Hollys Augen auf. „Ich will nur nicht, dass du verbraucht bist, bevor deine wirkliche Karriere eine Chance hatte, auch nur zu beginnen."

Kitty nickte mit einem Lächeln und strich sanft über Hollys Haar. „Danke, Florence", sagte sie. „Ich bin froh, dass Sie das so entschieden haben. Ich möchte nicht, dass Holly ihre Kindheit wegen eines ehrgeizigen Dirigenten verliert, dem es egal ist, wer Holly als menschliches Wesen ist."

„Ich wollte es Harvey gegenüber nicht so direkt ausdrücken", schmunzelte Florence und verdrehte die Augen. „Er ist sehr empfindsam, wenn er kritisiert wird, wohlgemerkt." Sie lachten. „Bis du in Ordnung, Holly?" Florence hob das Gesicht des Mädchens beim Kinn an.

Holly schluckte. „Es wird schon wieder", flüsterte sie.

„Ganz kleine Schritte, Kind", sagte Florence. „Vergiss nicht, dass ich heute Abend unsäglich stolz auf dich bin. Und vergiss nicht, dass man dich jetzt schon um mehr bittet. Lass das einen Anreiz sein, Gesang ernsthaft zu studieren. Und ich verspreche dir, wir werden dich dahinbringen, wenn nicht gerade der Himmel über uns einstürzt." Holly nickte. „Ich überlasse dich jetzt deiner Familie. Bis nächste Woche."

Florence drehte sich um, und Kitty legte Holly einen Arm um die Schulter. „Ich kann dir gar nicht sagen, wie stolz dein Dad und ich auf dich sind, Süße", sagte sie und beugte sich hinunter, um Holly einen Kuss auf die Stirn zu geben. „Du warst heute Abend unglaublich. Und jetzt gehen wir besser raus hier. Ich glaube, dein Dad hat eine besondere Feier im Kopf. Wir sollten ihn nicht länger warten lassen."

Holly lächelte matt. Sie blickte die Veilchen an, dann Kitty. „Ich wünschte, dieser Dirigent wäre nicht hinter die Bühne gekommen", stellte sie leise fest. „Ohne ihn, wäre alles wirklich perfekt gewesen."

„Ach Holly", seufzte Kitty und zog sie zur Ausgangstür, wo Lily bei einer Ziege hockte. „Perfektion ist selten im Leben. Ich bin mir nicht einmal sicher, ob wir sie wirklich wollen. Denn sobald wir sie haben, kann sich nichts mehr verbessern. Und wo blieben dann unsere Träume und Ambitionen, etwas besser zu machen?"

*

Emma war in Eile. Sie durchforstete ihre Garderobe nach etwas Festlichem, das zugleich geschäftsmäßig wirkte. Erst vor ein paar Stunden hatte sie einen dringenden Anruf von Julie Dolan erhalten.

„Emma, hast du für heute Abend schon was vor?" hatte Julie hektisch gefragt.

„Abgesehen davon, mit Ozzie entspannen? Nein", hatte Emma gesagt. „Warum?"

„Hör zu, John hat sich den Magen verdorben. Er muss eine schlechte Auster gegessen haben oder sowas. Jedenfalls hätte er für die Zeitung beim jährlichen Weihnachtsspiel der Wycliff High School da sein sollen. Und jetzt kann er nicht. Ich kann auch nicht hin. Ich bin schon bei zwei anderen Veranstaltungen, die sich überlappen. Könntest du zur Lawrence Hall gehen und den Artikel schreiben? Bitte, bitte? Es geht einfach nicht, dass wir keinen Bericht darüber hätten!"

Emma hatte gespürt, wie ihr das Blut ins Gesicht gerauscht war, und ihr Herz hatte einen Schlag lang ausgesetzt. Sie war sich nicht sicher, ob sie verraten hatte, wie sehr es sie freute, dass John und Julie sie offensichtlich dazu fähig hielten, einen Artikel zu schreiben, der für die Leser des *Sound Messenger* gewissermaßen wichtig zu sein schien. Natürlich hatte sie also ja gesagt, sie werde es tun. Jederzeit. Und Julie hatte ihr mitgeteilt, sie müsse den Leuten am Eingang nur sagen, sie gehöre zu ihrer Zeitung, und sie erhalte einen Platz in der ersten Reihe, der immer für einen Journalisten des *Sound Messenger* reserviert sei. Ob sie auch eine Kamera mitbringen könne? In der Tat, Emma konnte.

Jetzt war Emma also glücklich in Fahrt. Wieder im Geschäft. Naja, wenn sie ehrlich war, war es nur ein einzelner regulärer Artikel. Vielleicht würde es nicht der Durchbruch sein, den sie sich erhoffte. Aber es war möglicherweise zumindest ein Anfang. Sie begann, sich mit einem Sandwich vollzustopfen, das sie sich bereitet hatte, sobald Julie aufgelegt hatte. Das und zwei Gläser Wasser. Dann zähmte sie ihre rotblonde Mähne in einen beinahe eleganten Knoten knapp oberhalb ihres Nackens. Sie benutzte minimales Make-up. Ein kritischer Blick in den Spiegel verriet ihr, dass sie ihrer Sache immer noch gewachsen war.

Als Ozzie zehn Minuten später nach Hause kam, war er sehr überrascht, Emma in vollem Putz zu sehen.

„Gehen wir aus?" fragte er. „Habe ich vergessen, dass wir Karten für etwas haben?"

Emma wurde es plötzlich bewusst, dass Ozzie sich wohl darauf gefreut hatte, den Abend mit ihr zu verbringen, wenn auch nur vor dem Fernseher oder Gitarre spielend, während sie ein Buch las. Sie begann, sich egoistisch und schuldig zu fühlen.

„Nein", sagte sie kleinlaut. „Wir gehen nicht aus. Ich habe einen Anruf erhalten, ich solle über eine Aufführung in der Lawrence Hall schreiben, weil John Minor plötzlich krank geworden ist und es nicht selbst tun kann. Und Julie arbeitet auf zwei anderen Veranstaltungen. Also haben sie mich gefragt, ob ich es tun könnte. Und … es tut mir leid, mein Zauberer. Hab' ich dir jetzt den Abend ruiniert?"

Ozzie starrte seine Frau an, deren Gesicht sich irgendwie verändert hatte – Vorfreude, rote Wangen, glänzende Augen, Begeisterung, die nicht einmal von ihrem entschuldigenden Blick ganz überschattet werden konnte. Er erkannte, wie sehr Emma sich danach gesehnt haben musste, wieder in ihrem Beruf zu arbeiten. Dass keine Unterhaltung der Welt es ausgleichen würde, dass sie nicht schreiben konnte, nicht gelesen wurde, nicht gefragt war, nicht veröffentlicht wurde. Es war das Leben, das sie seinerzeit in Deutschland gewohnt gewesen war. Jetzt erhielt sie eine Chance, das zu tun, was sie gelernt hatte. Eine winzige Chance vielleicht nur, aber immerhin eine Chance. Er lächelte breit.

„Liebling, geh und hab' Spaß! Und wenn du hinterher noch mit Leuten ausgehen willst, ruf mich an und sag mir, wo du sein wirst. Falls du abgeholt werden willst. Okay?"

„Es macht dir nichts aus?" flüsterte Emma und kuschelte sich in seine Umarmung.

„Es würde mir etwas ausmachen, wenn du so eine Gelegenheit ablehntest, nur um mit deinem Mann daheim herumzusitzen und dich zu langweilen", scherzte er und drückte sie fest. „Ich mach's mir nett. Hast du schon Abendessen zubereitet?" Emma schüttelte den Kopf. „Na, dann bestelle ich mir eine Pizza hierher. Du kannst später das haben, was noch davon übrig ist, wenn du magst." Er suchte nach einem Fleckchen in ihrem Gesicht, das er küssen konnte, und entschied sich für ihre Stirn, da sie da am wenigsten geschminkt zu sein schien. Trotzdem hatte er den Geschmack von Puder auf den Lippen, als er von ihr abließ. „Willst du runtergefahren werden?"

„Ernsthaft?"

„Klar. Ich weiß dich lieber sicher an deinem Ziel in der Unterstadt. Lass mich nur die Uniform ausziehen."

271

Fünf Minuten später fuhren Emma und Ozzie zur Lawrence Hall, wo eine Menschenmenge anzeigte, dass dort heute Abend eine außergewöhnliche Veranstaltung stattfinden würde. Ozzie hielt am Straßenrand, und Emma stieg rasch aus, um den Verkehr hinter ihnen nicht länger aufzuhalten als nötig.

Es war kalt, und Emma roch Schnee in der Luft. Hoffentlich bliebe er wenigstens heute Abend aus. Sie hatte Scheußliches über den Winterverkehr im Tiefland von West-Washington gehört. Sie stellte sich an der Kartenkontrolle in die Reihe und fragte sich, ob es ihr doch noch Schwierigkeiten bereiten würde, ohne Karte hineinzugelangen. Sie besaß keinen Presseausweis mehr, und das machte sie unsicher und nervös.

„Ihre Karte, Ma'am?" fragte eine freundliche, alte Dame in einem warmen Mantel und Lederstiefeln.

„Ich schreibe für den *Sound Messenger*", sagte Emma.

„Ist Ihr Name Emma Wilde?" fragte die alte Dame, und ihre wässerigen Augen blickten Emma neugierig an.

„Genau der. Woher wissen Sie das?"

„Wir haben vorhin einen Anruf erhalten, dass wir Sie erwarten sollten", sagte die alte Dame. „Erste Reihe, dritter Platz von rechts außen. Sie können Ihre Kamera benutzen, aber bitte während der Aufführung ohne Blitzlicht." Emma tastete ihre Seite nach der Kamera ab; ja, sie hatte sie aus dem Auto mitgenommen. „Keine Sorge", sagte die Dame vertraulich. „Die Scheinwerfer sind sehr hell, und Sie sitzen so nahe dran, dass Sie keine schlechte Belichtung für Ihre Fotos befürchten müssen."

Emma nickte. „Danke", sagte sie, und dann betrat sie das historische Gebäude, das nach einem der Gründer Wycliffs benannt war. „Die Karten bitte", hörte sie hinter sich, dann schluckten die Geräusche im der Theater-Foyer um sie herum all jene von draußen auf. So viele Menschen. Zumeist Familien mit Kindern. Manche herausgeputzt, als besuchten sie eine Aufführung an der Metropolitan Opera in New York City. Andere sichtlich schüchtern in der großartigen Umgebung des Gebäudes – Stuckdecken, Tiffany-Leuchter, geschmiedete Säulen, rote Samtvorhänge hinter den Türen. Das Interieur des eigentlichen Theaters war für sie wahrscheinlich noch beeindruckender mit Sitzreihe um Sitzreihe mit roter Lederpolsterung, vergoldeten Gipsmasken an den Emporen und einem riesigen Deckengemälde, das die griechischen Musen darstellte. Selbst Emma war überrascht. Sie hatte nicht erwartet, dass eine Kleinstadt wie diese solch ein feines und geschmackvolles Stück Architektur ihr Eigen nannte.

Sie fand ihren Platz und sah zu ihrer Überraschung, dass nur zwei Plätze weiter die Operndiva La Strega platzgenommen hatte. Sie fragte ihren Nachbarn dazu, einen Herrn mit Fliege und irgendwie hochnäsigen Zügen. Er bestätigte ihre Frage zur Identität der Sängerin kurz und beinahe unhöflich. Dann gab er nach, da er aus ihrem Akzent geschlossen hatte, dass sie nicht aus der Gegend von Wycliff stammte. „Sie ist die Lehrerin einer der Solistinnen." Emma dankte ihm und machte sich eine Notiz. Doch sie versprach sich selbst, dass sie sich für den Rest des Abends nicht mehr an den Herrn wenden würde. Sie wollte nicht allzu unprofessionell scheinen und würde ihre Informationen später von Quellen hinter der Bühne erlangen.

Dann ertönte der Gong. Und noch ein Gong. Das Stimmen der Instrumente hörte auf; das Publikum verstummte. Die Lichter gingen aus. Der Rektor der Wycliff High School hielt eine kurze Rede, deren Hauptpunkte Emma ebenfalls notierte. Die Ouvertüre war ein festliches Medley traditioneller Weihnachtsmelodien. Und dann öffnete sich der Vorhang ein wenig für ein junges, dünnes Mädchen mit glattem schwarzem Haar und glänzenden blauen Augen. Einen Augenblick lang stand es da wie geblendet. Ein Reh im Scheinwerferlicht, dachte Emma unwillkürlich. Doch dann begann die Musik, und das kleine Mädchen öffnete seinen Mund. Als es geendet hatte, erhob sich Emma unter Tränen und klatschte wie verrückt.

„Ist sie das?" fragte sie den Herrn neben sich entgegen ihrer früheren Absicht.

„Holly Hayes", erwiderte der Mann. „Die wird einmal ganz groß herauskommen. Denken Sie an meine Worte."

*

Abby hatte Aaron und Heather eingeladen, mit ihr das Weihnachtsspiel in der Lawrence Hall anzusehen. Sie waren nur übers Wochenende aus Eatonville gekommen. Und Heather war ganz aufgeregt gewesen, dass sie eine Schulproduktion sehen würden. Sie hatte sich in die Theatergruppe in ihrer Schule in Eatonville eingeschrieben, da sie willens war, Abbys Rat zu folgen, es einfach zu versuchen. Sie hatte eine kleine Nebenrolle in einer Komödie erhalten, was sie nicht fair fand, bedachte man ihre Ambition. Aber sie wusste, dass alle einmal klein anfingen. Selbst die größten Stars. Also gab sie ihr Bestes und versuchte, ihre paar Sätze aufzupeppen und ihrer Rolle so viel komischen Charakter zu verleihen wie nur möglich. In der Zwischenzeit versuchte sie, möglichst viele Bühnenaufführungen zu sehen. Die waren in Eatonville zugegebenermaßen eher dünn gesät. Und sie sah sich klassische Filme an, um herauszufinden, was einen Star zum Star machte. Abbys Einladung war daher für Heather ein echtes Highlight.

„Santa Dave!" rief Heather glücklich aus, als sie und Aaron an jenem Samstagnachmittag *The Gull's Nest* betraten. Sie eilte auf den alten Mann in seinem Schaukelstuhl beim Kamin in der Lobby zu und warf ihre Arme um ihn. Der alte Mann umarmte sie fest.

„Heather-Mädel", sagte er sanft. „Es ist eine Weile her. Warum hast du so lange gebraucht zurückzukommen?"

Aaron räusperte sich und sah Abby etwas hilflos und verschämt an. „Meine Schuld, Dave", gab er verlegen zu. Ich war in verschiedene Bauprojekte in den Gebirgsausläufern verwickelt, und ich schätze, mir ist einfach die Zeit davongelaufen."

Abby schüttelte den Kopf. „Du warst darin verwickelt, weil du es zugelassen hast", stellte sie fest.

275

Aaron zuckte die Achseln. „Wir mussten es vor dem ersten Schnee fertigkriegen. Hätte es nicht früher geschafft, und das ist die Wahrheit."

„Nun, vielleicht sprechen wir später darüber", sagte Abby. Und so, wie es klang, wusste Aaron, dass es nicht nur ein Vorschlag war. Er wusste, dass er sich ohnehin der Situation stellen und sehen musste, wo er mit Abby stand, nachdem Bruce Berwin abgereist war. Abby wechselte das Thema und wandte sich Heather zu. „Diesmal habt ihr jeder ein Zimmer für sich, genau wie ich es letztes Mal geplant hatte."

„Oh, es hat mir nichts ausgemacht, ein Zimmer mit dir zu teilen", versicherte ihr Heather mit strahlendem Lächeln. Dann wurde sie ernst. „Aber vielleicht war es unbequem für dich. Also ist das Arrangement diesmal bestimmt besser."

Abby lachte. Heather war mit ihrer leichten Frühreife einfach zu unterhaltsam.

Als Aaron und Heather in ihre Zimmer gingen, um sich einzurichten, rief Dave Abby zurück.

„Setz dich zu mir", sagte der blinde, alte Mann ruhig. Und Abby tat ihm den Gefallen.

„Kann ich irgendetwas für dich tun?" wollte sie wissen.

„Ich denke, es ist eher umgekehrt", lächelte er vor sich hin. „Ich denke, ich kann etwas für dich tun. Nämlich dir Vernunft einreden. Es ist offensichtlich, dass Aaron und du ineinander verliebt seid. Nein, sag nichts! Ich kann vielleicht nicht sehen, wie ihr einander anseht. Aber ich kann hören, wie sich eure Stimmen verändern, wenn ihr miteinander redet. Und ich kann die Stimmung zwischen euch spüren, wenn ihr im selben Raum seid. Deine Wehmut, wenn er fort ist. Seine Verzweiflung, dich vielleicht zu verlieren. Und vielleicht wagt er nicht, über seine Wünsche zu sprechen. Er ist auf seine Art schüchtern."

„Aber er muss bei mir doch nicht schüchtern sein."

„Nein, tja … Ein Mann, der liebt, ist oft nicht der Mann, der er bei Leuten ist, mit denen er einfach nur befreundet ist. Außerdem rate ich einfach mal, dass dieser Hollywood-Star ihm im Kopf herumgeistert. Sah er gut aus?"

„Bruce Berwin?!"

„Ja."

„Nun, er ist schon eine Augenweide", gab Abby zu. „Aber er war Gast und …"

„Ja, ich kenne deine Geschäftspolitik, Beruf und Privatangelegenheiten nicht zu vermischen. Hat mit Aaron allerdings nicht ganz so gut funktioniert, oder?" Dave lachte leise und sah ziemlich genau wie ein gutmütiger Weihnachtsmann aus. „Warum sollte er sich also nicht fragen, ob Berwin nicht auf *seine* Weise auch erfolgreich war?"

„War er aber nicht."

„Nein. Ich weiß. Aber Aaron nicht. Deshalb … zeig ihm ein bisschen mehr von deinen Gefühlen. Lass ihn wissen, dass Berwin dir nichts bedeutet hat. Ja? Und sei nicht zu verärgert mit ihm, dass er sich in den letzten Monaten hier nicht hat blicken lassen. Sei ein bisschen nachsichtig mit dem Jungen, wenn du ihn liebst, okay?"

„Mach ich", versprach Abby mit leiser Stimme. „Denn das tue ich wirklich. Ich bin nur so verärgert, wie ich ihn so sehr vermisst habe."

Im selben Moment hörte sie, wie sich Aaron hinter ihr räusperte, und sie stand aus ihrem Sessel auf.

„Ich hab' das versehentlich mitgekriegt", grinste Aaron verlegen. „Ist mir also vergeben?"

Abby nickte nur, und im nächsten Moment wurde sie in Aarons Arme gezogen und sehr zärtlich geküsst.

„Iiih!" unterbrach Heather sie, und sie sprangen aus einander. „Ekelhaft!"

Aaron grinste sie an. „Du weißt, dass du, wenn du Schauspielerin werden willst, eine Menge Typen in deinen unterschiedlichen Rollen küssen musst."

„Ja", gab Heather zurück. „Aber keiner von denen ist dann mein Dad."

Mitten in ihr fröhliches Gelächter klingelte es an der Haustür. Abby verließ die Gruppe, um zu öffnen. Draußen stand eine dralle UPS-Dame in brauner Uniform mit einem mächtigen Paket zu ihren Füßen.

„Hallo, ich brauche bitte eine Unterschrift", sagte sie.

„Ich habe nichts bestellt", sagte Abby verwirrt. „Von wem ist es?"

„Von … oh meine Güte! *Die* Zelda Winfrey?!" schnaufte die UPS-Dame.

„Oh!" sagte Abby. „Na, das ist wirklich eine Überraschung."

„Kennen Sie sie? Ich meine, persönlich? Sie ist meine Lieblingsschauspielerin in dieser neuen Fernsehserie ‚Hot on the spot'."

„Nun, ich schaue die Serie nicht", erwiderte Abby freundlich, während sie unterschrieb. „Aber sie hat hier letzten Sommer während der Dreharbeiten zu einem Film gewohnt."

„Echt?! Ja, Wahnsinn! Kann man wirklich im gleichen Zimmer wohnen wie sie?"

„Ja, tatsächlich", lächelte Abby. „Oder in dem, das der Regisseur Stan Fahrenheit bewohnt hat. Oder in Bruce Berwins."

„Ich werd' nicht mehr!" sagte die Dame und presste sich die rechte Hand auf die Brust. „Damit muss ich mich mal genauer befassen. Tschüs für heute!" Sie wandte sich um, ging die Stufen hinunter und dann den Gartenweg entlang.

„Bruce Berwin, Wahnsinn!" war das Letzte, was Abby hören konnte. Dann schleifte sie das Paket hinein.

„Ein Paket!" staunte Heather. „Und es sieht schwer aus."

„Ist es auch", bestätigte Abby. „Und es ist ausgerechnet von Zelda Winfrey. Ich hatte gehofft, ich würde nie wieder etwas von ihr sehen oder hören."

„Öffnest du's jetzt?"

„Magst du mir vielleicht dabei helfen?"

Heather strahlte über das Angebot und rannte in die Küche, wo sie wusste, dass sie eine Schere finden würde, um das Klebeband aufzuschneiden. Sie war im Null Komma nichts wieder zurück und machte sich am Paket zu schaffen. Dann öffnete sie die Deckel. Das Erste, was sie sehen konnte, war ein großer Umschlag.

„Ein Brief", sagte sie, nahm ihn und reichte ihn Abby.

Abby nahm den Umschlag und öffnete ihn. Sie begann, schweigend den Brief zu lesen. Ein ungläubiges Lächeln glitt über ihr Gesicht.

„Was steht drin?" fragte Aaron.

„Nun, du wirst es nicht glauben", sagte Abby. „Es ist eine Entschuldigung für alle Unannehmlichkeiten, die sie verursacht haben könnte. Weshalb sie uns ein Paket voller Weihnachtsdelikatessen inklusive einem Weihnachtsessen schickt. Und wie auch immer sie das geschafft hat, aber sie verkündet, dass sie sich mit Bruce Berwin verlobt hat."

„Armer Kerl", bedauerte ihn Aaron.

„Darüber lässt sich streiten", sagte Dave. „Er weiß, worauf er sich eingelassen hat. Und eine Verlobung verursacht vielleicht eine Menge mehr Trara für den Film, wenn er in die Kinos kommt. Sie können wieder auseinandergehen, wenn alles wieder ruhig geworden ist. Es ist schließlich nur eine Verlobung."

„Wow", sagte Heather. „Das klingt schäbig."

„Tja", nickte Aaron nachdenklich, „das ist es. Willkommen in Hollywood, Liebes. Denk also über deine Entscheidungen sorgfältig nach."

10

Vor dem Haus der Campbells. Menschen stehen Schlange, alle in Trauerkleidung. Die Sonne brennt herab. Einige Leute wischen sich die Augen, andere fallen in Ohnmacht, andere trösten einander.

Nahaufnahmen, eine davon von einem kleinen Mädchen, das sich die Augen ausheult.

John Minors Stimme: „Captain William Renton starb am 18. Juli 1881 nur kurz nach einer intensiven Beratung mit Geschäftspartnern. Als sich sein Tod herumsprach, waren die Menschen bis ins Mark getroffen. Am Tag seiner Beerdigung standen die Sägemühlen still, und die Schiffe im Hafen waren schwarz verhüllt. Über tausend Menschen strömten zum Haus seiner Schwester Mary, wo er den letzten Atemzug getan hatte, um von ihm Abschied zu nehmen. Dann wurde sein Körper nach Seattle gebracht. 135 Kutschen aller Arten und Größen folgten seinem Sarg zum Lakeview Cemetery, wo er in seinem Familiengrab zur letzten Ruhe gebettet wurde."

Drohnenflug über den Puget Sound zum Friedhof. Kamera zoomt den Grabstein heran. Neue Einstellung: Hafenkräne, Flugzeuge, die aus SeaTac abheben, Lastwagen auf der I-5.

John Minors Stimme: „Heute erinnern eine Stadt, die nach ihm benannt wurde, und das Wirtschaftszentrum, das die

Region Puget Sound dank seiner geworden ist, an Captain William Renton –einen Mann, der seiner Berufung folgte. "

*Die Musik wird lauter, die **Bildsequenz verlischt**.* **Filmabspann.**

(Aus Isaac Fredericksons Drehbuch „The Calling")

*

John Minor saß in seinem Büro und überflog einige Artikel, die ihm seine Redakteurin Julie Dolan, abgegeben hatte. Wie gewöhnlich war sie treffsicher mit ihren Analysen der Kommunalpolitik und ihren Kriminalberichten. Auch hatte sie über mehrere Veranstaltungen im Zusammenhang mit Weihnachten berichtet. Kombiniert mit seinen eigenen kulturellen Artikeln und einigen Sportnachrichten, die er regelmäßig von den PR-Leuten der lokalen Vereine erhielt, würde die Samstagsmorgen-Ausgabe des *Sound Messenger* wieder interessante Lektüre sein. Aber sein Herz war nicht mehr dabei.

Weihnachten. John Minor seufzte. In diesem Jahr würde er sich noch einsamer fühlen als sonst. Sein Magen hatte sich erholt. Aber sein Herz sehnte sich nach dem Freund, den er gewonnen und dann anscheinend wieder verloren hatte. Stanley hatte Kontakt gehalten, gewiss. Aber sehr lose und unverbindlich. Als hätten sie sich einander nie das Herz ausgeschüttet. Er hielt ihn nur über den Fortschritt seiner Produktion von „The Calling" auf dem Laufenden.

Wie viele Jahre würde er noch hinter seinem mächtigen Schreibtisch zubringen und über das Layout einer Titelseite entscheiden und die Artikel im Innenteil seiner Zeitung arrangieren? Wie viele Jahre noch würde er seine Dateien an die Druckerei unterhalb des Steilhangs senden? Wie viele Jahre noch würde er über endlose Vernissagen in Galerien, über Schauspiele, runde Geburtstage und Jubiläen und über Schulkonzerte berichten? Er musste allerdings zugeben, dass es immer wieder einmal erfreuliche Überraschungen gab. So, wie er von der Stimme der kleinen Holly Hayes gehört hatte. Eines Tages würde sie möglicherweise ein richtiger Opernstar. Zu schade, dass er nicht selbst dieser Schulaufführung hatte beiwohnen können. John wusste um das Potenzial von Menschen, wenn er sie sah. Diese seltenen, strahlenden Juwelen in einer Mischung ansonsten eher durchschnittlicher Menschen. Seine Gedanken liefen wieder im Kreis – jemand wie Stanley Fahrenheit. Selbst, wenn Stan nicht bereits ein bekannter Hollywood-Produzent und -Regisseur gewesen wäre, hätte John den Wert seines Werkes erkannt, die Leidenschaft und den Ehrgeiz dahinter, die Präzision im Konzept.

Stan.

John Minor stand auf und ging in seine Küche hinüber. Er brauchte einen Snack. Wenn ihm nichts half, seine Stimmung zu heben, mochte ein wenig Genuss helfen. Unlängst hatte er wundervolle Trüffel in *Dottie's Deli* gekauft. Drei waren noch übrig, und aller guten Dinge waren ja drei. Er öffnete die Tüte und nahm eines der Pralinées heraus, die in dunkelblaue Folie verpackt

284

waren. Er schloss die Augen, als er hineinbiss. Die Ganache in der harten Schokoladenhülle schmolz köstlich auf seiner Zunge. Wie kriegte man es hin, dass er dabei sogar ein kühlendes Gefühl empfand?! Er betrachtete die Rillen, die seine Zähne in der cremigen Füllung der Hälfte hinterlassen hatte, die er noch vorsichtig zwischen den Fingern hielt. Die einfachsten Dinge im Leben waren manchmal so faszinierend.

Sein Bürotelefon klingelte. Klingeln lassen! Die morgige Zeitung war fertig und musste nur noch an den Drucker geschickt werden. Er genoss seine Trüffel, und nichts und niemand war wichtig genug, sein kleines Schokoladenfest zu unterbrechen. Das Klingeln hörte auf. Der Anrufbeantworter sprang an, aber der Anrufer, wer immer es auch war, legte auf, ohne eine Nachricht zu hinterlassen. Was bewies, dass John recht hatte. Nichts Wichtiges, ganz offensichtlich.

Aber zwei Trüffel und fünf Minuten später klingelte das Telefon erneut. John seufzte und ging hinüber in sein Büro. Soviel zum Feierabend-Machen. Doch sobald er die Nummer in seinem Display sah, war er wie elektrisiert. So sehr, dass seine Hände zitterten, als er den Hörer abnahm, und er ihn beinahe fallen ließ.

„Du bist also doch zu Hause", kam Stans Stimme durch. „Ich *dachte* mir, du müsstest dich um deinen Redaktionsschluss für die morgige Zeitung kümmern. Zumal einer Samstagszeitung. Keine kulturelle Veranstaltung heute Abend?"

„Julie berichtet über eine, und ich bekomme Berichte von einer freien Journalistin, die ich seit kurzem beschäftige."

„Gut."

Die Stille zwischen den beiden war lauter als je.

„Hör zu", sagte Stan schließlich. „Ich muss mich dafür entschuldigen, so ein gemeiner Freund gewesen zu sein. Ich habe dich in den vergangenen Monaten böse hängen lassen. Ich meine …"

„Du hast wirklich schwer an deinem Film gearbeitet", entschuldigte John den Produzenten lahm.

„Ja, stimmt. Aber … Es wäre genug Zeit gewesen, dich öfter mal anzurufen. Aber wie es so oft mit Leuten ist, die geschäftlich jeden Tag am Telefon sein müssen, hasse ich es, in meinem Privatleben zu telefonieren."

„Ich verstehe."

„Nun, solltest du aber nicht, und es hätte mit *dir* anders sein müssen", gab Stan zu. John schwieg. „Bist du noch da?"

„Ich höre dich", seufzte John. „Weshalb also rufst du an? Bist du mit deinem Film fertig?"

„Fast", sagte Stan. „Aber das hat nichts damit zu tun." Er räusperte sich. „Bald ist Weihnachten, und ich fühle diese Leere schlimmer als in allen früheren Jahren." Er wartete auf eine Reaktion und fuhr fort, da er keine erhielt: „Die Leere, die du hinterlassen hast. Ich muss wissen, ob sich deine Gefühle für mich verändert haben."

John zitterte. „Nein, haben sie nicht. Wohin soll das führen, Stan?"

„Erinnerst du dich an unseren letzten Abend unten beim Jachthafen?"

„Natürlich. Wie könnte ich das nicht?!"

„Damals hatte ich Angst, dass du mich eines Tages beschuldigen könntest, dass ich deine Karriere zerstört hätte, wenn ich dich bäte, zu mir zu kommen und mit mir zu leben. Hier in Hollywood."

„Ich erinnere mich. Ich sagte, du brauchtest nur zu fragen."

Stan gab einen kleinen, erstickten Laut von sich. „Nun, ich frage dich jetzt, John. Würdest du?"

John stieß ein trockenes Schluchzen aus. „Meinst du das wirklich?"

„Ich hege nicht den geringsten Zweifel. Nicht mehr. Ich hatte Angst, ich würde dich zu etwas bringen, das du bereuen würdest. Ich habe sogar versucht, dich mir aus dem Kopf zu schlagen. So sachlich wie möglich zu sein. Es einfach bei einer Freundschaft zu belassen. Es hat nicht funktioniert. Und nun, wo die Feiertage um die Ecke sind, weiß ich mehr denn je, dass ich sie mit dir verbringen möchte."

„Nur die Feiertage, hm?" John lachte in sich hinein. Er fühlte sich wie auf einer Achterbahnfahrt. Sein Magen verursachte ihm Übelkeit. Seine Kehle war wie zugeschnürt. Seine Augen füllten sich mit Tränen der Freude.

„Nein."

„In guten wie in schlechten Tagen?"

287

„Für immer."

Pause.

John wischte sich die Augen. „Klingt fantastisch", sagte er rau.

„Es kommt noch besser. Das heißt, wenn du magst."

„Was meinst du?"

„Es könnte sogar ein Job auf dich warten."

„In deinen Studios?" fragte John skeptisch.

„Nein. Wir wissen beide, dass es nicht gut wäre, wenn du für mich arbeitetest. Du musst unabhängig von mir sein. Du bist selbst Unternehmer. Sonst würde das unsere Beziehung zerstören."

„Was ist es also?"

„Du könntest Chefredakteur beim *Hollywood Herald* sein. Auf diese Weise könntest du dich auf meine Studios spezialisieren, wenn du wolltest, stündest aber nicht auf meiner Gehaltsliste. Oder du könntest auch diversifizieren und einfach eine Fülle anderer Themen abdecken. Ich habe neulich mit dem Verleger gesprochen. Er sagte, er brauche jemanden mit einem Sinn für Kultur, nicht nur einen starbegeisterten Reporter. Ich habe dich empfohlen."

„Du hast …"

„Klingt das gut?"

„M-hm. Ich schätze, es klingt weit besser als das, was ich erwartet habe."

„Was hattest du erwartet?"

„Ich weiß nicht. Bestimmt nicht, an einen neuen Arbeitsplatz runterzukommen."

„Also – wirst du?"

„Was? Den Job annehmen?"

„Ja."

„Lass mich erst selbst sehen, bevor ich ja sage. Lass mich über Weihnachten nach Hollywood kommen und dann entscheiden. Schließlich muss ich auch mein Geschäft in Wycliff abwickeln."

„Klingt vernünftig." Stan holte tief Luft. „Hast du eine Ahnung, wie angsteinflößend du bist, John?"

„Ich? Angsteinflößend?"

„Ich glaube, ich brauche jetzt einen Schluck von etwas Starkem. Ich habe gerade die furchterregendste Frage meines Lebens gestellt."

*

„Bist du dir wirklich sicher, dass du es so kurzfristig bekanntgeben möchtest?"

Trevor hatte Phoebe mit großen Augen angestarrt. Sie hatte erklärt, sie könne Theodoras Einmischung in ihre Hochzeit nicht mehr ertragen. Sie war wirklich dringlich dabei gewesen.

„Schatz", hatte sie geantwortet und sanft seine Wange gestreichelt. „Seien wir ehrlich. Deine Mutter treibt mich in den Wahnsinn mit ihren Träumen von unserer perfekten Hochzeit. Sie *muss* im Mai sein. Ich *muss* ein langes Kleid mit Schleppe und Schleier tragen. Ich *muss* sechs Brautjungfern haben. Wir *müssen* versuchen, einen Pastor in dieser großen Kirche in Seattle zu bekommen. Wir *müssen* rote Rosenblätter in der Kirche streuen lassen und Reis, bevor wir auf unsere Hochzeitsreise gehen. Ich *muss* etwas Altes, etwas Neues, etwas Geliehenes und etwas Blaues haben. Und Liste des „Muss" geht endlos weiter."

Trevor hatte die Abgeschlagenheit im Gesicht seiner Verlobten gesehen. Er hatte auch gehört, wie seine Mutter all diese Dinge erwähnt hatte. Ihren Wunsch, in die Vorbereitungen eingebunden zu sein. Obwohl sie immer noch nicht allzu glücklich mit der Wahl Trevors war, hatte sie ihre Pläne jetzt akzeptiert. Zumindest so weit. Trevor hatte Theodoras kleine Bemerkungen immer in den Hintergrund gedrängt. Lass sie träumen, hatte er gedacht. Er hatte nicht gemerkt, wie ermüdend sie auf Phoebes Seele wirkten. Auf ihre Vorfreude auf ihre Hochzeit.

„Es ist *unsere* Hochzeit, nicht ihre." Phoebes Auge hatten sich mit Tränen gefüllt, und dieser Anblick hatte Trevor auf der Stelle die Entscheidung treffen lassen, dass die ständige Einmischung seiner Mutter hier und jetzt ein Ende haben musste. Sie würden zu ihren eigenen Bedingungen heiraten, und wenn es Theodora verärgern sollte. Phoebe hatte recht.

Das war nun Monate her. Ihre Hochzeitsvorbereitungen waren enorm beschleunigt und so heimlich wie möglich gehalten worden. Statt in einem weiteren halben Jahr bis zu dem Datum, auf das Theodora ihre Augen geworfen hatte – kein anderes großes Ereignis würde dann den Fokus der Öffentlichkeit von der Hochzeit ihres Sohnes ablenken –, hatten sie beschlossen, am Wochenende vor Weihnachten zu heiraten. Statt all dem Rummel würden sie es zurückhaltend und klein halten. Phoebe hatte sogar ihr eigenes Brautkleid entworfen, eine absichtlich zipfelig gesäumte Angelegenheit aus Tüll und Spitze über einem ebenso zipfelig gesäumten Etuikleid aus Satin. Statt eines Schleiers würde sie einen Kranz aus künstlichen Schneeflocken, Seidenbändern und Farnen tragen. Lily würde ihr Blumenmädchen sein, und Holly würde für sie ein Kirchenlied singen. Aber sie würden auf die Garde der Brautjungfern und Zeugen des Bräutigams verzichten. Sie würden einen gecaterten Empfang im Bürgerzentrum beim Jachthafen haben; Chef Paul Sinclair alias *The Bionic Chef* plante bereits ein winterliches Hochzeitsthema für das Fingerfood-Buffet. Und dann würden sie einfach nach Hause gehen, sich die Koffer schnappen und an ein Ziel reisen, das sie erst nach ihrer Rückkehr preisgeben würden.

Jetzt war das entscheidende Wochenende gekommen. Trevor und Phoebe hatten ihre Gäste erst wenige Wochen vor dem Ereignis eingeladen. Natürlich war Theodora entsetzt, verletzt, wütend gewesen – kurz, sie hatte das gesamte Spektrum ihrer dunkleren Gefühle gezeigt. Ihr Mann James musste seinem Sohn und seiner couragierten Verlobten leisen Beifall spenden für ihre Entscheidung, ihre Hochzeit auf ihre Weise zu gestalten. In der Zwischenzeit musste er Theodoras Stimmungsschwankungen an diesem besonderen Morgen ertragen.

„Ich habe für diesen Anlass nichts zum Anziehen gekauft, weil er unfairerweise so kurzfristig angesetzt worden ist", jammerte Theodora.

„Ich bin mir sicher, du findest am Ende doch noch etwas Passendes, meine Liebe, da der Dresscode, auch wenn er nicht spezifischer wird, höchstwahrscheinlich ‚angezogen' ist", erwiderte James und bemühte sich, ernst zu wirken. „Solange du in deiner üppigen Garderobe bis zu Beginn des Gottesdienstes etwas findest, sollte alles bestens sein."

„Es fällt mir so schwer, glücklich zu sein", klagte Theodora.

„Oh Theo", kommentierte James trocken. „Sei so traurig, wie du willst. Es legt sich sicherlich. Hauptsache, Trevor und Phoebe sind glücklich miteinander."

„Oh, du!" schnaubte Theodora und eilte aus dem Zimmer, um eine neuerliche Flut Krokodilstränen mit einem schon Mascara-befleckten Kleenex einzudämmen.

Pastor Clement Waylands Frau Sophie hatte die Oberlin-Kirche mit der großzügigen Unterstützung des *Flower Bower* geschmückt. Alle vorderen Bänke waren mit weißen Inkalilien, weiß besprühten Farnen und glitzernden Schneestern-Ornamenten dekoriert worden. Ein Strauß gleicher Art stand auf dem Altar. Und die ganze Kirche hatte das Flair eines Wintermärchens angenommen. Als sich die Hochzeitsgäste im Gebäude versammelten, flüsterten sie einander ihre Bewunderung für den ungewöhnlichen Blumenschmuck zu.

Daheim in der Washington Lane hatten sich Trevor und Phoebe auf ihren großen Eintritt ins Eheleben vorbereitet.

„Ich dachte, der Bräutigam dürfe die Braut in ihrem Glanz nie sehen, bevor sie die Kirche betritt", hatte er nach Luft geschnappt, als Phoebe in ihrem gemeinsamen Schlafzimmer einfach ihre ganze Pracht ausgelegt hatte.

„Schatz, wir haben schon alles getan, was ein Ehepaar nur tun kann", hatte Phoebe gelacht. „Also sag mir, warum wir an dem Hokuspokus alter Rituale festhalten sollten, die niemandem nützen?! Sogar das symbolische weiße Kleid ist eine Farce!"

Trevor hatte dennoch kaum hinzusehen gewagt, als seine künftige Frau langsam Lage um Lage in ihre Brautausstattung geschlüpft war. Er hatte sogar fast nicht zu atmen gewagt. Dieses feengleiche Wesen neben ihm, das wie eine Elfe in seinen luftigen Gewändern und dem Kranz auf seinen Ringellocken aussah, würde in weniger als einer Stunde seine Ehefrau sein.

Und dann waren sie hinüber zur Oberlin-Kirche gefahren. Sie waren gemeinsam den Gang hinunter zum Altar geschritten. Die kleine Lily Hayes war langsam vor ihnen mit ihrem Blumenkörbchen gelaufen, zu überwältigt, um die Blütenblätter zu streuen, hatte auf die Schneesterne und die eleganten Kleider gestarrt und war fast über ihre eigenen Füße gestolpert, als sie versucht hatte, über die Schulter einen Blick auf die Braut zu werfen.

Theodora Jones, die neben ihrem Mann in der ersten Reihe saß, hatte doch noch etwas sehr Passendes als Mutter des

Bräutigams zu tragen gefunden. Natürlich! Niemand sollte über sie tratschen können. Aber, oh, war sie nicht empört über das unangemessene Brautkleid, das ihre Schwiegertochter Phoebe trug! Es sah aus wie zusammengewürfelte Lumpen, und man konnte sogar ihre Knöchel sehen!

„Was für ein Anblick!" zischte sie James Ohr.

„Und so bezaubernd", erwiderte er, während er die junge Frau erfreut betrachtete, ausnahmsweise die Beschwerde seiner Frau nicht wahrnahm und sie nur zufällig mit einer gegenteiligen Bemerkung honorierte.

Hollys Stimme schwebte von der Orgelempore, nachdem die Frischverheirateten von Pastor Wayland gesegnet worden waren. Pastor Clement Wayland hatte sich von der offensichtlichen und ausgefallenen Schönheit der Braut mehr als gewöhnlich verwirrt gefühlt und war fast, aber auch nur fast nervös gewesen, als er das Eheversprechen vorgesprochen hatte. Hollys süße Stimme und der Text des Kirchenlieds, das das Paar ausgewählt hatte, berührte auch noch die letzte Person in der Kirche, deren Augen sich noch nicht leicht mit Tränen gefüllt hatten.

Später würde Julie Dolan einen Artikel über die möglicherweise unkonventionellste Hochzeit schreiben, die sie bisher unter den ersten Familien Wycliffs erlebt hatte. Als Theodora ihn las, schnaufte sie, immer noch untröstlich über die Rolle, die sie bei dem gesamten Vorgang nicht hatte spielen dürfen. Aber sie konnte nicht leugnen, dass es tatsächlich eine

denkwürdige Hochzeit gewesen war. Vielleicht gerade, weil sie
so anders gewesen war als alles, was sie je gesehen hatte. Immer,
wenn es auch ihre Freundinnen ihr gegenüber erwähnten, nickte
sie nur königlich und lächelte. Doch innerlich starb sie jedes Mal
ein bisschen, dass sie so außen vor gelassen worden war, wo sie
doch nur etwas Perfektes hatte gestalten wollen.

*

Als Julie Dolan am Montagmorgen in das Büro des *Sound
Messenger* kam, um mit ihrem Boss John Minor den Wochenplan
zu besprechen, bemerkte sie sofort, dass etwas in der Luft lag.
John, normalerweise etwas zurückhaltend und sehr sachlich, war
unorganisiert und zudem ziemlich unkonzentriert. Er winkte ihr
Angebot ab, ihnen Kaffee zu bereiten und ging in seinem Büro auf
und ab wie ein Tiger hinter Gittern. Also ließ sich Julie, obwohl
sie keine Einladung erhielt, sich zu setzen, auf ihren üblichen
Stuhl gegenüber seinem Schreibtisch fallen.

„Ist alles in Ordnung mit dir?" wagte Julie schließlich zu
fragen und suchte in seinem Gesicht nach Anzeichen von Sorge
oder Zorn.

Stattdessen überzog ein Blick in weite Fernen Johns
Augen, und seine Lippen kräuselten sich zu einem ganz leichten
Lächeln. „Alles ist bestens, Julie. Alles." Dann konzentrierte er
sich wieder, setzte sich hinter seinen Schreibtisch und faltete die

Hände über der Tischplatte. „Es war allerdings ein ziemlich aufregendes Wochenende. Und ich muss dir etwas sagen."

Julie runzelte die Stirn. Was mochte es sein? Der *Sound Messenger* lief besser denn je. Ihre Abonnentenzahlen waren in den letzten Monaten konstant gestiegen. Auch die Anzeigenzahlen waren in Ordnung, wenn auch nicht überragend. Doch dem konnte nur abgeholfen werden, wenn sie erneut eine Kampagne außerhalb der Stadtgrenzen Wycliffs starteten und die Unternehmen dort intensiver ansprächen. Was im Grunde einen Anzeigenleiter erforderte.

„Soweit ich weiß, sind unsere Zahlen gesund", wagte sie sich vorsichtig vor.

„Sind sie! Sind sie", nickte John und hatte wieder diesen geistesabwesenden Blick.

„Hat es Beschwerden über mich gegeben? Über etwas, das ich geschrieben habe?"

„Nichts dergleichen!" John blinzelte sie an. „Erwartest du sowas?"

Julie schüttelte den Kopf. Dann fuhr sie fort: „Emma leistet ganze Arbeit, indem sie für uns berichtet, wenn wir an einer Veranstaltung nicht teilnehmen können. Ich muss normalerweise ein paar ihrer Germanismen überarbeiten. Aber das ist so ziemlich alles. Gar nicht viel Arbeit. Ich hoffe, du hast nicht vor, sie zu feuern." Sie formulierte es fast wie eine Frage und begann, sich wirklich Sorgen zu machen. Was hatte den Eigentümer von

Wycliffs Zeitung so sehr in den kaum drei Tagen verändert, seit sie ihn zuletzt gesehen hatte?!

John drehte jetzt seine Daumen, löste seine Hände voneinander und stand wieder von seinem Stuhl auf. Es machte Julie verrückt, ihn als so nervöses Wrack zu sehen. Endlich sprach er wieder.

„Ich verlasse Wycliff über die Feiertage", erklärte er.

„Schön für dich", sagte Julie, und ihr Gesicht verzog sich zu einem breiten Lächeln. „Das klingt nach einem dringend benötigten Urlaub! Wohin verreist du?"

„Los Angeles", sagte er und suchte in ihrem Gesicht nach Reaktionen.

Julie starrte ihn an. „Lass mich raten. Du hast eine Einladung, mit dem Filmproduktionsteam zu feiern."

John wiegte den Kopf und grinste verschmitzt. „Allerdings nicht mit dem ganzen Team", gab er zu. „Es ist eine Einladung von Stan. Das heißt …"

„Stanley Fahrenheit?" rief Julie aus und strahlte ihn an. „Aber das ist wundervoll! Wirst du den Director's Cut von ‚The Calling' sehen? Liebe Güte, da würde ich zu gern Mäuschen spielen!"

„Nein", sagte John Minor gedehnt und hatte sichtlich Schwierigkeiten in Worte zu fassen, was er ihr wirklich sagen wollte. „Es geht nicht um den Film. Es geht eher um … Er bat mich, eine Entscheidung zu treffen, und ich glaube, ich habe es schon getan." Er sah Julie wie um Hilfe suchend an. Sie saß immer noch völlig ahnungslos da. „Ich habe die Entscheidung eigentlich schon vor langer Zeit getroffen. Noch bevor er mich überhaupt gefragt hat." Er hielt erneut inne und fuhr sich mit der Hand durchs Haar. „Ich werde nach Hollywood runterziehen, Julie."

Julie war fassungslos. Einen Moment lang war ihr, als sei plötzlich alle Luft aus dem Raum gesogen worden. „Nach Hollywood umziehen?" wiederholte sie tonlos. Dann, als erwache sie: „Für immer?"

John ging hinüber ans Fenster, das den frostbedeckten Vorgarten und Jupiter Avenue überblickte. Die Villa Hammerstein glänzte in all ihrer Pracht in der Morgensonne. Weiße Dampfsäulen stiegen aus den Kanaldeckeln der Jupiter Avenue auf.

„Wenn alles so läuft, wie ich es mir wünsche, bin ich tatsächlich ab 1. Januar weg."

„Frohes neues Jahr", sagte Julie und konnte nicht ändern, dass es etwas sarkastisch klang. „Du gibst also hier oben alles auf und fängst ein neues Leben mit Stan Fahrenheit in Kalifornien an. Was ist mit dem *Sound Messenger*? Was ist mit unseren Lesern? Was ist mit Emma und mir? Und mit der Druckerei, die uns als Kunden verliert?"

John lachte in sich hinein. „Immer zwei Schritte voraus, was?" Er wandte sich um und verschränkte die Arme vor der Brust. „Der *Sound Messenger* wird einfach weitermachen. Mit ein paar leichten personellen Veränderungen. Aber auf jeden Fall weitermachen." Julie stand der Mund offen. „Ich habe nicht vor,

298

ihn zu verkaufen. Oder die Veröffentlichung einzustellen. Ich werde nur nicht mehr für ihn arbeiten."

„Aber ..."

„Ich habe bereits eine neue Chefredakteurin im Auge. Sie hat in den vergangenen Jahren einige großartige und sogar kontroverse Artikel geschrieben. Sie wäre eine Bereicherung für jede Zeitung in diesem Land."

Es war, als habe sich der Boden vor Julie aufgetan und wolle sie lebendig verschlingen. All die Jahre der Arbeit für Wycliffs Zeitung hatten ihr ein Gemeinschafts-, ja, ein Familiengefühl für diese Stadt vermittelt. Und jetzt würde jemand, eine Außenseiterin, übernehmen, vielleicht ihre Art nicht mögen und sie loswerden. Ihre ganze Arbeit wäre umsonst gewesen. Sie würde sich bei einer der wenigen verbliebenen Zeitungen im Bundesstaat Washington um einen Job bewerben, vielleicht sogar ihren Beruf wechseln müssen. Julies Augen füllten sich mit Tränen. „Was, wenn sie mich nicht mag und mich feuert?"

John gluckste in sich hinein. „Das würde bedeuten, dass sie ein wirklich großes Problem hat." Er sah sie an und schüttelte den Kopf. „Julie, Julie ... Was soll ich nur mit dir machen? Oder eher ... ohne dich? Ich habe nicht von einer Fremden von woanders her geredet. Der *Sound Messenger* wäre ohne dich nicht derselbe. Ich dachte an *dich* als künftige Chefredakteurin. Ist das so schwer zu begreifen?"

Julie starrte John ungläubig an. „Ich?!"

Er zuckte die Achseln. „Natürlich würde das eine Menge mehr Arbeit als bisher bedeuten. Du müsstest die wöchentliche Agenda im Auge behalten, entscheiden, wer was schreibt, Abgabeschlüsse einhalten, das Layout entwerfen und Emma auf dem Laufenden halten. Sie ist ziemlich wie du. Querbeet hinsichtlich der Themen, sehr leidenschaftlich, sehr professionell. Ich würde sie wirklich gern nicht mehr nur als freie Journalistin beschäftigen. Ich würde sie gern als Redakteurin festanstellen. Wenn das für dich in Ordnung geht. Natürlich nur, falls du als meine neue Chefredakteurin übernimmst."

„Wann fange ich an?" fragte Julie tonlos.

„Offiziell ab 1.Januar. Aber ich muss dich noch mit einigen spezifischen Abläufen vertraut machen, bevor ich nach L.A. abreise. Zum Beispiel mit der ganzen Druckerei-Verbindung. Und mit dem Anzeigenbereich der Zeitung. Und du müsstest mir regelmäßig berichten. Immerhin bezahle ich eure Gehälter."

„Natürlich. Was passiert mit diesem Gebäude?"

John nickte. „Ich habe darüber nachgedacht. Ich denke, es ist gut, ein stationäres Unternehmen zu haben, auch wenn man alles von daheim erledigen könnte. Aber für die Kommunikation ist ein professioneller Treffpunkt für dich und deine Mitarbeiter hilfreich. Und es ist unbezahlbar, wenn du mit Interviewpartnern in ungestörter, professioneller Umgebung sprechen möchtest. Du könntest auch die anderen Räumlichkeiten in Büroräume umwandeln. Lass Emma ein eigenes Büro haben. Auf die Dauer vielleicht sogar eins für freie Mitarbeiter, die zu unterschiedlichen Zeiten hereinkommen und einen Schreibtisch teilen könnten. Und vielleicht eines für einen Anzeigenleiter. Ich überlasse das dir. Du wirst mir nur deine Pläne vorstellen müssen, und dann entscheide ich, was finanziell machbar ist."

Julie vergrub ihr Gesicht ein paar Sekunden lang in den Händen. Dann blickte sie wieder zu John auf. „Mir ist etwas schwindelig", sagte sie. „Das ist ein bisschen zu viel auf einmal. Ich muss mich an den Gedanken gewöhnen. Vielleicht könntest du mich kneifen, damit ich glaube, dass du wirklich all das gesagt hast?"

John lachte leise. „Geht nicht", erwiderte er. „Das wäre Belästigung einer Angestellten." Er zwinkerte. „Jedenfalls, möchtest du das Emma mitteilen? Oder muss ich es tun?"

„Das ist deine Aufgabe", entschied Julie. „Meine Zeit, wird sie überrascht sein!"

„Ich denke auch", nickte John. „Vor allem, weil alles so plötzlich geschieht."

„Manchmal ist plötzlich am besten", lächelte Julie. „Dann überanalysiert man eine Situation nicht, sondern folgt seinem Instinkt."

John lächelte vor sich hin. Wenn sie nur wüsste, wie viele Bedenken ihm die plötzliche Veränderung seiner Situation übers Wochenende bereitet hatte. Andererseits …

*

„Emma", rief Ozzie und ging in die Küche ihres Zuhauses an der Washington Lane. Er hielt ihr den Hörer hin. „Für dich."

Emmas Hände waren von Schaum bedeckt, da sie in der Spüle Geschirr abwusch. Sie zeigte ihm mit bittendem Blick den Abwaschlappen. „Wer immer es auch ist, kann ich später zurückrufen?"

Ozzie schüttelte den Kopf, und seine hyazinthblauen Augen glitzerten vor Schalk. „Geht nicht. Du musst es annehmen. Ich halte dir den Hörer. Möchte das um nichts in der Welt verpassen."

Emma verdrehte die Augen gegen ihn und ließ ihn den Hörer an ihr rechtes Ohr halten. „Hallo?" sagte sie.

„Spreche ich mit meiner künftigen Redakteurin Emma Wilde?" hörte sie John Minor fragen.

„Was?!" quietschte Emma.

John Minor lachte leise am anderen Ende der Leitung.

„Nimmst du mich auf den Arm?" fragte Emma und sah Ozzie aus Augen so groß wie Untertassen an.

„Nein", erwiderte John. „Ich wusste nur nicht, wie ich es dir sagen sollte. Und ich wollte dich nicht dazu in mein Büro bitten, falls du nein sagen solltest."

„Aber … warum sollte ich nein sagen, wenn das alles ist, wovon ich geträumt habe, seit ich hier angekommen bin?!"

„Dann ist es also ein Ja?"

„Natürlich! Wann fange ich an?"

„Kannst du morgen um neun reinkommen? Wir arrangieren dann all die Formalitäten und besprechen, was dich erwartet. Ich werde auch Julie dazu bitten, falls du Fragen an sie hast. Sie ist die künftige Geschäftsführerin und Chefredakteurin."

„Und was ist mit dir?" fragte Emma atemlos.

„Sagen wir, ich bin immer noch als Zeitungsbesitzer an Bord. Ich werde mich auf eure gute Arbeit verlassen. Inzwischen fange ich ein neues Lebenskapitel unten in Kalifornien an."

„Oh John …"

„Tja, das war's. Bis morgen."

„Bis morgen", flüsterte Emma.

John legte auf. Ozzie nahm den Hörer von Emmas Ohr weg. Er grinste wie ein großer Schuljunge. Emma blickte ihn mit unsicherem Lächeln an und brach dann in Tränen aus.

„Liebling!" Ozzie wurde plötzlich ernst. „Was ist los?" Er nahm sie in seine Arme und kümmerte sich nicht um ihre schaumigen, nassen Hände an seiner Brust.

„Oh mein süßer Zauberer", lachte Emma unter Tränen, und ihr Akzent wurde wegen all der Aufregung noch etwas deutscher. „Es ist nur, dass ein Traum wahrgeworden ist. Viel früher als erwartet. Das Leben hier in Wycliff ist so wundervoll."

Ozzie hielt seine Frau noch fester. „Es ist wirklich wundervoll."

Epilog

18. Juli

Heather eilte den Gartenweg hinauf auf *The Gull's Nest* zu. Abby stand in der offenen Tür und hatte die Arme für das Mädchen weit geöffnet. Als Heather die Stufen hinaufflog, trat sie vor und umarmte sie.

„Hallo, mein kleiner Filmstar!" sagte Abby. „Schön, dich zu dieser großen Veranstaltung wiederzuhaben. Wo ist dein Dad?"

Heather wandte sich um und deutete auf die Jupiter Avenue. „Er musste ein bisschen weiter weg als normalerweise parken. Er holt unser Gepäck raus und hat mich losgeschickt, um dir zu sagen, dass wir da sind."

In diesem Moment tauchte Aaron am Gartentor mit zwei Reisetaschen in der Hand auf. Sein Gesicht leuchtete auf, als er Abby mit ihrem Haar in einem ordentlichen Pferdeschwanz, in gestreiftem T-Shirt und Capri-Hosen sah. Wenn irgendjemand wie der verkörperte Sommer aussah, war sie das. Er legte rasch die Entfernung zur Tür zurück, stellte die Taschen auf den Boden und umarmte Abby.

„Was für ein großartiger Anlass, wieder hier zu sein!" sagte er. „Sind auch alle anderen wieder hier?"

Abby schüttelte den Kopf. „John Minor hat mit Stanley Fahrenheit im *Ship Hotel* gebucht. Ich nehme an, weil es bequemer ist, den Shuttle-Bus von dort zum Uferpark zu nehmen.

Aber Bruce Berwin hat ein Doppelzimmer gebucht. Er erwähnte, er bringe jemanden mit, wurde aber nicht genauer."

„Zelda Winfrey höchstwahrscheinlich?"

Abby zuckte die Achseln. „Könnte sein. Ich habe aber keine Ahnung."

Sie waren hineingegangen und hatten die Tür hinter sich geschlossen. Heather war schon an der Seite von Dave, der in seinem Schaukelstuhl saß, und erzählte ihrem alten Freund von ihren neusten Plänen, später im Jahr in Seattle an einem Theater-Camp teilnehmen zu wollen.

„Du willst also wirklich Schauspielerin werden?" fragte Dave leise glucksend. Er liebte die ernsthafte Begeisterung, die das frühreife Mädchen für diesen Beruf zeigte. „Wie war dein Auftritt in der Sommeraufführung deiner Schule?"

„Oh", winkte Heather ab. „Das war gar nichts. Echt viel zu einfach. Aber seit ‚The Calling' in unserem Kino gelaufen ist, scheint jeder in Eatonville mich zu kennen und gratuliert mir zu meiner Schauspielerei. Es ist fa-bel-haft!!!" Sie strahlte.

„Ich habe auch ein paar Leute hier in Wycliff gehört, wie sie dich lobend erwähnten. Mrs. McMahon sagte, du sollst runter in ihren Feinkostladen kommen und dir eine kostenlose Brezel und eine Tafel Schokolade als Fan-Geschenk abholen. Und ich habe auch gehört, dass dein Gesicht auf einer Menge der Filmartikel abgebildet ist, die hier in der Stadt verkauft werden. Wahrscheinlich auch heute Abend beim ‚Film im Park'."

Heather blickte selbstgefällig. „Tja, meine Weinszene war ja auch tadellos, ich weiß."

„Nur gut, dass sie nicht die mit dem Erbrechen genommen haben", neckte Aaron sie. „Die hat mit Sicherheit gezeigt, dass du ein echtes Naturtalent bist. – Zeit auszupacken, Süße."

Heather stand mit einer Grimasse auf. Sie wurde nicht gern damit geneckt, dass ihr Unfall gefilmt *und* in den Film aufgenommen worden war. „Kann ich wenigstens wieder in Abbys Zimmer schlafen?" bettelte sie.

„Darf ich", korrigierte Aaron. „Und nein." Er ging zur Küche, wo Abby Kaffee aufbrühte.

Heather schmollte. Dann wurden ihre Augen groß. „Weil *du* da übernachten wirst, stimmt's?"

Aaron drehte sich abrupt um. „Junge Dame", sagte er streng, und Heather zuckte zusammen, da sie wusste, dass sie ihre Grenze überschritten hatte. „Wir haben jeder unser eigenes Zimmer. Abby hat ein Recht auf ihre Privatsphäre. Und wenn sie dich nicht einlädt, ist es nicht an dir zu fragen. Verstanden?"

Abby wurde rot. „Entschuldige, Dad."

Aaron nickte und deutete auf die Tür, die zu ihrem Zimmer führte. „Nimm dein Zeug aus der Tasche, damit es zur Show heute Abend nicht ganz zerknittert ist. Dann komm zu uns in die Lobby zum Cupcakes-Essen. Ich glaube, Abby hat eigens für dich rosa Limonade gemacht."

Sie verbrachten den Nachmittag mit Dave. Die Fenster standen offen, und eine sanfte Brise spielte mit den Gardinen. Es war zu heiß, sich zu bewegen oder auch nur draußen zu sitzen. Das perfekte Wetter für eine Open-Air-Kinonacht in der Unterstadt.

Gegen siebzehn Uhr traf Bruce Berwin ein, gebräunt und strahlend. Zelda Winfrey ging an seiner Seite und lächelte etwas verunsichert. Sie hätte sich keine Sorgen machen müssen. Ihr war längst vergeben. Nun zeigte sie ihren funkelnden Verlobungsring herum – und einen brandneuen Ehering.

„Bruce und ich haben beschlossen es zur Tatsache zu machen", schwärmte sie. „Ohne viel Publicity. Wir wollten keine weiteren hässlichen Kommentare der Art, dass wir uns nur miteinander verlobt hätten, um den Film zu promoten."

„Was wir ja auch getan haben", unterbrach Bruce. „Aber dann haben wir einander näher kennengelernt und uns wirklich in einander verliebt."

„Spielt das Leben nicht wundersam?!" murmelte Dave. Aber sein Lächeln barg keinen Zynismus.

„Wie viel Zeit habe ich jetzt noch, um mich frischzumachen?" fragte Zelda. „Und wann beginnt die Veranstaltung?"

Auch Heather konnte es kaum erwarten hinzugehen. Sie hatte „ihren" Film schon mindestens dreimal gesehen, aber diesmal würde es ganz besonders sein, denn es war ja auch der Film Wycliffs. Und jeder würde jeden auf der Leinwand erkennen. Und Bruce Berwin würde da sein, Heathers ganz persönlicher Held.

Endlich war es Zeit, *The Gull's Nest* zu verlassen. Bruce Berwin und seine Frau Zelda waren schon vorausgegangen. Heather dachte, sie und ihre Gruppe würden es nie rechtzeitig schaffen, um noch einen anständigen Platz vor der Leinwand im Uferpark zu finden. Warum gingen ihr Dad und Abby so langsam?! Konnte das Tragen einer Decke und eines Picknickkorbs jemanden so sehr verlangsamen?

Aber natürlich kamen sie mehr als rechtzeitig an. Und sie fanden einen wirklich bequemen Platz unter einer weiten Eichenkrone, wo sie ihre Decke ausbreiten und das appetitliche Essen auspacken konnten, das Abby für sie bereitet hatte – gefüllte Eier, gebratene Hühnerschlegel, Nudelsalat, Erdbeeren und eine große Kanne geeisten Himbeertees.

Der Park füllte sich rasch mit anderen Wycliffern, einige ebenfalls mit Picknick-Plänen, andere, die einfach Klappstühle aufstellten und bei einem Getränk und einer Tüte Chips oder Popcorn entspannten. Heather sah sich um, ob sie bekannte Gesichter entdecken konnte.

„Da ist Mrs. McMahon", zeigte sie auf Dottie, die es sich auf der anderen Seite der Wiese mit ihrem Mann, dem Polizeichef der Stadt, bequem machte. „Oh, und da ist Mr. Minor. Und Bruce und Zelda sind da drüben!" Sie war ganz aufgedreht.

„Nicht mit dem Finger zeigen, Süße," ermahnte Aaron Heather.

„Aber sie sind alle hier!"

„Und es kommen noch mehr", nickte Aaron. „Und der Bürgermeister wird wahrscheinlich eine Rede halten, bevor der Film gezeigt wird."

„Eine Rede?" Heather zog ein langes Gesicht.

Abby musste lachen. „Es wird keine lange Rede, keine Sorge. Aber es ist ein besonderer Tag."

„Wegen des Films", stellte Heather fest.

„Beinahe richtig. Aber denk mal ans Datum …"

Heather zog die Stirn kraus, aber es fiel ihr nichts ein. Abby lächelte vor sich hin.

Aaron hatte einen Arm um Abby gelegt. Sie lehnte sich ganz leicht gegen ihn. Er räusperte sich, und sie sah erwartungsvoll zu ihm auf.

„Ich habe mit Heather schon vor einer Weile darüber gesprochen", begann er. „Ich habe mich gefragt, ob unsere Beziehung noch besser funktionieren würde, wenn … wir nach Wycliff zögen."

Abbys Augen wurden groß. „Meinst du das im Ernst? Was ist mit deiner Arbeit?"

„Nun, meine Baufirma expandiert, und es würde ihnen nichts ausmachen, jemanden mit einem Büro in dieser entzückenden kleinen Stadt zu haben …" Aaron blickte verträumt über die Wiese.

„Wir könnten auch bei dir wohnen", meldete sich Heather zu Wort, und ihr Gesicht war so hoffnungsvoll, dass Abbys Augen nass wurden. „Wir würden nicht viel Platz brauchen. Wir könnten den Gartenschuppen zu unserem Zuhause machen …"

Abby brach in Gekicher aus, und ihre Tränen der Rührung wurden zu Lachtränen. Sie nahm Heather in ihre Arme. „Danke, Süßes, aber ich glaube nicht, dass wir den Gartenschuppen je zu etwas anderem als einem Gartenschuppen machen." Sie musste erneut lachen, denn während des Schneesturms im vorletzten Winter hatte Heather bereits vorgeschlagen, ihn zu einer Art Stall von Bethlehem zu verwandeln, als *The Gull's Nest* von plötzlichen Gästen überfüllt worden war. Oh, die Vorstellungskraft dieses Mädchens!

„Ist das ein Nein?" fragte Heather verzweifelt.

„Ist das ein Ja?" flüsterte Aaron in Abbys Ohr. Und aus dem Nichts reichte er ihr eine winzige, viereckige Schachtel. Abby schnappte nach Luft.

In diesem Moment knisterten die Lautsprecher neben der Leinwand mit Statik. Ein Scheinwerfer ging an und richtete sich auf Bürgermeister Clark Thompson, der selbst wie ein Hollywood-Star aussah.

„Guten Abend, meine Damen und Herren, Kinder, Wycliffer und Gäste von außerhalb", begann er. „Willkommen zu dieser besonderen Präsentation an diesem ganz besonderen Tag in Wycliff." Alle klatschten. „An diesem Tag im Jahr 1891 verstarb ein großer Pionier dieser Region. Sein Vermächtnis dauert an, und seit den Dreharbeiten im letzten Sommer ist es sogar mit dieser Stadt verbunden. Wycliff ist einer der Drehorte für den Film ‚The

310

Calling' von Hollywood-Produzent Stanley Fahrenheit gewesen. Da sich wegen dieses Films über diesen bahnbrechenden Pionier unserer viktorianischen Stadt eine Menge zusätzlicher Aufmerksamkeit zugewandt hat, hat der Stadtrat einstimmig beschlossen, dass der 18. Juli ab heute der Captain-William-Renton-Tag in Wycliff sein wird, der seine Errungenschaften feiert. Eine der besten Möglichkeiten, Captain Renton zu ehren, wird auch eine jährliche Vorführung des Fahrenheit-Films einschließen, den Sie gleich sehen werden. Viele von Ihnen sind Teil der Massenszenen gewesen. Viel Spaß beim Entdecken, wo Sie vorkommen." Bürgermeister Thompson winkte dem Filmvorführer zu. „Film ab!"

Der Scheinwerfer wurde ausgeschaltet, alle applaudierten, und gegen die scheidenden Sonnenstrahlen hinter den Bäumen des Parks wurde die Leinwand hell. Die Musik begann. Alle hörten auf zu reden und schienen, die Luft anzuhalten.

„Ist es also ein Ja?" flüsterte Aaron erneut in Abbys Ohr.

„Ja", flüsterte sie zurück.

„Du hast dir noch nicht mal den Ring angesehen, ob er dir überhaupt gefällt", beharrte Aaron etwas lauter.

„Sssch", zischte jemand von einer benachbarten Picknick-Gruppe.

„Mach ich später", versprach Abby leise. „Er verdient mehr als nur einen kurzen Blick während eines Films."

„Sssch", sagte jemand anders.

Es war unnötig, da Aaron und Abby plötzlich sehr aneinander hingen, während Heather versuchte zu ignorieren, was sie als Spektakel empfand. Sie dachte, sie müsse sich besser an den Gedanken gewöhnen, zu küssen und geküsst zu werden. Schließlich würde sie eines Tages eine große Schauspielerin werden. Und selbst, wenn er *jetzt* ein verheirateter Mann war, würde sie vielleicht – eines Tages als Erwachsene – Bruce Berwin küssen, den Mann, der sie einmal auf Händen getragen hatte.

Rezepte

La Stregas Pasta e Fagioli (2 Portionen)

1 Scheibe Frühstücksspeck, gewürfelt

1 EL Butter

1 EL Olivenöl

½ Zwiebel, gehackt

1 Knoblauchzehe, gehackt

1 Dose weiße Bohnen

Zucker

Salz

Worcestershire-Sauce

Zitronensaft

Pfeffer

Suppennudeln

1 Zweig frischer Rosmarin

3 EL frische Petersilie, gehackt

Parmesan, gerieben

Knoblauch-Croutons

Butter und Öl in einem Topf erhitzen. Speck hinzufügen und leicht glasig braten, dann Zwiebel und Knoblauch hinzufügen und braten, bis der Speck fast knusprig ist.
Bohnen hinzufügen.

Wasser zugeben, bis die gewünschte Suppenkonsistenz erreicht ist.

Mit Zucker, Salz, Worcestershire-Sauce, Zitronensaft und Pfeffer abschmecken.

Den frischen Rosmarin hinzufügen. Suppennudeln in gewünschter Menge hinzugeben (Achtung: Sie werden durch das Kochen größer).

Langsam zum Kochen bringen und etwa 5 Minuten köcheln lassen.

Eventuell nachwürzen.

Frische Petersilie einrühren und servieren.

Mit geriebenem Parmesan und Knoblauch-Croutons bestreuen.

Heathers Ananas-Kokos-Crumble (3 Portionen)

70 g weiche, ungesalzene Butter

70 g Zucker

70 g Mehl

3 EL ungesüßte Kokosflocken

ca. 210 g Ananasstücke aus der Dose, abgetropft

Butter und Zucker mischen.

Mehl und Kokosflocken untermengen, bis die Mischung krümelig ist.

Drei Auflaufförmchen mit jeweils der gleichen Menge Ananas füllen.

Mit den Streuseln bedecken.

20 Minuten auf mittlerer Schiene bei 180 Grad C backen.

Lauwarm servieren.

Optional: Man kann zum Streuselmix Zimt hinzufügen.

Abbys Gefüllte Eier (3 Portionen)

3 hartgekochte Eier, gepellt

Frischkäse

Naturjoghurt

Salz

Senf

Zucker

Zitronensaft

Paprikapulver

Die Eier längs aufschneiden und vorsichtig die Dotter in eine kleine Schüssel löffeln.

Die Weißei-Hälften beiseitestellen.

Dotter mit etwas Frischkäse und Joghurt mischen, bis die gewünschte Textur erreicht ist.

Mit Salz, Senf, Zucker und etwas Zitronensaft abschmecken (Vorsicht bei den Mengen!).

Die Mischung in die Eihälften füllen und zur Dekoration mit Paprikapulver bestreuen.

Danksagung

Ich danke all meinen Leserinnen und Lesern ganz herzlich für ihre freundliche Resonanz und ihre fortwährende Unterstützung meiner Wycliff-Romane. Besonderer Dank gilt jenen, die sich die Zeit nehmen und die Mühe machen, Rezensionen in Druck- und/oder Online-Medien zu verfassen. So etwas bedeutet einem Autor unglaublich viel!

Bei der Recherche zu Captain William Renton habe ich hochinteressante Quellen gefunden unter https://www.historylink.org/File/1053, https://dahp.wa.gov/sites/default/files/PortBlakelyMillCR_Report.pdf, https://www.newspapers.com/clip/27482089/sketch-of-the-life-of-captain-renton/ und in dem Buch „Port Blakely. The Community Captain Renton Built" von Andrew Price, Jr.

Als ehemalige Soldatenfrau und als Immigrantin konnte ich einige meiner eigenen Erfahrungen in die Geschichte von Ozzie und Emma einfließen lassen, ebenso die aus meinem Beruf als Journalistin und aus meinem Studium des klassischen Gesangs. Aber da hören auch schon die Ähnlichkeiten auf. Ozzie ist keine Kopie meines Mannes, und ich bin nicht Emmas Original.

Besonderer Dank gilt Karen Lodder Rockwell (https://germangirlinamerica.com/), Angela Schofield (https://alltastesgerman.com/) und Pamela Lenz Sommer (https://thegermanradio.com/), einfach wundervollen, inspirierenden Freundinnen, die mich sehr unterstützen.

Ebenso großen Dank an alle meine Autoren-Freunde, die mich ermutigt und inspiriert haben, auch während der Pandemie zu schreiben und zu veröffentlichen, besonders an Dorothy Wilhelm, D. H. (Larry) Fowler und Ryan Oliver.

Ich kann Ben Sclair, Besitzer und Herausgeber von „The Suburban Times" (https://thesubtimes.com/), nicht genug danken, der großzügig veröffentlicht, was immer ich seinem wundervollen Medium einreiche.

Ich möchte auch meinen Freunden bei der Steilacoom Historical Museum Association danken, die mich extrem unterstützen, besonders Marianne Bull, Roger und Kathy Johansen, Denise Mielimonka, John und Niki O'Reilly sowie Lenore Rogers.

Danke an all meine Freunde und meine Familie, wo ihr auch immer lebt, für eure stetige Ermutigung, Inspiration, Nachfragen und sogar fürs Drängen. Der Gedanke an Euch lässt mich zielgerichtet schreiben.

Vor allem danke ich dir, Donald, meinem liebevollen und geduldigen Ehemann, für deine nicht-endende Unterstützung sowie all das Lachen und die Freude, die du in mein Leben bringst.

Susanne Bacon wurde in Deutschland geboren, hat einen Doppelmagister in Literaturwissenschaft und Linguistik und arbeitet als Schriftstellerin, Journalistin und Kolumnistin. Sie lebt mit ihrem Mann in der Region South Puget Sound im US-Bundesstaat Washington. Sie können mit ihr Kontakt aufnehmen über www.facebook.com/susannebaconauthor oder ihre Website https://susannebaconauthor.com besuchen.

Wen die Muse küsst ist Susanne Bacons achter Wycliff-Roman.

Made in the USA
Middletown, DE
27 July 2022